大家小书

槐屋古诗说

俞平伯 著
蒙木 编

北京出版集团公司
北京出版社

图书在版编目（CIP）数据

槐屋古诗说 / 俞平伯著；蒙木编. — 北京 ：北京出版社，2019.2

（大家小书）

ISBN 978-7-200-12003-5

Ⅰ. ①槐… Ⅱ. ①俞… ②蒙… Ⅲ. ①古典诗歌—诗歌研究—中国 Ⅳ. ① I207.22

中国版本图书馆 CIP 数据核字（2016）第 064951 号

总 策 划：安　东　高立志　　责任编辑：王忠波　张　帅

·大家小书·

槐屋古诗说

HUAIWU GUSHI SHUO

俞平伯　著

蒙　木　编

出　　版　北京出版集团公司

　　　　　北京出版社

地　　址　北京北三环中路 6 号

邮　　编　100120

网　　址　www.bph.com.cn

总 发 行　北京出版集团公司

印　　刷　北京华联印刷有限公司

经　　销　新华书店

开　　本　880 毫米 ×1230 毫米　1/32

印　　张　12.125

字　　数　203 千字

版　　次　2019 年 2 月第 1 版

印　　次　2019 年 2 月第 1 次印刷

书　　号　ISBN 978-7-200-12003-5

定　　价　48.00 元

总　序

袁行霈

“大家小书”，是一个很俏皮的名称。此所谓“大家”，包括两方面的含义：一、书的作者是大家；二、书是写给大家看的，是大家的读物。所谓“小书”者，只是就其篇幅而言，篇幅显得小一些罢了。若论学术性则不但不轻，有些倒是相当重。其实，篇幅大小也是相对的，一部书十万字，在今天的印刷条件下，似乎算小书，若在老子、孔子的时代，又何尝就小呢？

编辑这套丛书，有一个用意就是节省读者的时间，让读者在较短的时间内获得较多的知识。在信息爆炸的时代，人们要学的东西太多了。补习，遂成为经常的需要。如果不善于补习，东抓一把，西抓一把，今天补这，明天补那，效果未必很好。如果把读书当成吃补药，还会失去读书时应有的那份从容和快乐。这套丛书每本的篇幅都小，读者即使细细地阅读慢慢地体味，也花不了多少时间，可以充分享受读书的乐趣。如果把它们当成补药来吃也行，剂量小，吃起来方便，消化起来也容易。

我们还有一个用意，就是想做一点文化积累的工作。把那些经过时间考验的、读者认同的著作，搜集到一起印刷出版，使之不至于泯没。有些书曾经畅销一时，但现在已经不容易得到；有些书当时或许没有引起很多人注意，但时间证明它们价值不菲。这两类书都需要挖掘出来，让它们重现光芒。科技类的图书偏重实用，一过时就不会有太多读者了，除了研究科技史的人还要用到之外。人文科学则不然，有许多书是常读常新的。然而，这套丛书也不都是旧书的重版，我们也想请一些著名的学者新写一些学术性和普及性兼备的小书，以满足读者日益增长的需求。

“大家小书”的开本不大，读者可以揣进衣兜里，随时随地掏出来读上几页。在路边等人的时候，在排队买戏票的时候，在车上、在公园里，都可以读。这样的读者多了，会为社会增添一些文化的色彩和学习的气氛，岂不是一件好事吗？

“大家小书”出版在即，出版社同志命我撰序说明原委。既然这套丛书标示书之小，序言当然也应以短小为宜。该说的都说了，就此搁笔吧。

俞平伯的唐前诗世界

蒙　木

本集主要收录了诗词研究大家俞平伯先生对于先秦两汉魏晋诗歌的讨论和品鉴文章。主要分为两编，上编诗骚，谈的是《诗经》和《楚辞》，主体是谈《诗经》的《读诗札记》曾在1934年8月由北京人文书店单行出版；下编乐府，谈的是《羽林郎》《孔雀东南飞》和“古诗十九首”，主体是谈“古诗十九首”的《葺芷缭衡室古诗札记》，本属于1935年4月为叶圣陶的《中学生》杂志作的随笔。可见，本集主要体现了俞平伯早期的诗词观点，虽然今天读者读来有些难，但在才富学博的俞平伯看来，是启蒙的。他所讲解的也的确是古诗的精华。

今天诗歌小热。其实很多人谈诗歌，基本上都是唐诗宋词。关于唐诗宋词的鉴赏文章，实在太多了，我们有意无意忽视了唐前诗歌的成就，此即本集编选的初衷之一：为读者补一下先秦汉魏六朝诗。

俞平伯家学渊源，其父亲俞陛云的《诗境浅说》《唐五代两宋词选释》都是课孙的启蒙读物，“颇有家法”，流传甚广。俞平伯亦是古典诗词鉴赏大家。我们谈俞平伯的诗词见解，也大多依据其《唐宋词选释》《读词偶得》《清真词释》，以及散在各类鉴赏辞典或文集中的赏析文字，似乎忽视了他早期对唐前古诗的研究。唐前古诗的确比较难，所以俞平伯多是从字词入手，综合众多前贤意见，对于关键词仔细考辨，先求诗歌本义；然后引导读者通过引申或联想，揆情度理，以意逆志，对诗做一个通达的理解。所以他又说，“说诗不宜过细”。

他后来在《清真词释》序中还说：“就诗本身言,是拒绝任何解释的。假如不拒绝一切外在的表诠,则失其粹然完整,诗之所以为诗。就作者的心情说,当时之感,假如可以有另一种较容易通显的表现,他又何必舍易取难，自讨苦吃呢？故较真的说,诗不能讲,所讲非诗,一切的讲,比方而已,形容而已,假不代真，无可疑者。”所以俞平伯的诗词赏析特别注重结构把握、音象分析和意境挖掘。

本书在编选过程中，对相近文章稍作综合和归并，使得看起来统序更清晰；同时收录了比较繁难的《古诗〈明月皎夜光〉辨》，主要是为了让读者见识老一辈学人的功夫和治学风范。《略谈诗词的欣赏》很重要，也很易懂，本集选来作为代序，给大家一把钥匙，以领悟俞平伯的诗词鉴赏方法。为了读者掌握好进入诗歌的路径，本集还附录一篇《古诗辞例举隅》。谨希望本集对于我们进入俞平伯的诗词鉴赏，进入唐前诗歌世界都提供一个好的读本。

希望读者万毋因本书稍难而畏读之，关于唐前诗歌鉴赏我们难得有一个这么好的津梁；相信读者啃下这本书，再回看唐诗宋词就更为顺流而下了。

2018年8月21日

略谈诗词的欣赏（代序）①

我前编《唐宋词选释》近将出版，欣逢建国三十周年盛典，此书编撰未必完善，难为野芹之献。现就选注经过中的联想，略谈个人对古典诗词怎样欣赏的看法。

若要欣赏，必须先有相当的了解。注释可以帮助或增进了解却是有限度的。（一）恐不能没有错误。（二）即使不错，对原文仍有些差距，不尽密合。因每个字、词，各有一定的意义、声音。若旧注所云“某者，某也”，或“某读若某”，只是比拟并非同一，不都能互换。（三）凡注释总逐字分句，即非支离，亦近破碎，篇章之意还要凭自己体会。简单地讲，解释虽明，仍须自学，自学为主。譬如跛者走路靠拐棍，迈步还得自己来。

① 原载1979年《文学评论》第五期。

自学之法，当明作意。要从创作的情形回看，联系作者与读者。作者怎么写，读者怎么看，似乎很简单。然于茫茫烟墨之中欲辨众说之是非，以一孔之见，上窥古人之用心，实非容易。

概括地看，创作的过程由内及外，诵习的过程由外而内，恰好相似，只是颠倒过来。但经过一往一复，却不一定回到原来的点上。因为作意并非单纯的，有本义与引申之别。本义者意在言中，引申者音寄弦外。读者宜先求本义而旁及其它。亦可自己引申，即浮想联翩与作者的感想不同，固无碍其为欣赏也。近人叶嘉莹于这一点说得明白：

> 创作者所致力的乃是如何将自己抽象之感觉、感情、思想，由联想而化成为具体之意象，欣赏者所致力的乃是如何将作品中所表现的具体之意象，由联想而化成为自己抽象之感觉、感情与思想。

其所谓联想，亦由此及彼，与引申义近。以彼此今昔联想不同，作品流传遂生生不已。读者见仁见智，原不必强同，只后人之假想不容取代作者之用心。欣赏当以了解为前提，本旨重于引申，此一般皆然，初学尤宜注意耳。

阅览分精读、略读，吟诵分朗诵、吟哦。目治与耳治，不可偏废，泛览即目治，深入宜兼口耳，所谓“声入心通”也。谈到此点，仍回溯创作的情形。

《诗大序》：“情动于中而形于言，言之不足，故嗟叹之（《礼记》作“故长言之”）；嗟叹之不足，故永歌之。”长言、嗟叹、永歌，皆是声音。《虞书》：“诗言志，歌永言”六字尤为概括。上文言诗，亦通于散文。于诗曰诗情，文曰文气，其本原无异，只是说法不同。如曹丕《典论·论文》曰：

> 文以气为主。气之清浊有体，不可力强而致。譬诸音乐，曲度虽均，节奏同检，至于引气不齐，巧拙有素，虽在父兄不能以移弟子。（《文选》卷五十二）

以音乐为譬喻，所谓“文气”，自有关于声音。“所谓引气不齐，虽在父兄不能以移子弟”者，于创作为诚然。若了解欣赏，又当别论，可就言之短长，声之高下间，辨其巧拙也。

诗与声音的关系，自较散文尤为密切。杜甫云“新诗改罢自长吟”，又说“续儿诵文选”，可见他自己做诗要反复吟哦，课子之方也只是叫他熟读。俗语说：“熟读唐诗三百首，不会吟诗也会吟。”虽然俚浅，也是切合实情的。

作者当日由情思而声音，而文字，及其刊布流传，已成陈迹。今之读者去古已遥，欲据此迹进而窥其所以迹，恐亦只有遵循原来轨道，逆溯上去之一法。当时之感既托在声音，今日凭借吟哦背诵，同声相应，还使感情再现。虽其生也至微，虚无缥缈，淡若轻烟，阅水成川，已非前水，读者此日之领会与作者当日之兴会不必尽同，甚或差异，而沿流讨源终归一本，孟子所谓“以意逆志”者，庶几近之。反复吟诵，则真意自见，笺注疏证亦可广见闻，备参考。“锲而不舍”“真积力久”，即是捷径也。

一九七九年九月

目 录

第一编　诗骚编

第二编　乐府编

第一编　诗骚编

诗的歌与诵（两篇）[1]

（一）

近来说《诗》者以顾颉刚先生为最好，《论〈诗经〉所录全为乐歌》一文既出，一时景从，几成定论。章节复沓与徒歌、乐歌的区分虽颇不易确指，而三百篇本全部可被弦管，及它们以乐歌而得保存，这总是不容易推翻的事实。

在此只提出一问题，《诗经》（姑名之曰经，依其本义只是一册大书，章太炎说。）所录虽全是乐歌，但这些乐歌除掉入乐以外有别的读法没有？我的看法好像是“有”。颉刚似乎不说“有”。

诗虽是乐，不限于乐，他已言之。（《古史辨》三，页322，以下仅举页数。）诗虽可歌，不限于歌，他却不信。载

---

① 本文第一篇原载1933年1月《东方杂志》第三十卷第一期，第二篇原载1934年7月《清华学报》第九卷第三期。

记上屡见讽诵弦歌之文，颉刚却把“歌”“诵”两名视为互文见义，这不一定妥当。《史记·孔子世家》：“三百五篇，孔子皆弦歌之。”只可证明三百篇在孔子时尚悉被弦管，不能以此推论弦歌以外无其他的应用——讽诵。如现在把《花间》全书翻为五线谱式，以梵娥铃、披亚娜奏之，却不能说《花间》只可以如此唱，《花间》可念可哼，以今推古，古何必不然?

诗的用法由内而外，由简而复，详言之，计有五种，讽、诵、歌、弦、舞是也。《小戴记·乐记》：“故歌之为言也，长言之也；说之故言之，言之不足，故长言之；长言之不足，故嗟叹之；嗟叹之不足，故不知手之舞之，足之蹈之也。”《诗序》：“情动于中而形于言，言之不足故嗟叹之；嗟叹之不足，故永歌之；永歌之不足，不知手之舞之，足之蹈之也。”这是同一的说法，而互有详略，依其程序得下式：

言——长言——嗟叹——舞蹈（《乐记》）

言——嗟叹——永歌——舞蹈（《诗序》）

如将两式互补，有如下假拟之式，以讽诵等对照之。

言——长言——嗟叹——永歌——舞蹈

讽——诵——歌——弦——舞

这或者有人以为“一厢情愿”，强古人以从我，兹略说明之。《序》缺“长言”盖不成问题，《记》上说得最明白：“故歌之为言也，长言之也。”是举言以包长言也。《记》缺“永歌”，举嗟叹以包永歌也。何以明之？《乐记》说：“一唱而三叹，有余音者矣。”可见唱叹即歌，其他载记上以叹为歌者亦多。况言与长言，歌与永歌，《序》以永歌承嗟叹，《记》以长言承言，其词例初不少异，明嗟叹即歌也。若以嗟叹为徒歌，永歌为乐歌，举一以明二更无不可，但这是我的臆说耳。

《虞书》上说：“诗言志，歌咏言，声依咏，律和声。”“咏”即永，“永”即长。《正义》：“定本经作‘永’字，明训永为长也。”故《尚书》“歌咏言”与上引《乐记》之文同义，长言之歌实即诵耳。若以长言之歌释为声歌，则下文“声依咏，律和声”之文为赘语矣。且作下式：

言——长言——嗟叹——永歌——舞（《记序》）

言——永言——声——律——（下言百兽率舞）（《书》）

讽——诵——歌——弦——舞

诗的制作及应用的历程，盖约略相同耳。

然言语有通言专斥之殊，此今古所同。就以讽诵为例，《说文》："讽，诵也。"这似乎讽诵无别，较歌诵无别之证据更为明确，再看段注：

> 大司乐以乐语教国子，与道讽诵言语。注：倍文曰讽，以声节之曰诵，"倍"同"背"，谓不开读也。诵则非直背文，又为吟咏以声节之。《周礼》经注析言之，讽、诵是二，许统言之，讽、诵是一也。

这说得最明白。以今言释之，讽是干念，背书；诵是打起调子来念。若云讽、诵是一非二，则言语亦是一非二。然《论语·乡党》上说："食不语，寝不言。"固已显然有别。事最通晓，不待烦词。

即使"讽""诵"的关系可推之于"歌""诵"，也不能就此说歌、诵无别，何况还推不过去。是否可以"歌，诵也；诵，歌也"那样子训释的，却是疑问。颉刚所引的例证极薄弱：

> 但歌、诵原是互文。先就动词方面看，……“公使歌之遂诵之”……“使工为之诵”……使“工为之歌”，可见是同义的。再就名词方面看，《小雅·节南山》说：“家父作诵。”《四月》说：“君子作歌。”《大雅·崧高》和《烝民》说：“吉甫作诵。”《桑柔》说：“既作尔歌。”可见是同义的。

其动词用法之三例，下文将悉有论列。其名词用法，似不足证明互文之说。古诗既可诵而又可歌，那末做诗说作诵可，说作歌亦可，这与歌、诵互文并无关，虽然古人有时说诵，有时说歌，十分随便。

现在又扯到“赋”字上去，“赋”是什么？是很麻烦的问题。颉刚把“赋诗”释为“点戏”，赋与歌、诵并没有什么区别。今既释歌、诵为二，那末赋义与诵近，还是与歌近？我宁取前者，虽然古书有些地方赋实是歌。赋、诵相同或系本义，赋与歌混乃系引申假借而得。《汉书·艺文志》有这么一段话：

> 《传》曰：不歌而诵谓之赋，登高能赋可以为大夫。……古者卿士大夫交接邻国以微言相感，盖揖让之时，必称《诗》以谕其志，盖以别贤不肖而观盛衰焉。故孔子曰：“不学《诗》，

无以言。”春秋之后周道寖坏，聘问歌咏不行于列国，学《诗》之士逸在布衣，而贤人失志之赋作矣。

固然带着诸子出于王官的调子，其叙述颇为明确。颉刚除却首句不赞成以外，大概他也是承认的。参以古之载记大致相合。孔子说：

诵《诗》三百，授之以政，不达，使于四方不能专对，虽多，亦奚以为？（《论语·子路》）

这就是《汉志》的蓝本，孔子之言特简约耳，赋《诗》既与言语应对相连，不歌而诵实最近情理。但从来卿大夫的架子十足，往往把自己赋《诗》，一变而为使工歌所欲赋的《诗》，那才是颉刚所谓“点戏”。此二者皆谓之赋。从此歌与赋相淆混矣。赋即是歌，以《文四年传》赋《湛露》《彤弓》，而下云：“肄业。”此例为最明白。

但此种淆混以古乐之衰歇，而自然消灭。先秦以来，赋又与歌分家。首出的是孙卿，他的《赋篇》显然只是诵的，有谁假定它曾被之弦管？颉刚所引《战国策》引《诗》两段，也是一类的家伙。后乃与《骚》并合而为汉赋，不歌而诵，至今不改。

诵与赋完全无别，下列的一例却不好解说。《周语》“瞍赋蒙诵”，翻成今语，是无眼瞎子念诗，有眼瞎子也念诗，这未免不词。看韦注：“赋，赋公卿列士所献诗。……《周礼》蒙主弦歌风诵。诵，谓箴谏之语也。”这好像很奇，其实大致不离。从上下文看，在此所注重的不是诗的唱念，而是它讽谏的内涵。另条韦注（见《晋语》）：“工，蒙瞍也，诵读前世箴谏之语。”此赋、诵虽通言无别，有时亦各有专斥也。《周礼》郑注：“赋之言铺，直铺陈今之政教善恶。”韦义殆本此乎？

说了半天赋与歌、诵，始终不涉本题，你何以见得歌、诵同义之说的不妥当？让我再引明白一点的例子。班固、韦昭之说，颉刚均以为汉人妄生分别的曲解。但是否冤枉他们呢？——韦说见《晋语》“舆人诵之”下注：“不歌曰诵。”这并不错，看当时舆人诵的确不是歌——墨子《公孟》“诵诗三百，弦诗三百，歌诗三百，舞诗三百。”而颉刚引此文却把诵诗三百之文省略。夫“诗三百”古之恒言，墨子所谓诵、弦、歌、舞，正是此三百的“一气化三清”，决不是三百以外另有三百，再有三百，而又有三百。在古代可舞的可弦，可弦的可歌，可歌的可诵，三百篇备此四用，而四用非一，较然易明，岂得谓妄生分别？若歌、诵同义，则《墨子》之文为不词矣。汉人之说明出故训，非臆造审矣。更有一个好玩的例，也被他讲错，把好玩的意味失掉了。

> 卫献公戒孙文子、甯惠子食，皆服而朝，日旰不召，而射鸿于囿，二子从之，不释皮冠而与之言，二子怒。孙文子如戚。孙蒯入使，公饮之酒，使大师歌《巧言》之卒章，大师辞，师曹请为之。初，公有嬖妾，使师曹诲之琴，师曹鞭之，公怒，鞭师曹三百，故师曹欲歌之以怒孙子，以报公。公使歌之，遂诵之。

从上边看下来，就知道卫献公是个妙人，他使太师歌《小雅·巧言》，却专点这末一章，是唯恐孙蒯不懂的原故。太师明白点事理，惟恐他懂。其诗曰：“彼何人斯，居河之麋，无拳无勇，职为乱阶。”这是骂他的老太爷要到黄河边上造反，而又未必中用——秀才造反。这就难怪太师的不肯干。师曹挨过三百皮鞭的，那自然肯干，而且要狠狠的干。当时也不知道唱了没有，总之清清楚楚打起调门读了一遍，故杜预说：“恐孙蒯不解故。”这注得很妙，孙蒯专听一章之诗何至于不解，惟报仇心切的惟恐歌声宛转，酒意朦胧，万一滑过耳。若依顾说：“公使歌之遂歌之。”证据且不提，有何趣味呢？

诵是打起调子来念，他的用途大半在箴规。古诗的歌声虽不见得十分曲折，总不如朗诵的痛快。《楚语》：“临事有瞽史之导，宴居有师工之诵，史不失书，蒙不失诵，以训御之。”注释师工为“乐师瞽蒙”。然言诵不言歌不言赋者，以旨在于自箴也。《春秋》内外传所记舆人之诵，其意均直切，其体近于后来的赋，其音节当然是直念。试节引《晋语》之诵惠公与骚赋颇为近似：

……猗兮违兮，心之哀兮。岁之二七其靡有征兮。若狄公子吾是之依兮。镇抚国家，为王妃兮。

汉以来辞人之赋丽以淫，而又要说什么劝百讽一，我觉得不大可解，现在明白了，“劝百”是新添的杂耍，“讽一”乃古代赋诵之遗痕而已。

《左传》有一条虽无诵之明文，却的确是诵读的实例，即州来之狩，子革对灵王念“祈招之愔愔”是也（昭十二年）。这决不是使工歌赋，是由他自己来念的。以外还有庆封的故事，亦见《左传》：

叔孙与庆封食，不敬，为赋《相鼠》亦不知也。（襄二十七年）

叔孙穆子食庆封，庆封氾祭，穆子不说，使工为之诵《茅鸱》亦不知。（襄二十八年）

庆封大约吃相很不好，上年来聘，已被叔孙指桑骂槐的骂了一通，这儿的“赋”，大概是使工歌的意思，未必叔孙自赋，看下文“使工为诵”知之。到次年来奔，又在吃饭的规矩上得罪了叔孙老爷，因为上年赋诗他既不懂，只好进一步使乐工老老实实诵起来，况且庆封已失国政，叔孙也不必再客气了。《相鼠》上已说：“一个人没有礼，还不快点死吗？”《茅鸱》更不会有什么好话，从它的名目也可以揣想得出的——下文怎样呢？他始终不懂，叔孙大夫之计乃穷。左氏在此有意描摹庆封的痴顽不学，这原是一个笑话。但这笑话如不把歌、诵分开，则非但不觉好笑，二十八年传文且成为第二张蛋皮，毫无味道。颉刚说左氏惯于装点，这话不错。古人顶幽默，顶爱讲笑话了，有时高兴起来，把历史一脚踢开，专讲笑话。古史之所以有别于后世史料长编式之官书，至少这是一点。此固古人之疏略，亦正其不可及处。因为读者总有常识的，笑话误不了什么事，若以听笑话而就误事，则不听笑话的不误事也就有限得很了。

话虽如此，《左传》在这地方却并未违反事实，只是说得这么幽默相。赋《诗》可代笑骂原无问题，而颉刚曰："但我虽是说出这句话，心中却很疑惑，不敢决定它的有无。"似乎十分不敢自信的样子。他以为世上缺少如庆封的糊涂人，其实也未必然。且孔子说过："不学《诗》，无以言。"嬉笑怒骂无非言语，又何疑之有？

颉刚又把这个"使工为之诵"与襄二十九年"使工为之歌"连引，以成其歌诵不异之说，也是不对的。二十九年是吴季札来聘，请观于周乐，遍歌《风》《雅》《颂》，乃是大规模的合乐，与上年工诵《茅鸱》大不相同，事例悬殊，此儗失之。

综上所述，古诗有讽、诵、歌、弦、舞五种程序（范文澜先生疑赋自有一种声调与歌、诵不同，说亦可商，但载记上似少明证。范说见《文心雕龙注》中册。）揆之情理，参以事证，似少疑惑。有一点须约略说明的，即五者之界有时漫衍莫辨。先言讽、诵，讽乃干念，以别于诵，而尽有念得字字清朗发音弘亮的，如今党人之读"遗嘱"，此讽实近于诵也。打起调子来念，偏偏念不好，私塾顽童每有此状，诵而近于讽矣。把书当作山歌唱，此亦昔日学堂之一般情形，是以诵为徒歌也，出口腔，随心令，简单之歌，与诵邻类而通言勿别。弦字颇难独用，徒歌、乐歌，均谓之歌，犹今人清唱谓之唱，彩唱亦谓之唱也。舞蹈，比较上界限易判，而细察之亦正未必，如“不知手之舞之，足之蹈之”一语，以移赠书呆子读书读到最得意的时候，实在再切当没有了。我们说话，特别是演讲，都非意识的带着“舞蹈”。夫言语且如此，讽诵且如此，何况歌唱？其界限彼此牵引，通言亦或不分，谓为不精密则可，谓即错误不可也。再复一遍，谓此五者界限难辨则可，谓其根本无别大不可也。如昼夜无划然之线，其间正有非昼非夜，亦昼亦夜之若干境界，然因此即谓昼夜一也，可乎不可乎？故就《诗》三百言，可歌者，均可诵；可诵者，均可歌：斯歌、诵相兼。就三百篇以外言，有歌而诵之佚诗，亦有不歌而诵之赋矣。就歌诵言，则二者音节自别，即使差别得不多，（其实差别多不多，无从知道。）也决不能说歌即诵，诵即歌也。

考证最使人多闷。像《诗经》这般整齐调协的句度，说当时除掉乐歌以外就没有别的唱法了，证据且丢开，以常识观，我也不信。无论什么东西，都可以有多方面的性质和用途的，我们想古诗也不必是例外。

（二）

据《虞书》“声依永”与《乐记》“音生人心”之说，以心之感动而成声，声成文谓之音，比音而为乐，备乐始有舞容，其由内而外，本之自然，是古代诗、乐同源，歌、诵一贯，《诗》三百之所以可诵、可弦、可歌、可舞也。至于《孺子》《沧浪》之歌，“琼瑰”“盈怀”之句，矢口成章而谢弦管，非不可被弦管也，不暇悉被弦管耳。若后世则有不尽然者。

诗、乐之忽离忽合，造成二千年之诗史，叙其错综变化之迹，乃文史专篇之事，非此所能详。要言之，后世在诗以外另立乐府一名（乐府原只是一衙门耳），即为诗、乐曾几度分携之证。夫三百篇，诗也，而乐之。孔子说：“吾自卫反鲁，然后乐正，雅、颂各得其所。”雅、颂独非诗乎？诗、乐合则歌、诵相兼，诗、乐离则歌、诵异趣。无乐之诗，古已有之，不歌而诵。非诗之乐，肇自近世，歌不必诵。夫喉舌宛转，诵为利便；音律繁会，歌实专门。诗不必歌，乐不必诵，理也。计其实事，虽有绝不可歌之诗，尚少绝不可诵之乐。何则？诵之为用大也。论其大齐，辄兼被诗、乐，而为论中国诗主要观点之一。

欲明歌、诵之实情，必先说诗、乐之关系。以我的看法，中国诗体有时是被音乐拉着变的——有时连拉都拉不动。所以得先说音乐之变。惭愧我一点不懂得这些玩意，为敷衍场面，不得不来几句反串，悲夫！

兹篇范围止于中唐，以汉、魏、六朝为一期，隋、唐为一期，依下列三项目论之。（一）乐的变迁；（二）诗、乐的追逐，诗的落后；（三）诵的惰性之一现。

历代所谓雅乐，往往是冒牌，只保着相当的传统性。老牌的雅乐——《诗》三百，那不要说秦、汉，也无论魏、晋，战国时候已不流行了。是以后世本无雅乐，或者有一点雅乐的影响，而这名字却衣钵似的传递下去，如清商三调虽导源古代，实系江南里巷之音，而隋人则谓之正声。汉、魏人所谓雅的是《诗经》，六朝人所谓雅的是汉、魏，隋、唐人所谓雅的是六朝，……今人且有谓昆曲为雅者矣。雅乐之名其无定如此。

俗乐之来源不外两种：里巷与胡戎。汉、魏、六朝之新声大半是里巷之音，隋、唐则重胡戎之乐。质言之，前者是国货，后者是来路货。这并不精密，只大概不差，且后世所谓“里巷”，事实上每即“胡戎”，虽也未必定是。因为胡化之来，每先被闾阎而后登廊庙，此二者遂绲而难分。用夷变夏，其变迁之剧烈，自当什佰于雅郑之殊。涉想所及，举其二端。

（一）不但声变，并乐器也都换了。《隋书·音乐志》西凉条下“今曲项琵琶、竖头箜篌之徒，并出自西域，非华夏旧器。《杨泽新声》《神白马》之类，生于胡戎。胡戎歌非汉、魏遗曲，故其乐器声调，悉与书史不同。”（《旧唐书·音乐志》则谓西凉乐有旧乐成分，即有，也不会多罢。）皮之不存，毛将安傅？黄先生尝说，中国古乐器现在只有琴了。音乐之胡化至近世而已备，以后只是用夷变夷的问题，犹瓜皮之与铜盆，皆无涉于冠裳也。

（二）变古代诗、乐之一元性为多元。自华、夷杂用，歌、诵分歧日远。中世乐律初繁，已有放声为辞者，如魏之三调是，而急转殆始六朝，其蕃变良不可究。盖歌、诵既各为外力所摄，而此外力固非单一，亦非单纯者耳。以转读佛经而解别宫商、识清浊矣，于是诵之地位日高而性质亦固定，遂变六代为三唐，兀然为诗坛之镇，历风雨不摇，至悠悠千载，音歌之剧变，喻为风雨，洵不虚耳。虽曰歌、诵有别，古今不异，而不异之中，大异存焉，即变一致为多元，易和谐为冲突也。歌、诵且各有其势力之凭依音乐与言文。音乐占优势，则引诗与乐合，而诗体旁出；言文的特质占优势，则离去音乐而诗体直下。唐以来千数百年诗体之演变，此一语足明其大凡矣。此意既明，下作分论。

新声之导源民间旧矣。孔子所谓郑声，殆指声言，与风诗无涉。《汉书·礼乐志》：“桑间、濮上，郑、卫、宋、赵之声并出。”是一处有一处的新腔。《乐记》说：“郑、卫之音，乱世之音也；……桑间、濮上之音，亡国之音也。”审其语气之抑扬，感慨溢于词表。汉叔孙通因秦乐人制宗庙乐，而房中之乐则为楚声，史文具在，是汉初用秦、楚之乐，周之遗音微矣。《文心雕龙·乐府》：“虽摹《韶》《夏》，而颇袭秦旧，中和之响，阒其不还。”“暨后汉郊庙，惟杂雅章，辞虽典文，而律非夔、旷。”后世宗庙郊祀之乐章，大抵皆如此耳。

汉武立乐府，采诗夜诵。（师古曰：“夜诵者其言辞或秘不可宣露，故于夜中歌诵也。”此亦汉代歌、诵接近之证，夜诵则犹近世所收谣歌有违碍的字样，或秘之耳。）代、赵、秦、楚兼容并包，皆里巷之音，世俗之乐，《汉书·艺文志》所录歌诗是也。据《礼乐志》，则郊祀歌之制作大抵本此。汉伐北狄，通西域，遂有鼓吹、横吹之乐，所谓铙歌，即国乐胡化之第一步。考汉人所谓郑声，只是新腔，计有两种：里巷与胡戎，特比较起来，里巷的成分甚多。与中世以来音乐之胡化，情形虽似而程度迥别也。观汉之三大乐歌（《房中》《郊祀》《铙歌》），里巷占二，而胡戎得一，可明上说。（参看朱逷先先生《汉三大乐歌声调辨》，《清华学报》四卷二期。）朱先生说："《郊祀歌》十八章为楚声（里巷），其《日出入》一章为新声（胡戎）。"十八章中何以独杂此一章，事属奇怪。然即依朱说，国乐成分仍占了三分之二，特与古代杂乐皆不相干耳。此后郑声流行，上下风同，名倡有富显者矣。哀帝好古，始罢乐府官，而豪富吏民湛沔自若，迄于西汉之亡。在最近古的一代中，雅乐已完全失败了。

然而后世每以汉乐为雅，而思追复之，且有欲追复而不可得者，是新旧之声迭为雅郑也。如魏杜夔曾为汉雅乐郎，为魏制造雅乐，以所得四古曲《鹿鸣》《驺虞》为根据，所复者殆两汉之旧耳，今其乐章不传。同时有左延年妙善郑声，改易音辞，子建且称美之，唯杜存古，止存《鹿鸣》一曲，其不敌左明甚。晋荀勖本古器造新律，法密于夔，而同时阮咸妙识宫商，诋之为"亡国之音"，此重公案至今不能决。迨永嘉之乱，则此雅乐之类似品亦并没于戎狄，南渡以后又力求规复魏、晋。好在音律微茫，合与不合，知之者稀，其有合于先代与否，更无人能言之。一个皇帝都要有他的一代之乐，其实一代之乐那有这么许多。

返观里巷之音则盛极一时，汉、魏、六朝歌曲存于今者什之九是民歌，其著名者什之十是民歌。如相和旧曲，名为九代之遗音，其实则汉代之民歌耳。《宋书·乐志》“凡乐章古词，今之存者，并汉世街陌谣讴，《江南可采莲》《乌生》《十五》《白头吟》之属是也。吴歌杂曲，并出江东，晋、宋以来，稍有增广。”若西曲，如《襄阳乐》之流且本之西、伧、羌、胡诸杂舞（亦见《宋书·乐志》）。是在当时，胡戎之音更侵江表矣。观王僧虔升明二年上表：

> 又今之《清商》，实犹铜雀，魏氏三祖，风流可怀，京、洛相高，江左弥重。谅以金县干戚，事绝于斯，而情变听改，稍复零落，十数年间，亡者将半。自顷家竞新哇，人尚谣俗，务在噍危，不顾律纪，流宕无涯，未知所极，排斥典正，崇长烦淫。……故喧丑之制，日盛于廛里；风味之韵，独尽于衣冠。

何限冷暖盛衰之感！至齐、梁以降，新词艳曲，上下同风，齐有《伴侣》之曲，陈有《后庭》之咏，哇淫靡曼，迄于沦亡。

虽然，江左风流犹承汉、魏，用夷变夏，实始北朝。兹列隋、唐之乐，七部、九部、十部之表（次序不依原书）：

隋七部　清商　文康　国伎（此名承北朝之旧）高丽　天竺　安国　龟兹

隋九部　清乐　礼毕（隋乐最后奏之出晋庾亮家）西凉　高丽　天竺　安国　龟兹　疏勒　康国

唐十部　清商　西凉　高丽　天竺　安国　龟兹　疏勒　康国　高昌　宴乐

《隋·志》，开皇初定七部，而大业中已为九部，其中只有两种是中国的，而“礼毕”之性质尚不分明。文帝得清商于南朝，有“华夏正声”之叹，而竟不能止臣下之好尚。炀帝新收入的皆胡乐，他就老实不客气的好起胡乐来，并且自己制造，造成以后，还特别表示得意。史称其“不解音律，略不关怀”，真是妙语，他岂不懂音律，只是不去理会这“华夏正声”罢了。

唐代清乐愈衰，后遂全灭。《旧唐·志》“隋室已来，日益沦缺，武后时犹有六十三曲，今其辞存者……为四十四曲存焉。”“自长安（武后年号）已后，朝廷不重古曲，工伎转阙，能合于管弦者，唯《明君》……等八曲。旧乐章多或数百言，武后时《明君》尚能六十言，今所传二十六言。”这是可惊的消减！篇目由六十三而四十四，由四十四而八！内容由数百言而六十，而二十六！

至于胡乐，周、隋已来将数百曲。唐承隋旧，变九部为十部，加高昌而去礼毕，又自造宴乐（亦非雅音），是以“部”而论，国乐成分由七分之二，而九分之二，而十分之一。事实上，因内容多寡不同，故尚不及十分这一远甚。且唐之十部并非确数：“今著令者唯此十部，虽不著令，声节存者，乐府犹隶之。”是尚有一些零星不重要的外国玩意。据说又有百济、扶南、骠国及北狄之鲜卑、吐谷浑、部落稽之乐。——自然于后代有重大影响的还在“西”“南”。

唐开、天以后，音乐胡化呈急转直下之势。《旧唐·志》“自开元以来，歌者杂用胡夷里巷之曲。”玄宗自己即是倡导制作新乐的宗师。《羯鼓录》上说：

> 诸曲调如《太簇曲》《色俱腾》《乞婆娑》《曜日光》等九十二曲名，玄宗所制。上洞晓音律，由之天纵，凡是丝管，必造其妙，若制作诸曲，随意即成，不立章度，取适短长，应指散声，皆中点拍。……虽古之夔、旷不能过也。尤爱羯鼓、玉笛，尝云八音之领袖，诸乐不可为比。

羯鼓、玉笛都是外国乐器，看本书之末附载各曲，什九是外国名字，虽有些佳名如《春光好》《秋风高》，实皆胡乐。诸佛曲调下又有御制曲。同书更有一条，明示玄宗用夷变夏的态度：

> 上性俊迈，酷不好琴，曾听弹琴。正弄未及毕，叱琴者出曰：“待诏出去。”谓内官曰：“速召花奴将羯鼓来为我解秽！”

琴是中国乐器的仅存者，而明皇这样给它下不去，他的外国迷真是利害。正史也说他曾制曲作谱。他所喜欢的法曲，似很典雅，其实词多郑、卫，故《旧唐·志》屏而不录，惟此乐传自隋代，较纯粹之胡乐较澹雅耳。据《新唐书·礼乐志》千古艳传之《霓裳羽衣》即系河西节度使杨敬忠所献之《婆罗门曲》，而比附之于神仙。到开元二十四年升胡部于堂上。天宝时所作乐曲多以边地名，如《凉州》《伊州》《甘州》之类。至所谓《梨园》，皇帝弟子即有三百人，而供奉内廷乐工总至数万人，可谓骇人听闻。若没有渔阳鼙鼓，则大规模的新乐运动必不会中止，必有更大的影响到后世。

古代帝王有两种相反的心理，好雅乐而又喜郑声，好雅乐者，想追踪先代以成正统之局也。郑声又谁人不喜。所以历来音乐的俗化、胡化，皇帝老是睁眼闭眼的不大肯管。隋炀帝、唐明皇更是聪明人，所以索性把制礼作乐的套话丢开，而积极倡导他们所爱的东西。

来了半天的反串，三魂渺渺，七魄悠悠，正传已不知何往。自汉到隋有八百年，从隋到中唐有二百年，此千年之内，里巷胡戎之乐迭代而兴，音乐早已变得认都不认识了，而我们的可怜伙伴，不知走了多少路？他不过从四言而五言，从五言而七言，他不过从古诗变到律诗。就他自己说，变得原也不算少，拿音乐来比着，变得未必够多。依中国的老例，他俩该一起跑的，在前半段路程上跑得还差不多；到了后半段，他的伙计要着洋腔，跑得又快又乱，一眨眼就拉下这么一大节。跟不上，没法跟，去你的罢！——还是慢慢地走的好。懒才是他的癖。

所以就大体上不妨分为甲乙两段说明。甲段里巷之音，乙段胡戎之乐。街陌谣讴出于天籁，诗、乐虽同源，到被之金石弦管，则不免有相当的距离，所谓“声”“辞”的分别，就依这个而立的，但其距离却并不很大。《汉书·艺文志》有《河南周歌诗》《周谣歌诗》，下面各有其“声曲折”，这是曲文和工谱的对照，可惜已不存在了。《文心雕龙·乐府》：

凡乐辞曰诗，咏声曰歌，声来被辞，辞繁难节，故陈思称“左延年闲于增损古辞，多者则宜减之”，明贵约也。观高祖之咏《大风》，孝武之叹“来迟”，歌童被声，莫敢不协。子建、士衡咸有佳篇，并无诏伶人，故事谢丝管，俗称乖调，盖未思也。

他以为古诗大概皆可歌，却是有给伶工，有不给伶工的。给了他们，“莫敢不协”，不给他们，“事谢丝管”。若以为不入乐就是不能入乐（乖调），那是没有想得通。当时随意吟成皆有入乐之可能，则诗乐未远，可为明验。但是诗既是随便做的，那以诗合乐必须有增损。我们拿《宋书·乐志》与原诗来对一下。

却没有仔细的对照，字栉句比也恐辞太繁了。大约有四种：（一）全同的，如曹植的《箜篌引》，《志》作《野田黄雀行》。（二）相同，乐章添复奏的，如曹操《苦寒行》。（三）与原诗不同，分为数解，增添句子而不倒其原来的次序的，如曹植的《七哀》，《志》作《明月》，一首十六句，改为七解二十八句。（四）与原诗不同，有颠倒，有复叠，分解而增添句子的，如《十九首》之“生年不满百”，《志》作《西门》，与原诗相异甚多。（一）

与（二）在做的时候即为入乐准备，《宋书·乐志》之言可证；（三）（四）却当时是随便吟成，后来硬拿它们来入乐，所以变动处较前者为多。

《文心》之言对是对的，似乎不全对。他说“明贵约也”，但我们今日只见其增，不见其减，此或是文献不足之故。他说得很明白“多者宜减”，反言之，则少者宜增。我们只见一偏，所以觉得不大符合。他在当时既说得这么不含糊，盖必有所依据。

况且增或减对于我的论点是差不多的情形。看《宋书·乐志》，只是整章整句的增，详别之有三：（一）打破原来的句调的地方不多。《西门》比较上变化得顶多，而改变原来句法的也只有“为乐”两句，“仙人”两句。（二）所增的句子如原来是五言，大概也是五言，如《明月》第四解“北风行萧萧”全系新增，但与原诗的做法相同。（三）即使所增为杂言，而仍谐适，如《西门》：“夫为乐，为乐当及时，何能坐愁怫郁，当复待来兹。”易整为散，而语气故顺。《乐府诗集》又录一词，较后出而为晋乐所奏，改“何能”六字句为“何能愁怫郁”，则更顺调矣。

此外诗、乐分别之迹可见者，即不可句读之品是也。在《宋书》《齐书》皆有所录，如《汉鼓吹铙歌》十八篇，《宋鼓吹铙歌》四篇，《圣人制礼乐》一篇，《公莫巾舞歌》一篇，并声辞相杂不可句读，不可理解。此所谓“声”，即《古今乐录》所谓“若羊吾夷伊那阿之类也”。是以诗入乐，在当时已有不尽密合之处，盖已有外国音乐之成分故耳。否则何以不可句读之品，多半属铙歌耶？

若专制之正式乐章，自汉代以来情形相仿，即以三言四言为基本，而间用杂言，如《安世房中歌》十七章，四言者十三，三言者三，而杂言得一；《郊祀歌》十九章，四言得八，三言七，而杂言得三。《宋书·乐志》：

> 张华表曰：“按魏上寿食举诗及汉氏所施用，其文句长短不齐，未皆合古，盖以依咏弦节，本有因循，而识乐知音，足以制声，度曲法用，率非凡近所能改。二代三京，袭而不变，虽诗章词异，兴废随时，至其韵逗曲折，皆系于旧，有由然也。是以一皆因就，不敢有所改易。”荀勖则曰：“魏氏歌诗，或二言，或三言，或四言，或五言，与古诗不类。”以问司律中郎将陈颀，颀曰：“被之金石，未必皆当。”故勖造晋歌，皆为四言，唯王公上寿酒一篇为三言五言，此则华、勖所明异旨也。

二人所说的情形虽不甚同，而所谓雅乐率以齐言为主，杂言为从，固无问题。即用杂言语必调协，亦与后世之杂言，名同实异，若谬引古昔以为词曲之源，甚无谓也。

《宋书·乐志》“凡此诸曲（指吴歌杂曲）始皆徒歌，既而被之弦管，又有因弦管金石造歌以被之，魏世三调歌词之类是也。”《诗序正义》“初作乐者准诗而为声，声既成形，须依声而作乐。”此诗、乐迭为先后，互相角逐，以乐就诗者有之，以诗就乐者有之。以诗就乐则较密合，密合唯专家能之；以乐就诗则不密合，不密合人人能为之。是以论其大凡，诗、乐中间仍不免有相当之距离。

如此说来，在甲段的路程上，它们的追逐从头就不大景气。照乐句来做诗，要碰专家的高兴。平常做诗只是随意吟来，你们爱唱不唱。爱唱，你们改去；不唱，算。这还是平民诗人，好好先生。至于皇帝贵人更糟，自己乱做一气先不必说，一声令下要唱，那“莫敢不协”。这“莫敢不协”四字，画得出伶工的苦恼。如何协法，无非又是改，碰着句子多少不合，则整章整句的增减，若句法也不合，只好杂以虚声，或者添改数字，这些工作当然该办的人为之，老爷不问也。有时较难的工作且非高手莫办。《古今乐录》曰：

> 《估客乐》者齐武帝之所制也。帝布衣时尝游樊、邓，

登祚以后，追忆往事而作歌，使乐府令刘瑶管弦被之，教习卒遂无成。有人启释宝月善解音律，帝使奏之，旬日之间，便就谐合。（据《汉魏遗书》本）

一跷一拐的竞走，度过了近八百年，隋、唐以后，乐已急剧变化，诗体虽亦进展，而还是差得太多，诗、乐的应合不知加增了多少困难。所以大有宣布停止竞走之势。

似乎诗已在自己走自己的路，不再想去角逐了。在另一方，虽与乐律仍有种种的交涉。古诗向有杂言，六朝晚年如鲍照《夜坐吟》、梁武帝《江南弄》，其体更多变化。但到了唐代，就大体言，却把诗形变化得更加方块了（不是正方）。拿这样的方块诗和异国嘈杂的音乐结合而成乐府，这是顶古怪的配偶。——唐人虽多杂言的古诗，但其入乐者大抵均律诗。

我们且看《苕溪渔隐丛话》：

蔡宽夫《诗话》云："乐天《听歌诗》云：'长爱《夫怜》第二句，请君重唱夕阳开。'注谓：'王右丞辞"秦川一半夕阳开"，此句尤佳。'今《摩诘集》载此诗，所谓'汉主离宫接露台'者是也。然题乃是《和太常韦主簿温阳寓目》，不知何以指为《想夫怜》之辞。大抵唐人歌曲，本不随声为长短句，多是五言或七言诗，歌者取其辞与和声相叠成音耳。予家有古《凉州》《伊州》辞，与今遍数悉同，而皆绝句诗也。”（前集卷二十一）

唐初歌辞，多是五言诗，或七言诗，初无长短句。自中叶以后，至五代，渐变成长短句。及本朝，则尽为此体。（后集卷三九）

日本铃木虎雄《词源》一文（译文见《语丝》五卷十六、十七期）也有同样的话，说得更为详尽，节引如下：

凡乐曲长的分许多部分，各部都以绝句组合拢来。这状态现在可以看到的，有载于《乐府诗集》（卷七十九）的《水调歌》《凉州歌》《大和》《伊州歌》《陆州歌》等。这些都是顺序地排列五言或七言的绝句的。……有的是绝句以外底诗形的诗，这也是截取其中四句，如绝句地在用的。……

《凉州歌》底第三歌，五绝，用“开箧泪沾襦……”，这是高适作五言古诗《哭单父梁九少府》起头底四句。……《陆州歌》底第一歌，五绝，用“分野中峰变……”，这是著名的王维底《终南山》五言律诗底后半。……又有某乐曲名，一看他所用的歌辞如何，却是著名绝句。如《盖罗缝》这曲，它所用的歌辞是王昌龄底七绝《从军行》；《昆仑子》曲，它底歌辞是王维底五言律诗《从岐王过杨氏别业》底前半；《戎浑曲》，它底歌辞是王维底五言律诗《观猎》底前半。由这些来看，如这里有着某曲，合上去的歌辞并不管曲底长短，是把绝句合上去而歌唱的。

凡有某某曲，看它的歌辞，总是五七言绝句，这都是把绝句合诸曲而歌唱的，并不是那绝句表示这曲底音节的。

唐诗不表示唐乐的音节，这儿说得极切实。近人王易《词曲史》上，对于唐乐府皆为五七言诗，也有很详细的列举。（参看王书三七——四〇页。）

从以上的引语，事实已够明白，做诗的只管写他的好诗，作乐的只管翻他的好腔，诗、乐各走各的路，却显出 代诗歌与音乐的异样隆盛来。离之双美，合之不伤，唐人之谓也。

在理论上而且很讲得通。传统的诗、乐一元性早被中世胡化所冲断，以后的诗、乐一致不但是困难，而且是不必要。你有什么理由，说中国诗有表示外国调的音节的义务？唐诗入乐只是借这么一小段来唱唱而已，不曾符合，不想符合的。

律、绝唐人通谓之律，看乐府所取都是短均或节本，巨大的乐章所配合的诗反小以为贵（最短的五绝也常用），这正是诗、乐不合之证。本来不合式的，篇幅短了，音乐中间夹这么一段，可增兴会，又无妨碍，若长章大篇的引入乐中，那就没处安插了。唐代歌行每不入乐，其故在此；律诗入乐而被裁剪，其故在此；绝句之流行，其故在此；词体之先令后慢，其故亦在此欤？

古诗是乐的生命，唐诗是乐的穿插，生命非有不可，穿插可有可无，虽然唐诗在文学史上是非常重要。大概唐代许多曲子是有声无词的。如《教坊记》所载唐代曲名甚多，其中或有虚谱无辞的，特今不可考耳。《羯鼓录》诸曲是成套的打鼓调，其不会有文辞，更显而易见。所谓《春光好》等等乃就音声的情调而言，本书说得明白，并非咏赞春光的歌词。著名的《霓裳羽衣》最初是舞曲，亦系无词。且看白乐天的《霓裳羽衣歌和微之》（《白氏长庆集》卷五一）：

> 案前舞者颜如玉，不著人家俗衣服。……娉婷似不任罗绮，顾听乐悬行复止。磬箫筝笛递相搀，击擫弹吹声逦迤。散序六奏未动衣，阳台宿云慵不飞，中序擘騞初入拍，秋竹竿裂春冰坼。飘然转旋回雪轻，嫣然纵送游龙惊。……繁音急节十二遍，跳珠撼玉何铿铮。翔鸾舞了却收翅，唳

鹤曲终长引声。……移领钱塘第二年，始有心情问丝竹，玲珑箜篌谢好筝，陈宠觱篥沈平笙，清弦脆管纤纤手，教得《霓裳》一曲成。

此写得极详尽，但都是乐声舞态，说到唱歌，只“唳鹤曲终长引声”一句，《新唐·志》“凡曲终必遽，唯《霓裳羽衣曲》，将毕引声益缓”。所唱的是什么，却不可考。看下文说到微之。

……唯寄长歌与我来，题作《霓裳羽衣谱》。四幅花笺碧间红，《霓裳》实录在其中，千姿万状分明见，恰与昭阳舞者同。……由来能事皆有主，杨氏创声君造谱。

这好像元氏做的是曲谱，（夏剑丞先生《词调溯源》以君指幺宗，大误。）而其实是一首描写本曲的长歌。如是舞谱，则乐天岂得和之?如是声谱，则与“杨氏创声”一语重复。既非声非舞，则辞而已。乐天所谓“长歌”是也。从“杨氏创声君造谱”一句看来，明开元旧曲殆虚谱无辞，即使有唱，亦必借用别的诗句为之，无本曲之歌辞也。若本有，何烦微之造耶？（《乐府诗集》载《婆罗门曲》只是李益之一绝句。）

《乐府诗集》卷五十六“舞曲歌辞”下，有王建《霓裳辞》十首，只是咏《霓裳》之诗耳，曲十二遍，而诗只有十首，恐从头就是“事谢丝管”的。所谓“听风听水作《霓裳》”是《霓裳》曲调有风水之音，与上述《羯鼓录》参看，唐代音乐之造就极高，大有脱离诗歌而独立的样子。至于《霓裳》是否月中所传，事涉神怪，王灼辩之甚详，见《碧鸡漫志》三，今置勿论。

《苕溪渔隐丛话》卷二十四：

> 唐有两《霓裳曲》，开成初，尉迟璋尝仿古作《霓裳羽衣曲》以献，诏以曲名赐贡院为题，此自一曲也。……则亦祖述开元遗声耳。此曲世无谱，好事者每惜之。《江表志》载周后独能按谱求之。徐常侍铉有《听霓裳送以诗》云：“此是开元太平曲，莫教偏作别离声。”则江南时犹在也。

《新唐·志》称太常卿冯定采开元雅乐制《霓裳羽衣舞》曲，想与此是一回事情，璋作以献，定定之耳。但李后主所得，开元《霓裳》，还是开成《霓裳》呢？胡氏所说似欠明白。总之是开元遗音也，观引徐铉诗可证。《碧鸡漫志》引李后主《昭惠后诔》：“《霓裳羽衣曲》，经兹丧乱，世罕闻者，获其旧谱，残缺颇甚。”此灼所引诔后注文。陆游《南唐书》“故唐盛时，《霓裳羽衣》最为大曲，乱离之后绝不复传，后得残谱以琵琶奏之，于是开元、天宝之遗音复传于世，内史舍人徐铉闻之于国工曹生，铉亦知音，问曰：‘法曲终则缓，此声乃反急，何也？’曹生曰：‘旧谱实缓，宫中有人易之，非吉徵也。’”以这些材料参考，李、周所得确系旧谱，既只付之弦索，其为虚谱甚明，（《琵琶行》“初为《霓裳》后《六幺》。”《霓裳》原系琵琶曲也。）是以后主《玉楼春》虽有“重按《霓裳》歌遍彻”之句，而当时盖并不曾为此曲按谱填词，此殆由音声繁复，不但非五七言律所能写，即令近亦有所谢短乎？至《蜀梼杌》称王衍自执板唱《霓裳羽衣》，其词如何，良不可考。

以《霓裳》之曲折为词，实始于南宋之姜白石。其词集卷四：“……又于乐工故书中得商调《霓裳曲》十八阕，皆虚谱无辞。按沈氏《乐律》，‘《霓裳》道调’，此乃商调；乐天诗云：‘散序六阕。’此特两阕。未知孰是？然音节闲雅，不类今曲。予不暇尽作，作中序一阕传于世。”是白石所得是否故唐法曲，他自己也有些疑惑。遍数先不合，《霓裳》旧说十二遍，今则有十八。散序少了四遍，而拍序多得更多。即假定十二遍不数拍序，也已经多出四段，此白石所以不暇尽作也。但看《碧鸡漫志》：

> 又唐史称：客有以按乐图示王维者，无题识，维徐曰："此《霓裳》第三叠最初拍也。"客未然，引工按曲乃信。予尝笑之。《霓裳》第一至第六叠无拍者皆散序故也，类音家所行大品，安得有拍。乐图必作舞女，而《霓裳》散序六叠以无拍，故不舞。

此与白石所得正合，散序两篇即入拍序，有了舞态，便可图绘。岂唐代《霓裳》本有他种格式乎？今不能考也。

至于宫调，旧曲属商。乐天"嵩阳观夜奏《霓裳》"，"开元遗曲自凄凉，近况秋天调是商"。又《乐府诗集》卷八十，引《乐苑》定《婆罗门》为商调曲，又据《唐会要》说《婆罗门曲》为《霓裳》之前身。既同属商调，似无问题。但王灼既定旧曲为黄钟商，而说白石词者又以《中序第一》为夷则商，其宫调舛误固难定，即旧说合否亦属难定，缺疑可耳。若只观其大凡：白石所得与旧曲同属商调，且白石在宫调上只说与沈氏说异，而不说与乐天诗异，一也；散序两阕，与记载固不合，然亦有合者，二也；白石知音之士，自言其音节闲雅，不类今曲，三也；则其所得即非开元之曲子本来面目，亦总是唐代遗音，或即李、周所改订者欤？

考了半天的《霓裳羽衣》，对于本题似乎抛荒了。唐代诗、乐相去之远有不易想象者，得此可以明白。夫以如此驰名之大曲，传流奕世，而不曾填上词句，即使偶然有了，也是驴唇不对马嘴的东西。以南唐后主之知音识乐，绝代词流，辅以璇闺之秀，而只存音节，不写文章。到了白石手中依旧是十八阕的虚谱。及拿白石所填的一看（我们相信他所填的必系密合的），原来这么一首细密拗涩的漫词，这就难怪古人的不填词了。所以我说，慢词起于北宋，就文词言之耳，若以音律言，则慢词其孕育于唐代乎？唐代在音乐上已备令慢，而词之兴起也如此其迟，其故盖可想矣。

诗、乐之远，不易追逐，势也。然语不云乎"英雄造时势"，无法之中盖有法焉。何以明之？由词曲以明之也。若终于无法，是终于无词曲矣。今既有了词曲，故曰有法也。——然而古人的脾气，觉得暂时戴着不合头寸的帽儿，或者干脆光了头，也就算了。于是有怪怪奇奇的乐，有方方正正的诗。你虽学会了拉手亲嘴的洋腔，其奈老僧之不闻不见何？如此别别扭扭，有二百多年。

好比一个人，他不是很能跑，也不是竟不能跑，只是懒。为什么要懒呢？那总有他的原故，天生的。唐代诗乐之别扭只是此基本惰性的偶一表现。若说他因讨厌他的新来的外国伙计才不肯跑，那是不然的。这方才是真正的懒，而非懒与不快之混杂。我们看白居易的议论，觉得与上引王僧虔的大不相同了。（《白集·策林》第六十四）

> 伏睹时议者（废今复古），臣窃以为不然。何者？夫器者所以发声，声之邪正，不系于器之今古也；曲者，所以名乐，乐之哀乐，不系于曲之今古也。……是故和平之代，虽闻桑间濮上之音，人情不淫也，不伤也；乱亡之代，虽闻《咸頀》《韶武》之音，人情不和也，不乐也。

何等明通之话！唐人久已全盘承受胡乐，而不复对于古乐为骸骨之迷恋，事实甚明。然则诗之不逐乐已难释为不愿跑，而当释作跑得不大方便才对。我以为这个不大方便，根深柢厚，藏在言文的性质里面，被克服是例外，要恢复是当然。譬之于弓，张须用力，要它还原你一放手就得啦。

对于语言文字更是十足的外行，几乎没处去拉扯。最通俗的看法“方块”的形，“单节”的音，其自然而然所演变的文体当然会与其他民族的不同。周岂明先生于论八股文中说：“至于红可以对绿，而不可以对黄，则非黄帝子孙恐怕难

以懂得了。”（《中国新文学的源流》）

文归于骈，诗归于律，是否文妖是在那边作怪，抑系此外别有隐情，这问题太大，暂且搁下。较后起的小说，说一回有一目，原系单句，后来齐一变而为参差的对句，鲁一变而为整齐的对句矣。标语可以不必再对了罢，然而上联是“肃清污吏”，下联是“打倒贪官”，上联是“三民主义”，下联是“五权宪法”。夫小说家，民众也，至少是民众的同情者也，党人，革命家也，岂其中亦有文妖之余孽乎？民九之新诗其形枝丫，而民十九的呢，依然豆腐干式了，新诗人系打倒文妖之原经手者，岂亦将一变而为妖精之伙伴乎？予读易卜生之《群鬼》，深惑无鬼之说矣。

整齐的句度，谐调的音绝，以中国言文之特质为背景而自然地发展的，此种情形实诗文所同具。今姑舍文而言诗。（一）最古之诗虽不可见，大约是杂言，如今之歌谣然，而三百篇中已显示四言之凝成。骚、赋、乐章、杂言间出，而汉、魏、六朝之诗一之以五言。唐诗则除一小部分之歌行外，五七言之局遂定，历宋、元、明、清而不改。今之视昔，能变者风裁，不能变者体式。词曲之兴乃其附庸耳，今以词曲绲诗，乃属宾主舛谬，非知言也，当于下篇详之。（二）诵声虽以梵呗而变，但其音质固纯乎为中国，故沈约曰：“灵均以来，此秘未睹。”若为梵音，则灵均未睹宁待言耶。前修未密，来者转精，休文之意自明。诗由古而《选》而唐，虽中有转读之影响，而仍为一脉之通连，其格局至有唐而定。后之谈龙巨子，莫不乞余晖以自烛，负绝技而同夸，犹之十万八千里之筋斗云，始终跳不出荷叶般的掌心，岂非命欤？岂非天欤？

唯“可诵”才能把这两种特色表现得圆全，所以它就代表了本国的言语文字而关起诗坛的大门。在古代歌诵一致的时候，自然显不出它的力量的，到中世歌诵分家，其顽强抵抗之迹，遂历历可睹。诵虽变了，但并不和歌唱变得一样。在这篇中明示它在音乐转变的狂澜里，作中流砥柱者垂三百年。自西汉迄于中唐，诗体非但不受音乐胡化的牵制而旁出，反循这自然演变的轨道而直下。别的原因也有，“诵”却是串这戏的主角。

所以依我的谬见，可诵是中国诗之所以为诗的条件，使大家公认它为诗而不至于认错的条件。——其实竟许因此认错，我并不保险的。凡具备整齐与谐适的最可诵，缺一不大方便，缺二大不方便。其整齐谐适虽亦完全而自成一种的，仍当以缺陷论，有如今之新诗。整齐只限于那么一种的整齐，谐适只限于那么一种的谐适，究竟是那么一种呢？为中国言文所容的那一种。

我们诗国的传统政策只是闭关。最可诵的得据正统，较可诵的得列旁支，不可诵的只好请它坐红椅子，而文词之好歹不与焉。是以终宵历录不少歪诗，一气呵成翻成杰作，你觉得你自己的诗不错吗？也许真是不错的，但是——这有什么关系呢？

可诵为记，不误主顾。大家看货都要认这老招牌，这有什么办法！即使我的意见也有点和上边所说的仿佛，但上边的话却并不曾代表我的意见，只是简单的叙述而已。你要说中国的诗全都走了魔道，都是要不得的，这也由你，所谓“一脚踢翻宋，三拳打退唐”，正不愧革命者的风度哩。如其不然的，恐怕你，你也得些微迟疑一下了。

读诗札记

自　序

札记本无序，亦不应有，今有序何？盖欲致谢于南无君耳。以何因由欲谢南无耶？请看序，以下是。但勿看尤妙，故见上。

《梦释》其二十二（节文）

一九三〇年十二月十九日四时半清华园

〔**遇**〕在北京，好像家中有祭祀之事，长亲来者络绎，特出者二位：一位是大舅公呢，也不知还是大舅婆；一位是“阿爹”。老实说，也认不很准，只有一老者瘦而白髭，脸上有点儿脏，亏他自己报名，“我是阿爹”，遂肃然拜之。又对于大舅公也者亦拜如仪，俨然一个伪君子。时袍上第一纽未扣，母严重地命扣上，且曰：“要做人就做，要不做索性不做。”予有悻悻之态。其时忙着在张罗招呼，“阿爹”自然是被招呼的一个。（阿爹者，父亲之表叔也。其脸上有乌黑而软的须贴着，梦中以为事隔多年怕不适用了，故特制一较老之阿爹云。）W表叔于于而来软服轻装翩翩然，又迎而拜之。他讲到我托他卖《诗经札记》稿子到商务去一事，说：“上次他们暂时不要，把稿子给你寄回，我就说别寄。他们说：‘反正挂号信丢不了，可以再寄来的。’现在他们又要啦。总是有些学生时常去问为甚这书还不出，所以又想要了。”其时心中颇乐意把稿脱手，妻又在旁作怂恿的暗示，但我偏说：“被人家退回，扫了兴，也许早扔了。”——自己却觉得可以找。总是妻说罢：“人家也不信。别人不会，你倒的确会这样的。”别的话不大记得，终于归到稿子的交易上，约定十四（星期）在天津×××吃午饭接头。可是一算，十四又该家祭，麻烦，然而去津之心颇热，还是打算去的。W说：“我本想卖稿，而他们要用收版税法。现在上海印书如买马票，张张不空，如遇名家得时之作，便大发其财。”又说当予在京时（南京也，此五字梦中原文），看叫天戏，《洪洋洞》之类。戏刚散而卖话片者纷来。（如今天唱《洪洋洞》，即卖《洪洋洞》。）有买着好的，也有买着坏的，要碰运气，生意大佳。（下略）

〔**释**〕这是被迫意念见于梦中之一例，同时也表现出我性格的背影，不很高明、光明的那一面。对亲戚足恭殆是一种骄矜的变形，在梦中已稍稍自觉，遂借母亲口中叫破这《儒林外史》式的伪君子，而仍不免愦愦。W近住上海，大约误认凡上海人皆漂亮，故其来也如浊世之佳公子，亦垂垂老矣。上次来信说胡须都白了。白胡须恰好去送给那阿爹。卖札记稿一节，梦之主文，其表现如实，不甚变幻，因由亦固分明。这是一个积年的“苦脑子”（吾乡土语），十年前在上海大学的讲义，只做了九篇，在我文稿中运气最劣，而我之于它也如父母之庇护其不肖子。第一次想卖给亚东，原稿退回（一九二四年）。第二次在《燕京学报》发刊其中之一部（《柏舟》《谷风》未全），以为这回找着洋东了，殊不知将《谷风》之第二份送去，又原稿退回（一九二七年）。主编者容庚先生来信之理由如此：以题目重复不能刊载。这似乎说《大学》只许有“右传之一章”，至于“右传之二章”呢，却非呼为《中庸》不可，不然不要。这个道理，至今勿明。第三次有了经验，未将原稿直送，怕又碰壁，托W表叔向商务去兜揽，商务主者张元济君固与W有亲。当我三十生辰，W赐诗虽有“兰陔自辑广微篇”之谬赞，而出卖一节则又雁沉鱼杳矣（一九二八年）。压迫为梦因，弗氏主之，依鄙见有时恐尚须挑动一下。这意综是久被压迫而新近又受挑动的。前日清华学生朱保雄君来，谈及《诗经札记》很好，何以还不出版。我不好意思说人家不要，含糊应之。今现于梦中，而作态亦不在肃然迎拜下云。把这些破铜烂铁去换只把青花饭碗，太太赞成，固不待言。此梦全以亲戚为背景。

凡非绅士式，即不得体，我原说不要序的呢。我只“南无”着手谢这南无，因为他居然能够使我以后不必再做这些梦了。

一九三三年十二月二十二日，平伯于清华大学

一　周南·卷耳

采采卷耳，不盈顷筐。嗟我怀人！寘彼周行。（一章）

陟彼崔嵬，我马虺隤。我姑酌彼金罍，维以不永怀。（二章）

陟彼高冈，我马玄黄。我姑酌彼兕觥，维以不永伤。（三章）

陟彼砠矣，我马瘏矣，我仆痡矣。云何吁矣！（四章）

这篇，前人异说极多，什么后妃、文王、贤人搅成一团糟，现在均置之不论。朱熹头脑比较的清楚，知此诗为怀远人矣，但仍不免扭捏地说了一句："人盖谓文王也。"盖者何？疑词也。然则幸亏了这一个"盖"字。诸家多不免说说官贤思贤等话。其实从诗本文看，只见有征夫、思妇，并不见文王、后妃，更何处着一贤人耶？

诗中共有六“彼”字，歧义颇多。先列毛、郑说如下（毛于二“酌彼”下无释；郑申毛义）：

寘彼（于）周行
酌彼（以）金罍——彼为贤人之代名词。
酌彼（以）兕觥

陟彼崔嵬
陟彼高冈——彼为指示形容词。
陟彼砠矣

六列三动词“寘”“酌”“陟”皆外动词，“金罍”五名皆为其客词，何以两歧其说？且增字作释，尤不合法。按六“彼”字只一释，今言那个也。惟“寘彼”之“彼”为代名词，以外诸“彼”字为指示形容词，其区别如是而已。何以第一“彼”字独为代名词？因“周行”既非可寘之物，若以“彼周行”三字通读，则于文义当曰“寘之彼周行”。今既不增字作释，则“寘彼”之“彼”当然是指“不盈顷筐”之卷耳。其文义本明白，乃昔贤必曲解“周行”为周之列位，而“彼”字于是有异说。崔述(《读风偶识》一）释此句为寘所怀之人于道旁，亦嫌迂曲。

诗中又有七“我”字关系全篇大义。郑玄说最怪。“嗟我”下无说，是不改《传》“我”乃后妃自谓。“我马”三、“我仆”一，四“我”字，《笺》云：“我，使臣也。”“我姑”之二“我”字，《笺》云：“我，君也。”夫一篇中只七“我”字耳，忽而后妃自谓，忽指君，忽指臣，何其错乱耶？朱以首章为直叙，三章为托言，则七“我”字皆指后妃。姚际恒以为文王思贤，七“我”字皆指文王。但他却又说：“采耳执筐，终近妇人之事，”可见他亦不能自持其说。崔述之说似较合于情理，兹引录一节：

> 朱子以为妇人念其君子者，得之。但以“我”为自我其身，则登高饮酒，殊非妇德幽贞之道；即以为托言，而语亦不雅。窃谓此六“我”字仍当指行人而言，但非我其臣，乃我其夫耳。（《读风偶识》一）

照他所说，首章是妇人自叙其情怀光景，二章则悬揣征人苦役之况而描绘之。较诸说已为圆美，其病仍在于过曲，施德普君却说得直落些，施的话正和崔述相反，他完全以这诗为征夫行旅时的悲歌。他说：

就我的见解讲，那么第二至第四章可以不再解释。而第一章的叙述，我却以为是征人的忆别或幻觉。采卷耳是他俩别离的时候的情景，或许也是她的日常作业，正如采桑一样。……（《蘋华室诗见》，《文学》一〇〇期）

崔以二章以下为想象，施以一章为幻觉，实是一种看法，不过观点恰正相反。二章以下既说得这般慷慨淋漓，也就不像妇人想象中的描画。若说一章为幻觉，反而合情理些，所以我说施的话较为直捷。施以第一“彼”字为指顷筐，与我见合。但释怀人为所怀之人，似乎很有疑问。惟照他所说的大义，不能不如此作释耳。

诗中七“我”字，各家分诠如下表：

《诗》本文	郑	朱	姚	崔	施	我的解释
嗟我一	后妃	后妃	文王	妇人自谓	征人	思妇
我马三 我仆一	使臣	后妃 （托言）	文王	我其夫	征人	征人
我姑二	君	后妃 （托言）	文王	我其夫	征人	征人

此诗前后大类两橛，故“我”字遂多歧义，而大义终晦。一言蔽之，采耳执筐明非征夫所为，登高饮酒又岂思妇之事。此盈

彼绌，终难两全。惬心贵当，了不可得。我索性把它说为两橛罢。

此诗作为民间恋歌读，首章写思妇，二至四章写征夫，均系直写，并非代词。当携筐采绿者徘徊巷陌、回肠荡气之时，正征人策马盘旋、度越关山之顷。两两相映，境殊而情却同，事异而怨则一。由彼念此固可；由此念彼亦可；不入忆念，客观地相映发亦可。所谓“向天涯一样缠绵，各自飘零”者，或有当诗人之旨乎？这自然也是臆说，但自以为却不曾去硬转这难转的弯子，其迂曲或稍减于他说。作如是观，得如是观。以意逆志，则吾岂敢。

一九二三年十月二日

[附]再说卷耳

曹聚仁先生引戴震的话，戴说“寘彼周行”略同崔述，崔以“彼”指所怀之人，戴以“彼”指此怀念，实无大别，而均与曹说不同。他列举诗中“彼”字之用法，而谓我不当作两歧之叙释，似乎能持之成理。但我却有两层辩解：

（一）曹举例虽多，但是否因此不容再有例外？换言之，究竟是否诗中“彼”字只许有一个用法？我们且看“寘彼”一句文法的关系和“寘”字的训诂。大凡外动词下必有客词，这是通例。如以“彼”连“周行”读，而释为那条大路，则“寘”词下便无客词，不合通例。曹训“寘”为在，不知亦有所本否？以我所知，“寘”即“置”字，训实训满，今所谓安置、弃置皆是，却无训在之说。“寘”既不训在，则曰安放，必有可安放之物。若曰“安放那条路”，实为不辞。故我说：“当然指不盈顷筐之卷耳。”而曹先生偏说：“这个当然却是不当然。”这很令我难解。他在下边又说：“但释‘寘彼周行’为在那通路大道也未始不通。”如“寘”可训在，则诚然可通矣。若“寘”不训在，我未知如何而可通也。他举《诗》中“彼”字之用法，以证我说两歧之不合。但我亦可以据《诗》中“寘”字之用法，以证“寘”下必须有客词，不训在，而“彼”字在此应为“顷筐”之代名词。《伐檀》“寘之河之干兮”，“之”为檀木之代名词，而“寘”不训在。《小雅·谷风》“寘予于怀”，“予”为人称代名词，而“寘”不训在。《生民》“诞寘之隘巷”，“之”为后稷之代名词，而“寘”不训在。何以彼诸诗中“寘”下均有客词，以代名词充之，而《卷耳》独不然？何以那些“寘”字没有一个训在的，而《卷耳》一“寘”字独有异释？这应请曹先生解答。

（二）即退下一步，以此“彼”字为指示形容词，与“周行”连文；然而“寘”下仍当有客词，非“不盈顷筐”之卷耳，即怀念，或所怀之人也。若并此无之，空空言“寘”，将何所置？观戴、崔二氏之意，虽不以“彼”属顷筐，亦均释为代名词，此无他，于“寘”字无异诂故耳。总之，曹释“彼”字有可取；曹释“寘”字则多凭臆造。如不得已节取其说，则在此仍有一客词，但已被省略，其全文当曰“寘之彼周行”。然诗中并无此“之”字。不增字作释已可通，何必妄增耶？此我所以“彼”为代名词，不愿采用此说。我的私见，不论“寘”之客词是否已省略，或“彼”即为其客词，而所寘者终当为顷筐。这就诗中文义辨之，自然可晓。

至于曹说下三章，全以为妇人登高望远之作，我有几个疑问：

（一）“我马虺隤”“玄黄”“瘏矣”等等都是诿托吗？天下有这等言之凿凿的诿托吗？有这种一唱三叹、有声有色的诿托吗？若非诿托而为实叙，则女子登山越岭，至人马俱病而犹不止，岂有说乎？

（二）第二、三章尚有怀伤之词。到第四章，只见征人在那边悲忧行役之劳，何能说为女子怀远？

（三）曹因为“陟彼”两句看不出永怀、永伤来，就定要追溯到第一章去。然《诗》中此等例至多，如“绿兮衣兮”两句，并看不出“心之忧矣”；“关关雎鸠”两句，并看不出“君子好逑”。碰到这些地方，曹先生又将如何追溯耶？

（四）古代妇人能否驰马饮酒？好在曹先生尚在考查中。至于他所引证的登高望远的例子，都不相干。《氓》之“乘彼垝垣”，只是爬墙外窥，非陟高山也。“陟岵”虽是登山，而非女子也。不知曹引之何所取？

我以为若是女子登高望远，其叙述决不如此的。二章以下，写的经历关山，日夜奔走，至末章而情事尤显然。故我虽终于无知，却也不能苟同于曹先生之说。（曹说见《民国日报·觉悟》，一九二三年十月廿七日。）

十一月五日

〔附注〕这两文俱于一九二四年七月删改过。《札记》中兼采施君的说是后加的。

[故训浅释]

第一章"周行"：朱子训为大道，是。《诗》有三"周行"，《卷耳》《大东》皆实指道路，惟《鹿鸣》释为"示我以途路"（依姚际恒说）为虚说，然仍为一义引申也。按"周行"犹今言通衢，四通八达故言周也。毛、郑训为周之列位，迂甚。

第二章"崔嵬"：毛《传》云："土山之戴石者。"《尔雅》云："石戴土。"姚说两字皆不从石，安得谓之石戴土，土戴石耶？据《说文》释为高处，是。按今言"崔嵬"为状山高之副词，并无土石相错之义，与许氏训正同。

第三章"玄黄"：毛《传》云："玄马病则黄。"此或为马病则玄黄之误。朱熹因之，乃曰："玄马而黄，病极而变色也。"可谓毛公之肖子弟矣！按曹植《赠白马王彪》诗曰："修坂造云日，我马玄以黄。"正同此诗意（旧说：子建用《韩诗》说。），"玄黄"岂亦作玄马变黄耶？若如此释，不曰我玄马黄，而曰我马玄黄，在文义上安乎否乎？其实正解当曰我之马玄黄，不得言我之玄马黄也。“玄黄”双声字，《诗·小雅》“何草不黄”“何草不玄”可证。在此连用犹上言“虺隤”也，意至平常，何来曲解？玄黄只是病貌，似无变色之谊。

第四章“瘏”“痡”：毛《传》俱训作病，是。朱子乃曰：“瘏，马病不能进也；痡，人病不能行也。”此是望文生训。

又“云何”：《笺》云：“而今云何乎？其亦忧矣！”则此句原是两句，仿佛现在人说：“怎么样了？真可叹啊！”解虽可通而终嫌过曲。按《文选注》引《韩诗·薛君章》句曰：“云，辞也。”依《韩诗》说，“云”为语词，则此句直是“何其可叹啊”一句而已，似较直落而自然，故以《韩》义为长。

此诗共分三节，首章自为一节，二、三章合为一节，四章一节。若依大段落看，则首章一节，二章以下为一节，详札记中。第二、三章直是变文重复言之，无多深意。姚氏以为二章言山高，马难行；三章言山脊，马益难行；四章言石山，马更难行，为《诗》例之次叙。其说似精，而实无当。第四章或可自成一节，与二、三之间措词有些层次。至于马行山脊何致益难于行高山？此适见其曲说耳。且信如姚说，登涉崔嵬与高冈有叙，马病、仆病亦有叙，然则金罍、兕觥之酌亦有叙耶？昔人言，通蔽互相妨，信然。

二 召南·行露

厌浥行露。岂不夙夜，谓行多露。（一章）

谁谓雀无角，何以穿我屋？谁谓女无家，何以速我狱？虽速我狱，室家不足！（二章）

谁谓鼠无牙，何以穿我墉？谁谓女无家，何以速我讼？虽速我讼，亦不女从！（三章）

此篇大义甚晦滞。鲁、齐、韩三家为一派，姚际恒从之。鲁说见于刘向《列女传·贞顺篇》，以为申人之女许嫁于酆，礼不备而欲迎之，女不肯往，遂致兴讼。齐说见于《易林》，以为婚礼不明，贞女不行。韩说见于《韩诗外传》：“《行露》之人许嫁矣，然而未往也。一物不具，一礼不备，守志贞理，守死不往。”姚氏观于“室家不足”一语而信三家说。

毛、郑《小序》自为一派。细别之，毛公所说实与三家说大同而小异。卫宏、郑玄则扬其流波与旧说稍远。毛于第二章“室家不足”句下云：“昏礼，纯帛不过五两。”似与三家诗所谓“一物不具，一礼不备”者相仿佛。惟于第三章“亦不女从”句下则云：“终不弃礼而随此强暴之男。”即为《小序》所本。总之，毛诗与三家诗之不同，在乎三家以讼者为夫家，而毛却无明文。卫、郑则推其意而广之。康成之《笺》尤为明显。推三家之所以必说讼者为女之夫家，又说：“《行露》之人许嫁矣。”则因过泥于速狱速讼之文，及误解“谁谓女无家”一语。我们□[①]为既能速女于狱讼，则必是其夫家方可；否则即未许嫁，横逆之来出于无端，何能兴讼耶？且就“谁谓女无家”一语浅释之，似其人于《行露》之女真有室家之道者然，故云尔也。尤有令人迷眩者则为首章。观乎“岂不夙夜”一语，直非拒绝而为推托，岂贞女对于强暴之男之措词乎？观姚氏语，此意至为显明：

> 一章，此比也。三句取喻违礼而行，必有污辱之意。《集传》以为赋。若然，女子何事蚤夜独行？名为贞守，迹类淫奔，

---

① 编注：底稿此处辨识不清，遂以□记。

不可通矣。（《诗经通论》卷二）

此诗首章最费解，俟后详说。三家与姚氏之蔽在乎（一）擅定非女许嫁不致兴讼；（二）不知“谁谓女无家”一句为反语。夫可以致狱之道甚多，不必即由于许嫁而不往；必假定兴讼之因为此，未免武断。至于第二、三章，则郑说极佳。自“谁谓女无家”一语反足以证明许嫁而不行之说为无稽也。

毛、郑两家对于二、三两章解释颇分明，说为比喻，辨析尤微。雀本无角，鼠本无牙，汝本无家。至于汝之所以能兴狱讼，并非因有室家之约而致此，乃是加我以横逆耳，犹雀鼠之穿屋墉，以咮以齿，与角牙初无涉也。我虽力不能抗拒横逆，但不认尔我曾有室家之道则其权固在；犹之屋墉虽被雀鼠穿损，但雀之无角，鼠之无牙，仍为人人所共知共晓，不能有所移易也。语语挟风霜，如哀家梨，并州剪，岂许嫁女子对夫家之言乎？三家全不解此两章之旨，故随便乱说。崔述的话最为明快：

且所谓“礼未备”者，仪乎？财乎？仪乎，男子何惜此区区之劳而必兴讼？讼之劳不更甚于仪乎？财耶，女子何争此区区之贿而甘入狱？（《读风偶识》卷二）

崔氏之说略同于毛、郑而稍加变更。他以为是“以势迫之不从，而致造谤兴讼耳，不必定为女子之诗，如《序》《传》云云也”。此诗有室家之明文，而崔以为不必定为女子之诗，不知果何所见？毛、郑释此诗二、三章，除“室家不足”一句外，实未可厚非。至《小序》“召伯听讼”之说，则不免令人摇头。所谓“衰乱之俗微，贞信之教兴”，其浅陋不通，前人驳之审矣，兹不具论。泛观乎《诗》，《传》固有极谬之处（如释《何彼襛矣》第二章之类），但有许多地方比较谨慎，《笺》则谬说笑谈已多，《小序》则几乎篇篇妄说矣。其故亦由于《传》《笺》主释故训，《小序》主明大义，故训之失小，大义之失巨也。卫《序》在毛之后，毛未尝见《序》，故有许多诗，依毛释，实反《小序》而同乎三家，于此更足证《小序》为子夏作之说之无稽矣。

朱熹义采《传》《序》，惟于“室家不足”一句下，用三家说，不知何意？想因毛《传》此句故训本不明了，似有类于鲁、韩。《笺》则凭臆见改《传》，云：“六礼之来，强委之。”更是想当然之谈。朱子觉其未安，仍用三家说以补其阙。惟他不自审，如此说诗何异剪截。前既曰强暴之男，则行动必出乎非礼。岂仅仅室家之礼未尝备，而可谓之强暴耶？故三家可自成一说，毛、郑亦自成一说；惟朱子所说，以矛攻盾，无有是处。昔人说经动辄讲师法门户，最为固陋之习；惟淆混群言，不成条理，以驳杂笑拘泥，亦非也。今就二、三两章将各说分为两项：

（一）三家诗说——夫家礼不备而欲迎女，女不往而致兴讼。（姚际恒从之）

（二）《毛诗》说——强暴之男违礼而致女于狱讼。（《笺》《序》《集传》均从之）

毛公不说兴讼之故，最为谨慎。因年陈事湮，风雅寝声。在千载以下，观千载之上，循其文义，绎其音声，虽感兴之迹仿佛犹有可寻，而感兴之故茫昧不可复得。在毛公时已不免如此，更无论于吾侪矣。故《行露》二、三两章虽斐然可诵，但其人伊谁，其事若何，非起作者于九原，恐虽有黄帝、孔丘亦勿辨之矣。不知曰愚，强不知以为知曰诬。宁愚勿诬，是为善说《诗》者。此意崔氏曾屡言之。

然此诗之晦滞，初不在二、三章而在首章。首章之文，毛除“兴也”一语，仅释故训而已，于此章之义无说。郑玄则胡扯一起，不知所云。朱熹以为赋也。姚际恒则又以为比体。众说纷纭，莫衷一是。究竟此章为赋为比为兴，先不可知，更无论其他。然无论如何，是婉拒而非峻斥，与二、三两章迥异其趣，反与《野有死麕》《将仲子》诸诗有相似之处，是无怪异说之纷纭也。夫上章曰“岂不夙夜”，似于义应往；而下章则曰“虽速我讼，亦不女从”，又何其言之斩绝耶？一诗之中，上下三章，而口吻神情宛出两人之口，岂有说耶？宋王柏《诗疑》卷一即论及此点，兹节录如下：

> 《行露》首章与二章意全不贯，句法体格亦异，每窃疑之。后见刘向传列女，……女子不可，讼之于理，遂作二章，而无前一章也，乃知前章乱入无疑。

是王柏竟以为此诗只有二、三两章，而首章本系乱入，并《行露》之名亦无之，其说至新。今按，《列女传》所引诚无第一章之文，但其不引，或因此章之义本晦故尔，未必即可证《鲁诗》中无此章。三家诗说大同小异，就其佚文存者观之，同多于异。齐、韩两家并有《行露》之名（见《易林》及《诗外传》），其所说并与《列女传》略同；以彼推此，安见《鲁诗》之独无首章耶？鲁、齐之说故未为定论，然其所疑，眼光甚卓，却有注意之价值。

今按《行露》首章，其本章文义已费解释，似有脱落，而今与下两章又不相连属。吾疑此为残篇，虽未必有窜乱，至少亦当有阙文也。王质曰：“首章或上下中间，或两句三句，必有所阙；不尔，亦必阙一句。盖文势未能入雀鼠之词。”（《诗总闻》卷一）其言甚当。故说此章，赋比兴似均无一当。既曰贞女拒强暴，则不当夙夜戒行；即曰为兴为比，何感兴比喻之委婉耶？何与下章词气隔绝耶？若曰许嫁而不行，则又何以下两章声色俱厉，似誓死不行然？一物之不具，一礼之不备，果何物何礼之未具而当如此耶？如此说经，可谓“固哉”。今谓于首章当从王柏之说，惟亦未必即是乱入，或本是一诗而中有阙文，以致前后相睽，大可不必妄解，而以赋比兴三义傅会之。

［故训浅释］

第一章“厌浥”：毛训，“湿意也”。郑说，“厌浥然湿”，仍与毛同。王先谦《诗三家义疏》，以为鲁、韩两家并作“湇浥”，“厌”乃“湇”之借字，是。

此章共有两行字，毛训“道也”，则两行字俱作道路释。《笺》：“谓道中之露太多，故不行耳。”其义甚含糊。究竟“行多露”之“行”字为动词抑为名词，郑义不了。朱《集传》则曰：“言道间之露方湿，我岂不欲早夜而行乎，畏多露之沾濡而不敢尔。”似以第一“行”字为道路，而以第二“行”字为行走，然仍不甚分明。今按行露之行当训道路，“行多露”则当训为行走。因上文曰“岂不夙夜”，其义未全，意当曰岂不夙夜而行。若下句之“行”亦不作动词释，则全章无一表词，于义为不辞。原文上句之所以可省略，正因下句叠用行字耳。若两“行”字俱释为道路，则夙夜之下必当有动词方合。顾颉刚说：“首章有缺文。”或然。

第二、第三章“女无家”：家当释为“室家之道”。此两章显系比喻，《传》《笺》说未可全非。雀本无角，但既穿屋似有角者然；鼠本无牙，但既穿墉似有牙者然；汝与我本无室家之道，但既能召我于狱讼，则反似有室家之道者然，此皆反语也。故于二章紧接了一句“室家不足”；于三章紧接了一句“亦不女从”，方明斥之，言汝与我无室家之道，正如雀之无角、鼠之无牙相等，穿屋穿墉亦徒劳耳。“室家不足”即谓室家之道不足。朱子于此兼用鲁、韩义，以为室家之礼未尝备足，于前文不免顿成两橛。既曰强暴，岂仅未备室家之礼耶？其义理之不安尤甚于毛、郑《小序》矣。札记中已详辨之。

第三章“鼠无牙”：《说文》：“牙，牡齿。”朱子因之。《说文》段注：“牡”当作“壮”，是。“壮齿”犹言大齿也。段氏说：“鼠齿不大故言无牙。”据此，则此章正与上章相复，亦变文起章之例。毛《传》云：“视墙之穿，推其类，可谓鼠有牙。”则牙本非常齿，当训壮齿。曲园公释“角”为觜，释“牙”为齿，与旧说异。

三　召南·小星

嘒彼小星，三五在东。肃肃宵征，夙夜在公。寔命不同！（一章）

嘒彼小星，维参与昴。肃肃宵征，抱衾与裯。寔命不犹！（二章）

此诗文义清晰，实无多葛藤，如《卷耳》《行露》两篇也。且西汉经师亦少异说。鲁、齐之说其详不可知。韩说具在（见《韩诗外传》一），兹节录如下：

……任重道远者不择地而息，家贫亲老者不择官而仕。故君子桥褐趋时，当务为急。《传》曰："不逢时而仕，任事而敦其虑，为之使而不入其谋，贫焉故也。"《诗》曰："夙夜在公，寔命不同。"

是韩以为此是劳人行役之诗，与《小雅·北山》诸诗有相类者。《北山》之四、五、六三章，即是此诗“寔命不同”“寔命不犹”的详解。义本分明，无劳疏证。且不特三家诗旧说如此也，即毛公以“固哉高叟”之诗说，对于此篇却仍不离其宗。毛在“寔命不同”句下注云：“寔，是也。命不得同于列位也。”是仍同《韩诗》，初无异说。故于此诗大义，四家说悉同；所不同者，无非释“小星”，释“衾裯”，诸名物训诂之别，及赋比兴三义之微异耳。乃不知以何因缘，东汉初年卫宏作《毛诗》伪序，特创谬论，而郑玄因以作《笺》，推波助澜，愈说愈远。后人更茫然不省其根由，于是《小星》一诗遂为纳妾之口实，久而久之，“小星”几成妾之代词。说之者方自矜其合于风雅，而原诗之意如何不必问矣。卫、郑两家安得逃其责耶？说约如下：

惠及下也。夫人无妒忌之行，惠及贱妾，进御于君。……（卫宏《毛诗序》）

众无名之星，随心噣在天，犹诸妾随夫人以次序进御于君也。

谓诸妾肃肃然夜行，或早或夜，在于君所。以次序进御者，是其礼命之数不同也。

诸妾夜行，抱衾与床帐，待进御之次序。（郑玄《毛

诗笺》）

不特对于诗之本旨信口开合而已，郑《笺》作释，文义并亦不通。小星三五，明系连文，而截为两，又目为比体，可笑一也。诸妾何用肃肃然夜行，可笑二也。“夙夜”训为早或夜，可笑三也。次序进御为“寔命不同”之注解，可笑四也。抱衾已觉奇怪，并连床帐亦抱之，可笑五也。姚际恒说颇好：

> 山川原隰之间。仰头见星，东西历历可指，所谓戴星而行也。若宫闱永巷之地，不类一也。“肃”“速”同，疾行貌。若为妇人步履之貌，不类二也。“宵征”云者，奔驰道路之辞，若为来往宫闱之辞，不类三也。嫔御分期夕宿，此郑氏之邪说。……然要不离宫寝之地，必谓见星往还，则来于何处？去于何所？不知几许道里？露行见星，如是之疾速征行？……前人之以为妾媵作者，以“抱衾与裯”一句也。予正以此句而疑其非。何则？进御于君，君岂无衾裯，岂必待其衾裯乎！众妾各抱衾裯，安置何所？……盖抱衾裯云者，犹后人言襆被之谓。（《诗经通论》卷二）

读姚氏此论，则卫、郑谬说无所逃遁矣。且《小序》言“惠及下”，但依我们读后所得，简直是“惠不及下”。不知他果何所见而知夫人之惠及下也？姚、崔二氏并曾言之：

> 且委命之辞几邻于怨，又安见下之感激而为美后妃之诗乎？（《诗经通论》卷二）
>
> 细玩二诗词意（按：崔氏并《江有汜》说之），皆在上者不能惠恤其下，而在下者能以义命自安之诗。（《读风偶识》卷二）

虽姚以为“邻于怨”，崔以为“能以义命自安”，稍有不同，但两家并觉《小序》硬说惠不及下为惠及下之可怪。

朱熹为攻击《小序》之祖师，但他实往往做《小序》的奴才。惟彼释《小星》一诗为兴，见解不特高于毛、郑，而且高于三家。他说得很明通：“故因所见以起兴，其于义无所取。”此诗依毛、郑、齐、韩，俱以为比。毛公未明说，然以“三五”为心噣，以小星为无名之星，揣其意似即为下文“命不得同于列位也”之比喻。郑玄则明言之，以“小星”喻诸妾，而以三心五噣喻夫人。《韩诗》遗说，见唐吕向《文选注》中所引。王先谦以为唐惟《韩诗》存，吕所引当是韩义。信如是，则韩说以“小星”喻小人在朝，仍是比也。《齐诗》说见于《易林》，内有“旁多小星”“劳苦无功”之语，似亦同于韩义也。观上所述，则知四家除鲁说无考外，并说“小星”为比，惟朱子独以为兴，其所见至卓。而“于义无所取”一语，尤有合诗人感兴之微。不特此诗为然，大凡兴义殆皆如是也。夫既名为兴，则即使于义有取，而诗人之意初不在此，善读者当辨别之。即《关雎》一诗，千古聚讼，而其实“雎鸠”与淑女君子，于义究何所涉耶？天下事有求深反惑者，此类是也。《诗》三百篇非必全是文艺，但能以文艺之眼光读《诗》，方有是处。且《国风》本系诸国民谣，不但不得当作经典读，且亦不得当为高等的诗歌读，直当作好的歌谣读可耳。明乎古今虽远而情感不殊，则迂曲悠谬之见不消而亦自消矣。

还有一节题外的话。《小星》一诗既文义昭然，何来《小序》之谬说，又何故郑玄从之而后人亦从之耶？此答甚长，非此能尽。简言之，则缘诸说其根本即已谬矣，故枝叶亦因之而谬，且亦不得不谬。所谓根本之谬者何？即他们以《诗》为孔子六经之一，以为是有功能、有作用的东西。《诗》之功用何在？美刺正变是也。有美斯有刺，有正斯有变，故《风》《雅》俱分正变。《风》之正，二《南》是也；其变，十五国风是也。正风有美而无刺，故尽是后妃夫人之德化。《周南》每篇必曰后妃，而《召南》每篇必曰夫人，而且必定是美诗，此所以“小星”不得不喻群妾，而“三五”不得不喻夫人；此所以明明是怨诅而硬派作感谢；此所以把宵征见星，抱衾与裯曲解作燕昵之事。他们之谬非缘此诗而生，乃借此诗而见；不伐根本而枝叶谋之，其谬种故在，又何益耶？故我们读《诗》，当以虚明无滓之心临之，斯为第一要义，考据和论辨反是第二义也。

[故训浅释]

第一章“嘒”：王先谦以为《韩诗》作“嘒”，于义为优，“嘒”训小声，又训为微貌，引申而言，义亦可通。惟从日作“暳”，似更妥贴。

“三五”：毛《传》以为三心，五噣。郑《笺》同。朱熹则曰：“三五，言其稀。”王引之云：“此即下章言‘惟参与昴’也。”因参为三星，昴为五星，且得俱见东方。“三五”，举其数也；“参”“昴”，著其名也。今按：毛、郑所言，以“三五”为心噣，又以无名之众星从之，既苦穿凿，而又欠允惬。“小星”与“三五”相对成文，尤觉不成文理。王说：“心噣相距甚远，心在东则噣在西。”已足驳斥毛、郑而有余矣。王氏立论最精，朱说亦善。

“寔命不同”：毛《传》：“寔，是也。命不得同于列位也。”义与三家不甚相远。（《韩诗》寔作实，云有也。其文字训故虽与毛异，而实无大殊。）郑玄独标妾说，以为众妾在君所，礼命之数不同。遵卫《序》而易毛《传》，不知其意何在，已在札记中斥之矣。此句依毛释，文义至顺，与全诗大义亦合，今从之。

第二章“抱衾与裯”：《小序》想即因此句，误解此诗之义，遂酿巨谬。此句之意犹昔言“襆被”，今言“带铺盖”，并无难解难通之处，而经生竟缺乏常识，良可怪叹。曾不思众妾在君所，必抱衾裯何为者？王先谦谓“衾帱为远役携持之物，非燕私进御之物”，引曹植诗作证，所见至为明通。鲁、韩两家于此句，“裯”并作“帱”，训为单帐也，似较毛《传》为佳。既曰“衾与裯”自非一物，今毛既训“衾”为被，又训“裯”为单被，得勿病复耶？《笺》易《传》，是。

四　召南·野有死麕

野有死麕，白茅包之。有女怀春，吉士诱之。（一章）

林有朴樕，野有死鹿。白茅纯束，有女如玉。（二章）

舒而脱脱兮。无感我帨兮。无使尨也吠。（三章）

三百篇之诗，旧说多谬，前屡言之。然其中自有一种区别，不可不辨。有些诗大义本晦，或篇简有错，则曲说盲论之繁殖尚不足怪。有些诗意本分明，无劳笺注者，乃亦强为比附，甚至故作曲说，使原诗之意由明而晦，由通而塞，则诚不知其是何用意也。《小星》便是一例，《野有死麕》亦然。

西汉四家诗并立，今惟《毛诗》存。然亦非其本来面目，有卫宏焉，有郑玄焉。三家诗早佚，固为不幸，《毛诗》虽岿然独存，然卫、郑两家从而蔽之，亦一厄也。世所谓《毛诗》说，半皆卫、郑之说耳，毛公冤矣！毛公病在冬烘愚拙，然其妄却小逊于二氏。上论《小星》，已开一例，《野有死麕》亦复如是。

毛公于此训故初无甚谬，只有两句话说糟了，开卫、郑之先路。他说："凶荒则杀礼，犹有以将之""非礼相陵则狗吠"。于是《小序》上说："虽当乱世，犹恶无礼也。"其实毛公无非以死麕、死鹿非聘礼之常，故想当然曰"凶荒杀礼"；又以犬吠示警，故想当然曰"非礼相陵"。凶荒杀礼原非必是乱世，禁犬勿吠亦非必是恶无礼也。郑玄之谬则更有甚于卫宏。毛公仅说"凶荒"，卫宏便说"乱世"，到了郑玄竟一口咬定为"纣之世"。不知他何以知之？以外谬说尚多，如明明是怀春之女，毛《传》之说明甚，而郑则曰贞女。"舒而脱脱"一句，毛《传》并无以礼来之文，而郑则曰"以礼来"。姑徐徐而来，释之曰"以礼来"，于义安乎？及春不暇待秋之女而曰贞，于义安乎？若郑玄之治礼，得勿十礼远乎？按此诗通篇不见有守礼之气息，而毛、郑、卫三家刺刺不休。毛公略露端倪，二人则变本加厉。郑氏此诗之笺，三章用八"礼"字，何其好礼耶？

毛公说此诗，瑕瑜互见。上边的话固然很迂拙，以外亦有颇可采者。如说"群田之获而分其肉"，则说此为猎者求女之诗。虽当时情事未必定如此，然其设想亦近情理。释"怀春"

为不暇待秋，亦能将春机发动之光景描出。释“死鹿”为广物，即谓无论什么皆可以将意以求婚，于诗意合。释“舒而脱脱”只曰迟徐，别无异说，亦至谨慎。总之，犹非卫、郑所及。

朱子之说此诗亦可笑。于第一章既释为兴体，然又托之“或曰”，以为“赋也，言美士以白茅包其死麕而诱怀春之女也”。以今观之，“或曰”实即朱子之意，惟不敢明言耳。故顾颉刚说：“朱子明明知此，徒以有文王之化之先入之见，又以有圣人之德之权威，故不能不如上释。明明是自己意思，却加上‘或曰’，何胆小如此？”朱子于第二章亦同上章说。于第三章则既曰“姑徐徐而来”，又曰“其凛然不可犯之意盖可见矣”。夫仅曰徐徐而来，则凛然不可犯之意良不可见矣。而朱子必曰“盖可见”，吾未知其如何而可见也？总之，朱子于《诗经》不愧为廓清扫除之功臣，然其工作大半失败的，因见得到，做不到故耳。吾辈宁以“或曰”之说为朱子之本意而朱子自说实作古人傀儡耳。

其实此诗一点也不难懂，用不着左说右说，绕许多弯子的。《诗经》，前人不讲则已，一讲便糟，愈讲便愈糟，其故因诗人之心与迂儒之心相去较远耳。即以此诗而论，第一章明明说“吉士诱之”，则非正式缔姻可知。然而数千年来曾无痛快说一句话者，其故良可思。即如姚际恒见解之弘通，亦必啰嗦引据《昏礼》，不敢说他们野合，而必说及时婚姻。此足见《诗经》之尊严入人心太深，虽贤者亦未能免俗。然姚氏说此诗之第三章，其大胆爽快已足令前人咋舌，比扭捏作态之朱熹又好得多了：

> 此篇是山野之民相与及时为昏姻之诗。昏礼，贽用雁，不以死；皮、帛必以制。皮、帛，俪皮、束帛也。今死麕、死鹿乃其山中射猎所有，故曰“野有”，以当俪皮；“白茅”，洁白之物，以当束帛。所谓“吉士”者，其“赳赳武夫”者流耶？“林有朴樕”，亦“中林”景象也。[①] 总而论之，女怀，士诱，言及时也；吉士，玉女，言相当也。定情之夕，女属其舒徐而无使帨感、犬吠，亦情欲之感所不讳也欤？（《诗经通论》卷二）

依我看，此诗并不难懂。当知诗人心中初无迂儒之礼教观念存在，故诱女之男未始不可称吉士，而怀春之女未始不可称如玉也。至于三章，全系赋体，亦无艰深晦滞之处。麕鹿、白茅，

① “林有朴樕”之故训，遵用《群经平议》（八）之说，可参看。

所以将恋爱之意，非必某以代皮，某以代帛。所谓吉士，或系武夫，或系猎者皆不可知。前两章写林中景象及士女之丰姿，三章则述为婚时女之密语，神情宛尔，绝妙好词。不知腐儒何恨于此诗，而必欲毁损之以为快耶？吾每读此等明白晓畅之好诗，其痛恨迂儒之心尤甚于读他诗。有意曲解，其蔽甚于不知妄说。

[附]野有死麕之讨论

顾颉刚　胡适　俞平伯

一

《诗经》中有一部分是歌谣，这是自古以来就知道的。但因为从前的读书人太没有歌谣的常识，所以不能懂得它的意义。不懂得而竟要强做解释，这就不免说出外行话来了。

我现在试举一个例。

《召南·野有死麕》篇是一首情歌。第一章说吉士诱怀春之女，第二章说"有女如玉"，到第三章说道：

> 舒而脱脱兮，无感我帨兮，无使尨也吠！

"帨"，是佩在身上的巾。古人身上佩的东西很多，所以《诗经》中有"佩玉锵锵""杂佩以赠之"的话。"脱脱"，是缓慢。"感"，是摇动。"尨"，是狗。这三句话的意思是："你慢慢儿的来，不要摇动我身上挂的东西（以致发出声音），不要使得狗叫（因为它听见了声音）。"这明明是一个女子为要得到性的满足，对于异性说出的恳挚的叮嘱。

可怜一班经学家的心给圣人之道迷蒙住了。卫宏《诗序》云："被文王之化，虽当乱世，犹恶无礼也。"郑玄《诗笺》云："贞女欲吉士以礼来，……又吉士时无礼、强暴之男相劫胁。"朱熹《诗集传》云："此章乃述女子拒之之辞，言姑徐徐而来，毋动我之帨，毋惊我之犬，以甚言其不相及也。其凛然不可犯之意盖可见矣！"经他们这样一说，于是怀春之女就变成了贞女，吉士就变成了强暴之男，情投意合就变成了无礼劫胁，急迫的要求就变成了凛然不可犯之拒！最可怪的，既然作凛然不可犯之拒，何以又言姑徐徐而来？

我们现在在本集（《吴歌甲集》）第六十八首见到以下的歌词：

> 结识私情结识隔条浜，
> 绕浜走过二三更，
> "走到唔笃场上狗要叫；
> 走到唔笃窝里鸡要啼；
> 走到唔笃房里三岁孩童觉转来。"
> "倷来末哉！
> 我麻骨门闩笤帚撑，

轻轻到我房里来！
三岁孩童娘做主，
两只奶奶塞仔嘴，
轻轻到我里床来！”

顾颉刚

二

得适之师来信，指正我的《野有死麕》一段话，极快，今将原书录下：

颉刚：

你的《写歌杂记》很有趣味，今大的两条尤可爱。我因此想起我读《歌谣周刊》九一号时的一点感想，写出来寄给你：

你解《野有死麕》之卒章，大意自不错，但你有两个小不留意，容易引起人的误解：（一）你解第二句为“不要摇动我身上挂的东西，以致发出声音”；（二）你下文又用“女子为要得到性的满足”字样，这两句合拢来，读者就容易误解你的意思是像《肉蒲团》里说的“干哑事”了。

“性的满足”一个名词在此地尽可不用，只说那女子接受了那男子的爱情，约他来相会，就够了。“帨”似不是身上所佩，《内则》“女子设帨于门右”，似未必是“佩巾”之义。佩巾的摇动有多大的声音？也许“帨”只是一种门帘，而古词书不载此义。《说文》“帨”字作帅，“事人之佩巾”如何引申有帅长之义？

《野有死麕》一诗最有社会学上的意味。初民社会中，男子求婚于女子，往往猎取野兽，献与女子。女子若收其所献，即是允许的表示。此俗至今犹存于亚洲、美洲的一部分民族之中。此诗第一、第二章说那用白茅包着的死鹿，正是吉士诱佳人的贽礼也。

又南欧民族中，男子爱上了女子，往往携一大提琴，至女子的窗下，弹琴唱歌以挑之，吾国南方民族中亦有此风。我以为《关雎》一诗的“琴瑟友之”“钟鼓乐之”，亦当作“琴挑”解。旧说固谬，作新婚诗解亦未为得也。“流之”“求之”“芼之”等话皆足助证此说。

研究民歌者当兼读关于民俗学的书，可得不少的暗示。如下列各书皆有用：

Westermarck Development of Moral Ideas and Practice.

Hobhouse： Morals in Evolution.

适　十四，五，廿五

我诚实的招认，我是误解了。帨为门帘，现在虽没有坚强的证据，但未始不可做一个假设，徐待证据的发见。

本集第二十四首云：

长手巾，挂房门。

短手巾，揩茶盆，揩个茶盆亮晶晶。

上一句大有《内则》“设帨于门右”之意，下一句似是抹布。那么，在这两句中，这“手巾”一名就有了歧义了。又苏州人叫擦面布亦为“手巾”，则此名竟有了三义。帨在佩巾之外别有意义，自属可能。

适之先生又对我说：“此诗之义，经学家虽讲为峻拒，文学家却是讲为互恋的。记得王次回诗中即有此类句子。”我依了这个指导，去寻《疑雨集》，在第四卷《无题》诗中得到以下一首：

重来絮语向西窗，奉坠罗衣泪一双。臂钏夜寒归雪砌，鬓鬓风乱过春江。金堂地逼防言鸟，茅舍云深绝吠龙。郎肯爱闲须一到，阿家新醱正开缸。

顾颉刚

三

颉刚兄：

读你的《写歌杂记》第七关于《野有死麕》的卒章（《歌谣周刊》第九四号），我略微有几句话想对你们饶舌。你的原文，文字上微有疵病，适之先生所正极是，兄亦自承认了。至于释“帨”为佩巾，我意已是解此章之义，正不必别求歧义。如适之先生说：“佩巾的摇动有多大的声音？”这可以回答，实没有多大的声音。但是门帘的摇动又有多大的声音呢？何必多此一举？我先就“帨”研究，再就本章之意推合之。

“帨”之训为门帘只是一种想象，你们都已明言之。就《礼记》本文上看：“男子悬弧于门左，女子设帨于门右。”“帨”之非门帘实明甚。只因为弓矢是男子常佩之物，巾帨是女子常佩之物，故悬之于门侧，且别左右，以作男女诞生之象征。若帨为门帘，则悬在门中乃事理之常，何必特设之于门右乎？更有何象征之意味乎？就上文推之，男子既佩弧，何以女子不可佩帨？至于你说："帨在佩巾之外别有意义自属可能。"可能原是可能的，只是不必多此一举耳。况且，即使别有意义，安见其为门帘呢？手巾在俗语中有手帕、擦面巾等等歧诠，诚如尊言；但却不可推之帨与门帘之间，因为小手巾与大门帘太悬殊了。足下以为然否？

故若就《礼记》而论，"帨"决非门帘。就《诗经》而言，亦不见其为门帘。且无论是门帘也罢，手帕也罢，摇来摇去，总不见得有多大的声音。你们两位考据专家在此都有点技穷了。我对此章作解，微与您俩不同。我以为卒章三句，乃是三层意思，绝非一意复说。"无使尨也吠"，意在没有声音，便作幽媾。若"无感我帨兮"，本意既不在有声音与否上面，你们所论绝未中的，反觉疑惑丛生了。我很奇怪，以您俩笃信《诗经》为歌谣为文学的人，何以还如此拘执？郑玄、朱熹以为那个贞女，见了强暴必是凛乎不可犯也；而您俩以为怀春之女，一见吉士，便已全身入抱，绝不许有若迎若拒之姿态了。您俩真还是朴学家的嫡派呀！必须明白"舒而脱脱兮"是一层意思；"无感我帨兮"是一层意思；"无使尨也吠"又是一层意思。一层逼进一层，然后方有情致；否则一味拒绝，或一口答应，岂不大杀风景呢？“将军欲以巧示人，盘马弯弓故不发”，急转直下式的偷情与温柔敦厚之《诗·国风》，得无大相径庭乎？一笑！

弟平伯　六月九日

五　邶·柏舟

泛彼柏舟，亦泛其流。耿耿不寐，如有隐忧。微我无酒，以敖以游。

我心匪鉴，不可以茹。亦有兄弟，不可以据。薄言往愬，逢彼之怒。

我心匪石，不可转也。我心匪席，不可卷也。威仪棣棣，不可选也。

忧心悄悄，愠于群小。觏闵既多，受侮不少。静言思之，寤辟有摽。

日居月诸，胡迭而微？心之忧矣，如匪浣衣。静言思之，不能奋飞。

诗以抒写性情，三百篇中每有一往情深、百读不厌之佳篇，而作者何人，本事若何，盖茫然也。吾人苟诚能涵泳咀味其趣味神思，则密察之考辨不妨姑置为第二义。无奈有些所在，若不明其人其事之若何，则情思之大齐虽可了知，而眇微之处终觉阂阻而不通。此所以考辨与鉴赏盖不可分为两橛也。

但我们虽喜明辨，却和迂儒不同。他们喜冒充内行，喜强不知以为知，我们不然。我们觉得“不知”比“知”多是正当的事。多多知道固然是我们的希望，但不知更多也是我们的希望。“知”是努力的成效，“不知”是努力的材料和机会。老子说：“无之以为用。”然前人的观念却正正相反。我们所谓学人是黑暗中的挣扎者，是不知中的彷徨者；他们理想中的学人，却是光明的使命，是以一物不知为耻的全知。他们先把事情看得太容易，把希望又投得太大，后来酒没有了，便搀进水去蒙混一下。这是我们所不肯，不能，且不屑干的。

《柏舟》便是一例。这诗在三百篇中确是一首情文悱恻、风度缠绵、怨而不怒的好诗。五章一气呵成，娓娓而下，将胸中之愁思，身世之畸零，宛转申诉出来。通篇措词委宛幽抑，取喻起兴巧密工细，在素朴的《诗经》中是不易多得之作。我们读到“耿耿不寐，如有隐忧”“心之忧矣，如匪浣衣”，作者殆有不能言之痛乎？“觏闵既多，受侮不少”“静言思之，不能奋飞”，殆是弱者之哀嘶乎？“兄弟不可以据”，又“愠于群小”，殆家庭中相煎迫乎？既不能同流合污，无所不容，又不能降心相从，苍黄反覆，则拊心悲咤信是义命之当然，岂有他道乎？综读全诗，怨思之深溢于词表，初不必考证论辨后方始了了也。

但怨可知，致怨之故不可知；身世之牢愁畸零可知，何等身世不可知；作者是守死善道之君子可知，而为男为女不可知。何则？诗无序故。其人其事不载本文，又无序以实之，何从而审知之耶？现存之序，伪托无论，即真，亦无益于事。《序》所言“仁而不遇”，直与无说等耳。其人为仁人，我固知之；其人为不遇之仁人，我尤知之；何劳《序》说耶！至于所谓“卫顷公之时”，言诚凿凿矣，奈不足使人信何！姚际恒之言曰：“既知为卫顷公，亦当知仁人为何人矣，奚为知君而不知臣乎？”其驳殊隽。可见《序》全是乡壁虚造之谈。既托之毛公，又托之子夏，甚而托之周之太师，宜乎于《诗》之大义必了了然无所不知矣。而其技竟止于此，可笑孰甚焉。

兹约举各说观之。毛、齐两家之释，暧昧不了，姑置不论。（毛只言君子，见《传》。齐只言穷居之仁人，见《易林》。）韩说虽见于《外传》，但亦恐无涉于本义。刘向治《鲁诗》而所说互异：其一见于《列女传·贞顺篇》，以为卫宣夫人作；其二见上封事，以此诗为小人害君子。马贵与曰：“夫一刘向也，《列女传》之说可信，封事之说独不可信乎？”夫一人之言而前后相违，其为臆说，明甚。以宣姜为此诗作者，尤谬于历史事实，前人已屡驳之。向之言未必《鲁诗》之本义也。大约解此诗者，卫、郑为一派，朱为一派。卫、郑并以为群小之陷君子，朱则以为妇人不得于夫。故“曰居”两句，朱遵郑义而所释不同。朱子既信《列女传》而又疑非宣夫人之作，故改说为庄姜，其间去取，毫无准则。郑则将此诗密重重安上君臣字样：于“兄弟”下则曰同姓臣也，于“群小”下则曰众小人在君侧也，于“日月”下则以为取喻君臣也，于“不能奋飞”下则以为臣不忍去君也。诗无明指君臣之文，而郑言之凿凿，若不可移易者然，何耶？从郑者姚际恒，从刘向、朱熹者王先谦。姚之说曰：

> 篇中无一语涉夫妇事，亦无一语像妇人语。若夫“饮酒”“威仪棣棣”，尤皆男子语。
>
> 且如是，孟子引妇人诗以言孔子，亦大不伦。

说此篇为女子受侮而作，义亦可通，何必涉及夫妇事方得谓为女子作耶？至所谓不像妇人语，尤觉未当。“微我无酒”两句本系假设之词，言虽饮酒敖游未足写忧，无碍于女子口吻。且“驾言出游”，《泉水》《竹竿》之四章也；上言“女子有行”，岂亦皆男子语乎？彼为实叙既犹可通，岂此乃虚设反不可通乎？威仪之盛固似男子语，但女子独不许有威仪乎？至于孟子曾引此诗比孔子，证为非妇人诗，更不成立。子太叔赋《野有蔓草》，而赵孟曰：“吾子之惠也。”岂二人相与为私恋乎？子太叔赋《褰裳》，而韩起曰：“敢勤子至于他人乎！”岂起以荡妇况子太叔乎？诗有本义，有断章之义，姚氏既非不知，乃混而同之何也？孟子于《诗》喜随意立说，姚氏引以为重，失所据矣。

王先谦之说本于《列女传》，略同朱熹。惟他拘拘于三家，以《列女传》为鲁说，必释此诗为寡妇所作，亦邻于武断，不如朱子之瑕瑜互见。朱子有疑古之识，无疑古之胆，故往往亏一篑之功。他以《柏舟》为妇人所作，又疑其非宣夫人，所见已卓。惟不能自守其壁垒，一面既妄测为庄姜作，一面注孟子又从《小序》以为卫之仁人作，徘徊不定，致召陈启源、胡承珙、姚际恒诸人之诮。朱子之病不在于疑古，乃在疑古之不彻底。他说此诗，不屈于古代之权威，毅然以其词气之卑顺柔弱断为妇人之诗。虽复不能自持其说，而视迂儒之盲从曲说，固九泉之下有天衢也。

我于此诗，除审度其情思外，非另有所见，前已言之。惟观其措词，观其抒情，有幽怨之音，无激亢之语，殆非男子之呻吟也。一章曰："耿耿不寐，如有隐忧。"忧既隐曲，而又曰如有，胸怀何其幽郁也？二章曰："我心匪鉴，不可以茹。"逆来顺受，忍无可忍，故云然耶？又曰："薄言往愬，逢彼之怒。"依托兄弟已邻弱怯，而又曰往愬逢怒，似身不能自主者然。姚氏谓无一语像妇人语，我却觉得无一不像妇人语也。四章"觏闵"以下四句，言无抵拒陵侮之力，于明发之时，拊心椎击，自悲其身世。五章以忧思喻不浣之衣，就近取譬，更足想为女子之诗。又言"不能奋飞"，若为男子，曲终奏雅或不若是其卑弱也。凡上所析，良非确证，只足供读诗者参镜耳。夫言为心声，就诗之风裁词气以推之，则作者之面目亦思过半矣。

就篇章而观，"泛彼柏舟"一章，毛《传》以为兴也，朱熹以为比也，而其实二说初无大殊。毛公说："柏木所以宜为舟也，亦泛泛其流，不以济度。"郑释之曰："兴者，喻仁人之不见用。"是毛、郑之所谓兴，兼比喻也。朱熹说："言以柏为舟，坚致牢实，而不以乘载，无所依薄，但泛然于水中而已。"实与毛、郑之释同。夫毛《传》释《诗》只标"兴也"一语，并无"比也""赋也"之文，朱子则臆增之，非毛公之意也。

故此诗首章两句，毛、郑、朱三家并以为比喻，而朱子特标“无所依薄”一语较为高卓。今按：“柏舟”之名两见于《诗》（《鄘风·柏舟》），以柏为舟，或系古人所常用，故即因以起兴；非必为怀才不遇之意，乃借以为喻也。“柏舟”之所以有取，正因其“无所依薄”，观本诗之意自明。既曰“泛彼柏舟”，又重言之曰“亦泛其流”，仿佛今言：“柏木的舟飘呀，在水波上飘呀！”侧重之点在于萍浮絮泊，取喻身世之畸零，与全篇风格为谐调。必如毛、郑之说，揆之前后，文情不免枘凿矣。

以下三章无费解之处。第五章：“日居月诸”，颇有异说。姚际恒及郑玄、朱熹并以为比喻，而以姚氏之言较直捷。惟王先谦用《韩诗》义，释“胡迭而微”为胡常如微，与各家异。此诗之大义，上既辨之，则诸家以此为比，实不如王氏之释作赋体为优。郑以为喻君臣之分不明，朱以为喻嫡庶之位不正，其妄谬无论。姚以为喻卫之君臣皆昏不明，亦系臆说。观此诗全篇并不见有此义，前既言之，则姚说亦无可信之价值，与郑、朱同。此两句若不从韩训“迭”作常，则于义无取，于文为不词。若从韩改字作释，方合幽人憔悴之音。日月，人间之至光辉者，但何为于我独常如微晦而不明乎？言幽忧之甚，虽日月照临并失其光耀也。外状缘逐内心而转，其情旨至为微眇，故我以王先谦之说为长。诗中训故视大义如何而定其说者，此类是也。

论此诗结构：第一章以“柏舟”喻飘泊之思，以“不寐”见隐忧之深。“微我无酒”两句极言忧思之难销，犹宋词所谓“奈愁浓于酒，无计销铄”矣。第二章首言吾心非洞然无有，如镜虚明者，故不能薰莸杂会，黑白同茹，忍无可忍，思一吐为快。继言可告之人宜莫过于兄弟矣，然我往愬则逢彼之怒，是兄弟犹途人耳。至亲如兄弟尚不足赖，则疏于兄弟者不必言矣。既不能茹，又不能吐，穷之甚也。第三章是反躬自省之词。我既不容于家人，岂有过失乎？——然而威仪固至可观也。岂我有他道以趋迎时尚乎？——然而心之坚贞有异石席也。第四章言被小人之害，无力以复之，故椎心自叹。第五章言幽忧之甚，日月失明，辗转寻思，不能自脱。五章之诗始以舟之泛泛动飘泊之怀，终以鸟之翻飞兴无奈之嗟，其结构层次实至井然。

论《柏舟》既竟，因思及古今人各有所蔽，古之蔽也迂，今之蔽也妄。即就《诗》而论《诗》，考辨与欣赏同为目今研治此书不可缺之工作。文学本以欣赏为质，烦琐之考辨非所贵尚，此意稍有常识者皆审之矣。然视考辨为治诗之鹄的可非，而视考辨为治诗之阶段则不可非；不考辨可明的作品而亦故意考辨之可非，非考辨不明的，不得已而考辨之不可非。前人素无异说，妄立名目，眩才扬己者可非；而辟荆榛，张壁垒，志在扫雰埃以示云天者不可非。考证论辨之事，在文坛上只是一种打扫工夫。莹洁清明之地无洒扫之必要者，故意洒之扫之以示其勤，诚觉其可怜而可厌（然亦未必可恨）；至在蛛网尘封，数千百年之华屋中，则作洒扫夫者岂非后来居是者之功臣，乃亦诃为多事，得勿远于人之情乎？《诗经》中如无重重之翳障在，则吾人诚可直接就讽诵间欣赏古诗之美，不劳学作迂儒之声口矣，奈天不从人愿何！翳障故在，则认为真美者或竟许是幻景；吾人即努力去欣赏亦徒劳耳。真相未知而谬思欣赏，愚矣；未曾欣赏而自命已然，诬矣。总之，治《诗经》者应当考辨与批评并用，方可言整理，方可言欣赏陶写，否则便是自欺欺人。退一步言，即使自己无意或无力去做考证论辨之事，亦不当非薄他人做此项工作的。何则？这两种工作相待而成故。昂首闭目作扣槃扪籥盲瞽之谈，而谓天下之是尽在于我，天下之非尽在于他人，其胸襟见解已自绝于文艺之陶冶。此中而有天才，何地无天才耶？天才而亦如此，庸妄人更又将若何耶？吾岂知其何故，愿以质之今之以天才自许者。

［故训浅释］

第一章“如有隐忧”：李善引《韩诗》，“隐”作“殷”（见《文选注》十六、二十二、三十七、五十三诸卷），训为“深也”。鲁同毛作“隐”，训为“幽也”（见《吕氏春秋·贵生篇》高诱注），齐释为大忧（见焦氏《易林》），是同韩作“殷”。四家之文义初无大殊。就文章趣味而论，释为幽深，较大为密。既曰“如有”，则忧思之隐曲可知，否则无所谓“如有”也。王先谦以古“如”“而”字通，读“如”为“而”，义亦可通（见《诗三家义集疏》卷三上）。惟我以为“而有大忧”终逊“如有隐忧”之情旨深厚，原不必改读。毛训“隐”为痛，朱熹因之，更逊于三家矣。“隐痛”“隐忧”皆可，乃曰“痛忧”，于文义似非适。

第二章“我心匪鉴，不可以茹”：毛训“茹”为度，则言我心不能如镜之度物，似即为下次“往想”“逢怒”地步。郑则以为心之度物胜于鉴，恐与毛意初不符也。朱子之言却正与毛同，六句串讲，更足为证。姚际恒引欧阳修的话，以欧阳说为然，兹节录之：

> ……然则鉴可以茹，"我心匪鉴"，故不可茹，文理易明，而毛、郑反其义，以为"鉴不可茹而我心可茹"者，其失在于以茹为度也。（按：毛虽以茹为度，但所释并不如此，此实是郑玄之说，与毛公无涉也。）……茹，纳也。盖鉴之于物，纳景在内；凡物不择妍媸，皆纳其景。诗人谓卫之仁人，其心匪鉴，不能善恶皆纳，善者纳之，恶者不纳；以其不能兼容，是以见嫉。（《诗经通论》卷三）

"我心匪鉴"与下文"匪石""匪席"词气完全相同，而生异议者，正因"茹"字之训故不定耳。"茹"当训容纳，非创自欧阳氏，《韩诗》旧说正如此，见《韩诗外传》一：

> 莫能以己之皭皭，容人之混污然。《诗》曰："我心匪鉴，不可以茹。"

若"茹"训为度，则非言我心不如鉴之能度物，即言我心度物之明甚于鉴，而皆觉不安。不如径训为容纳，则上言不见容于群小，下言不见助于兄弟，于文义至顺，故下文紧接了一句“亦有兄弟”。若如毛、郑、朱子之释，无所谓“亦有”矣。况且“柔亦不茹”，“茹”固训纳，此何训为度耶？王夫之释此句亦好：

> 既不能容受非理，故难禁其愤懑之溢而愬焉。故下云“薄言往愬”，不能茹而思吐之也。（《诗经稗疏》）

“薄言”之薄，毛以为“辞”也，郑以为“甫也，始也”，韩亦以为辞，与毛公同（见《后汉书·李固传》章怀太子注引）。王夫之则据《方言》释“薄”为勉。他说：

> “薄言往愬”者，心知其不可据而勉往也。凡言“薄”者放此。……凡语助词皆亦有意，非漫然加之。（同书）

王氏此说甚好。语助词若漫然可加，则任何字皆可配搭，命意遣词了无准则矣。“言”字在此，当依胡适释为而。“薄”有勉义，在此为加重之语助词。虽有黾勉之义，不碍为语助之辞，固非必全无意义始得谓之辞也。

第三章“威仪棣棣，不可选也”：毛训“棣棣”为富而闲习。“棣棣”犹“逮逮”，众也，似无闲习之义。王先谦亦以为此四字“文不成义”。《贾子新书·容经篇》释“棣棣”为富，释“不可选”为众，于文义合，当从之。朱熹训“选”为简择，不知“选”“算”古通，三家诗此章本有作“算”者。（王应麟《诗考》引《后汉书·朱穆传注》）“选”“算”并可训为数，言自己威仪之富不可数也。“不可选”正以形况上文“棣棣”两字，文义本至明白。此句是诗人自期许之词，上言节志之坚贞，下言威仪之富盛，毛、郑、朱熹皆无异说。王先谦疏三家诗，独分“威仪”句与“不可”句为两截甚苦周折，恐三家之意亦初不如此也。

第四章“愠于群小”：“愠”有怨、怒两释，昔人以此聚讼。（陈奂《毛诗传疏》、臧庸《拜经日记》、胡承珙《毛诗后笺》均详辨之）其实从上下文看，在此应训为怒，言见怒于群小也。《韩诗·薛君章句》曰：“愠，恚也。”是与毛《传》同。凡文字训故皆当就上下参证以定，逐字辨之，则一字数训，将何所取择耶？“愠”训为怨或怒尚系小节，郑玄之通释此句尤谬。此章之郑义，见于上章之《笺》：“己德备而不遇，是以愠也。”信如郑说，则非诗人见愠于群小，乃是诗人愠群小耳。两释迥异，不可不辨。胡承珙、陈奂并以郑义为然。毛公此章并未明说，而陈氏亦比而同之于郑，甚属无取。王先谦的话最为明通：

若以愠属己言，是愠群小，非“愠于群小”矣。《孟子·尽心篇》引此二语以况孔子，最合诗旨。《荀子·宥坐篇》，《刘向传》上封事，《说苑·至公篇》，《韩诗外传》一，赵岐《孟子章句》十四引《诗》皆推演之语，非本诗义。（《诗三家义集疏》卷三）

诗明明说“愠于群小”，而他们必曲说为愠群小。虽古人亦偶有此等词例，如《左传》庄廿一年：“郑伯由是始恶于王。”昔人讲学每厌平实而喜曲诡，见古人有片句只字之异说，便争罗致之，以为光宠，曾不知《诗》有本训，有比附之训，有本义，有断章之义。惟古是从，不辨黑白而从之，故读书愈多而蔽愈甚。宋儒《诗》说固多浅妄之谈，然在此点上不但远胜于汉儒，且或胜于清儒也。

“寤辟有摽”：“寤”训为觉醒，“辟”为拊心，无异说。“摽”，毛训为“拊心貌”。《说文》：“摽，击也。”陈奂因以引证毛义。但拊为抚摩，安得以击形容之，似《说文》之训非特不与毛义相成，且正与相左。我觉王先谦解得颇好。他说："审思此事，寤觉之时以手拊心，至于擘击之也。""辟""摽"两义虽近，有深浅之不同。由辟而摽，状其痛心之甚也。毛以"摽"为副词，以状拊心，失之。"有"在此当读如"又"。

第五章"日居月诸，胡迭而微"：此句毛公无释。"居""诸"当为语词，见《日月》毛《传》，各家无异说。郑玄之说甚怪，竟不可解，而朱熹从之。所不同者，郑以喻君臣，朱以喻嫡庶，取喻虽殊，妄谬则一。较近情理之释，有姚际恒与王先谦。姚氏依《毛诗》不改字，王氏则从《韩诗》，读"迭"为"秩"，训作常。兹节录两家之说：

> 按《日月之交》诗曰："彼月而微，此日而微。"言日月之食甚明。今诗与彼章同，谓日月胡为更迭而微，以喻卫之君臣皆昏不明之意。（《诗经通论》卷三）
>
> 愚按"迭""秩"古通借字。《韩诗》本作"秩"，故或借"载"字而训为常也。"而"读为"如"。……惟穷居苦节之妇人，终身晦暗，若天日所不照临，故言日月胡常如微隐而不见。（《诗三家义集疏》卷三）

此两说均远胜于郑《笺》、朱《集传》。姚氏之说甚有根据，惟谓取喻卫之君臣，不免武断。王用韩义训“迭”为常，又改读“而”字取径较迂，但所释诗旨与全篇风格融会，我觉得亦好。此两说之优劣，当视此篇之大义如何而定，不能仅就训故中别也。

六　邶·谷风

习习谷风，以阴以雨。黾勉同心，不宜有怒。采葑采菲，
无以下体。德音莫违，及尔同死。
行道迟迟，中心有违。不远伊迩，薄送我畿。谁谓荼苦，
其甘如荠。宴尔新昏，如兄如弟。
泾以渭浊，湜湜其沚。宴尔新昏，不我屑以。毋逝我梁，
毋发我笱。我躬不阅，遑恤我后。
就其深矣，方之舟之。就其浅矣，泳之游之。何有何亡，
黾勉求之。凡民有丧，匍匐救之。
不我能慉，反以我为雠。既阻我德，贾用不售。昔育恐育鞫，
及尔颠覆。既生既育，比予于毒。
我有旨蓄，亦以御冬。宴尔新昏，以我御穷。有洸有溃，
既诒我肄。不念昔者，伊余来塈。

此篇大义最为昭显，寻阅本文，即可审为弃妇怨其故夫之词。不特其事明，且其事之因由亦大略可明，不比《行露》，讼狱虽可知而兴讼之故不可知，亦不比《柏舟》，幽怨虽可知而生怨之故不可知也。诗中既明曰“采葑采菲，无以下体”“宴尔新昏，不我屑以”，则《谷风》一篇犹之《上山采蘼芜》，其事平淡，而言之者一往情深，遂能感人深切。通篇全作弃妇自述之口吻，反复申明，如怨如慕，如泣如诉，不特悱恻，而且沉痛。篇中历叙自己持家之辛苦，去时之徘徊，追忆中之情痴，其绵密工细殆过于《上山采蘼芜》。彼诗只寥寥数语而此则絮絮叨叨；彼诗是冷峭的讥讽，此诗是热烈的怨诅。三百篇中可与匹敌者只《氓》耳，而又各有各的好处，全不犯复。可见真性情之流露，不计其浅鄙而自不落于浅鄙，不患其重复而自不落于重复。吾每谓作诗非难，涵咏性情以作诗，夫何难之有！而世人每忽略于性情之际，专求工于诗，此所谓不揣其本而齐其末矣。若而人者，吾但愿其多读《国风》及古今中外之民歌，使知诗不必做而始工（诗自然可以做，我不一概抹杀）。随笔写的，随口唱的，中亦有好诗存焉。此正如华妆可增美人之美，然而美人之美初不在于妆。屏绝妆饰以言美固未是，而认华妆者即为美姝，其昏惑不滋甚耶！读《诗经》，尤其读《国风》，对于有志于诗的初学最为有益。读作家诗，易养成一种摹仿之陋习，而读《诗经》则无是病，因三百篇之体全系直直落落的白话，非特令我们无从摹仿，且亦无须摹仿得。所以中国诗坛上，向重摹拟，而摹仿《诗经》作四言诗的，终究寥寥。至于魏、晋、唐、宋之诗，则子子孙孙已不知有多少了！

《小序》说《诗》谬妄成癖。以《谷风》之昭明，尚不免添些梦话，更何论其他。他说："刺夫妇失道也。卫人化其上，淫于新昏而弃其旧室。"夫妇失道诚哉是不错，但说是刺已觉不妥，而又说化其上，不知何以知之？朱子说得好："亦未有以见化其上之意。"其他诸家无甚异说。三家之遗说亦不可见。宋王质因误释"伊予来塈"一语，遂曰：

> 此非绝也，特以劳役之事苦之。新昏近有所昵，非纳采问名而礼昏者也。……故以纳妇为昏，其他交际皆可称昏。既绝不可以相见，而尚"薄送"，何也？既绝遂为他人，而尚祝以"毋逝"，"毋发"，何也？末云"伊予来塈"，望来而求安也。绝则岂复来乎？（《诗总闻》卷二）

王氏之说无一能言之成理。新昏非必礼昏者，犹可言也，乃曰"其他交际亦可称昏"，则不知其何所见，其谬一。绝则不可再相见，于古固有征乎？即承认王说，而“薄送”一语本为被绝临去之情景，其时尚同居一室，出自帏房，有何不可见之有？而况此语又为怨望之词，非直叙乎，其谬二。“毋逝”“毋发”正极写其余情未断，眷眷不忘之痴愚，迂儒乃视为不可解，其谬三。“来”字在此初不训作来去之来，其谬四。且王氏谓“妇人承夫命出有所营”，则不知其何所营？此解施于今之女子尚可通，而岂宗法社会中女子之事乎。其为臆说，无采取之价值，不待言也。

惟在此尚有一点须辨。虽诗作弃妇口吻，但是否即弃妇自作，或他人代述，或原作而他人润饰之。此仅看本诗不生问题（初不必如此详辨），一参读《小雅·谷风》便觉得有详辨之必要。我友顾君颉刚有札记一节，辨析极工。得其允许，爰引录之：

> 这两首诗不同之处，《邶风》里是连续叙述的六章，《小雅》里是辞气相同的三章，一个复杂，一个简单。但他们的母题是一样的，起兴都是谷风与雨。以下都是说一个妇人为她的丈夫弃掉，追想从前时两口子如何的相好；在贫困的境界时，这个妇人何等的出力帮助他；到现在安乐了，就狠心的把她弃了。试把两首诗中相同的意思比较如下：

<table>
<tr><th colspan="2">《邶·谷风》</th><th>《小雅·谷风》</th></tr>
<tr><td colspan="2">习习谷风，以阴以雨。（一章）</td><td>习习谷风，维风及雨。（一章）</td></tr>
<tr><td>昔育恐育鞫，及尔颠覆。（五章）
不念昔者，伊余来塈。（六章）</td><td rowspan="2">黾勉同心，不宜有怒。（一章）
泾以渭浊，湜湜其沚。
宴尔新昏，不我屑以。（三章）
我有旨蓄，亦以御冬。
宴尔新昏，以我御穷。（六章）</td><td>将恐将惧，维予与女。（一章）
将恐将惧，寘予于怀。（二章）</td></tr>
<tr><td>既生既育，比予于毒。（五章）
有洸有溃，既诒我肄。（六章）</td><td>将安将乐，女转弃予。（一章）
将安将乐，弃予如遗。（二章）</td></tr>
<tr><td colspan="2">我躬不阅，遑恤我后。（三章）</td><td>无草不死，无木不萎。（三章）</td></tr>
<tr><td colspan="2">“就其深矣”全章。（四章）</td><td>忘我大德。（三章）</td></tr>
<tr><td colspan="2">采葑采菲，无以下体。德音莫违，及尔同死。（一章）（《左传》说）
不我能慉，反以我为雠。既阻我德，贾用不售。（五章）</td><td>忘我大德，思我小怨。（三章）</td></tr>
</table>

〔注〕颉刚札记系草稿，其表兹为修正。《小雅·谷风》一、二两章，恐惧与安乐为一意之转折，但不分割不便列表。兹表上下分承，惟中之对下系混合承接。一、二两章“将恐”以下四句，并须连读后始与中层相承。

从这个比较上，可见两首诗是极相类的。在艺术上，自然《小雅》的一首不及《邶风》一首曲折，或者可以假定《小雅》的一首是原有的，《邶风》的一首是经过文人润饰的。方玉润说：“‘凡民有丧，匍匐救之’，非急公向义胞与为怀之士，未可与言，而岂一妇人所能言哉！”这亦是文人润饰的假定之下所能解释的。诗是弃妇的诗，但不必弃妇自己做，社会上这种事情多了，文学家不免就采取而描述之。从旧材料里做出新文章，是常有的事。母题相同是不容讳言的。可笑做《诗序》的人因为《小雅》里的一篇，从他们排定的次序应该在幽王时，幽王是当刺的，所以就定为刺幽王，又因为没有说明夫妇二字，就硬派做“朋友道绝”。他们不想想，朋友怎么会“寘予于怀”呢？所以要打破这种谬妄的传说，比较的研究是很好的事。

这同题的两首诗，实在是说的一回事。依前表看，《小雅·谷风》全篇之意已具于《邶·谷风》之中。所以我们不能说这是分离不相干的两首诗，颉刚的假定也颇有用。不但“凡民有丧”两句露出马脚，即第三章以泾、渭起喻亦可以应用此解释。如郑玄说此两句，以为“绝去所经见”，固属想当然之谈，即我悬测为当时有此谣谚，亦觉勉强。因邶之去泾、渭，地约千里，邶人作诗当言淇水、河水，何得远及泾、渭。说为实叙固远情理，即说为譬喻，亦觉其取喻之迂远，且出之民间弃妇之口，则尤觉其不伦。诗中之比兴往往因所见而启发，是为通例，而今独不然，何耶？今若说为文人代作，则于此点无所疑滞。既为文人之作，则取喻悠邈亦无足异。观《邶·谷风》一篇，文章技术之美妙，措词之婉中带厉，固不类密勿持家，后被弃掷，穷而无告之女子所自作也。其中有微妙之曲喻（菜则荼苦荠甘，水则渭清泾浊）；有通蔽双融之妙谛（“毋逝”以下四句）；有棉里藏针之怨诅语（“御冬”“御穷”四句）。若固出于当时之女子，则真所谓百年千里犹不可期者也。故颉刚之说原非定论，却有可存之道。

此篇章法可得略说。一，正言责其不当弃绝糟糠之妇。二，自己被弃时之苦，其夫重昏时之乐。三，弃绝后之余情。四，昔年持家之如何黾勉。五、六，今昔之殊，其夫可共患难而不可共安乐。全篇格局开门见山，“黾勉同心，不宜有怒。”实为其纲领。以下五章，全是反复申诉我之如何终始黾勉求与汝同心，而汝今昔不同，炎凉易态，归结到“不宜”两字，则俨如老吏决狱，铁案如山矣。持较《柏舟》，则彼诗一味幽怨，此则怨怒之故了了可见。《柏舟》虽未言夫妇事，而可悬揣为女子之作，此诗已明言，却又未必即出于女子之手。古人往矣，不可起于九京，就区区风格之卑亢，情性之柔刚，以遥度数千载之上，非有会心，得无哂乎。

[故训浅释]

诗有训故简易而大义沉晦者，《卷耳》《行露》是也；有大义昭明而训故多异说者，《邶》之《谷风》是也。此诗为弃妇之词，向少异说，即素喜妄说如《序》《笺》，于此亦不见甚可怪之论，其他可知矣。惟其中文句之异释，棼如乱丝，愈翻检书籍便愈苦其纷歧，且愈难断言其是非。何以故？《诗》文殊简略，作此释固可，作彼释亦通。其难一。训故以音声通假本非一涂，就甲通乙则训为丙，就甲通丁则训为戊，若丙戊二解并可通，则其间之去取何从？其难一。鸟兽草木则异其名，典章制度则异其法，既图解匆具，亦考订无资。其难三。文词之解析原有三步：一，字之训故声音；二，物类制度之订定；三，文义之审度。现在呢，求之训故则苦纷歧，求之名物则苦茫昧，求之文义则苦含混。故在今日，吾人解析文句，希望能处处惬合作者之原义是一事，而能达到与否又是一事。以我揣测，终究只是希望而已。

然而我们岂以此灰心，而觉古书全不可读呢？是又不然。精密言之，这种困难初不必古诗方有之，即近人之作品亦复如此，惟其程度稍不同耳。内外相符的了知，只存在于创作时的一刹那。至于欣赏批评，横看可成岭，侧看可成峰，初不必处处吻合作者“当时之感”，方得谓为健全的欣赏与批评也。申言之，我们读书的时候，误解是无时不存在的（微浅则不足为病），却也不碍于我们的读书。若必待误解全消，真相毕露而后可读书，则往古来今，殆早绝读书之种子矣。作者之原意如何是一事，我们心中的作者之意如何又是一事。其吻合之程度，有疏有密，疏者谓之误谬，密者谓之正确，其区别原只在程度上。

讲说及此，必有人怀疑到何疏何密的考量问题。这本不易回答，因为作者当时之感既已付诸渺茫，则所谓吻合的程度是形况而非实有，事本显然，一览即知。但我们虽不能直接考量，却未始不可间接以推知之。推知之道，即是从文义之短长以定其正误。即先假定作者之意总在长的一面，其义愈长即姑擅定为愈密合于原意。此虽不必中，却总也不远，已为吾人日常所惯用的方法。故解《诗经》者决不求其别具神通，生千载之下去逆千载以上人之志，只求其立说不远乎人情物理，而又能首尾贯串，自圆其说，即为善说《诗》者。换言之，我们并不敢妄想将《诗》之内心揭出，只企求以正当的眼光，把《诗》从那里边映现。密合或否既无从审度，则应当先求自身立说之明通。此我所以读各家《诗》注，踌躇再四，终以朱熹之《集传》为诸书中之较好者。朱《集传》之臆说陋见诚屡见叠出，而其注《诗》总在自身求其可通，即此一端，已足排斥毛、郑而有余。高谈家法师承之如何，引经据典以讲说破碎支离淆混驳杂之名物训故，而全不自省其间之条理。此等《诗》说自身先已站不住，遑论合乎古人之心与否耶！此篇释《谷风》一诗，略述各家异说之可通者，无理之缴绕均削去之。有些加以论断，有些则按而不论，以便读者自抉择之。优劣既在微细之间，则抑扬颇费斟酌，宁留作悬案，不欲强作解人也。

第一章"习习谷风"：毛《传》以"习习"为和舒之貌，而以"谷风"为东风。《尔雅·释天》曰："东风谓之谷风。"孔《疏》引孙炎注曰："谷之言穀，穀，生也。谷风者，生长之风。"朱熹从之。按"谷"固通穀，但谓谷风为生长之风，于义太迂。宋严粲之说甚好，姚际恒引用之，兹节录如下：

来自大谷之风，大风也，盛怒之风也。（《桑柔》诗：

“大风有队，有空大谷。”）又习习然连续不绝，……皆喻其夫之暴怒无休息也。旧说“谷风”为生长之风，……“习习”为和调。《小雅·谷风》二章，言“维风及颓”，颓，暴风也，非和调也。三章言草木萎死，非生长也。其说不可通矣。（《诗经通论》卷三引《诗缉》）

《小雅》之《谷风》与此诗殆出于一个母题，其说已详《札记》中。故以《小雅》之诗文证此“习习谷风”之解，可谓铁案如山。《小雅·谷风》三章俱以“习习谷风”起兴，于二章则曰“颓”，《传》训为“焚轮之风”，是为从上而下之暴风。于三章则曰“无草不死，无木不萎”，更与生长之义南北背驰。严氏既以《大雅·桑柔》证“谷风”之确训，又以《小雅·谷风》反证旧说之不能成立，其立说根据实至坚确。而前人仍多有信毛《传》“阴阳夫妇，室家继嗣”之谬论者（如顾广誉《学诗详说》）。惟严、姚并以“谷风”为喻夫之暴怒，说虽可通而未必即是定论。见风雨凄其，绵绵不绝，因动平生之怨而作歌，事所常有，安见其定是比喻耶？宋王质谓为“登涂而值风雨，触境兴怀”（《诗总闻》卷二），其说颇不拘泥。质说此诗谬妄固多，此言却可节取。

同章“黾勉同心，不宜有怒”：“黾勉”，韩诗作密勿，义同，犹曰勉勉匆匆，皆双声连绵字。解此两句，毛《传》似胜于朱《集传》。毛曰：“言黾勉者，思与君子同心也。”此言我勉力求与汝同心，汝不宜反有怒于我。朱曰：“为夫妇者当黾勉以同心，而不宜至于有怒。”则为规训而非怨词，于情味上似不如毛义为优。

同章“采葑采菲，无以下体。德音莫违，及尔同死”：此四句异说繁多，于文义似均苦不甚连属。现在约举较重要而有考虑之价值者述之。其他各说虽为专研《诗经》者所当备悉，而非本篇旨在求简明者所能罗列，然虽如此，论辨已不免烦琐。

“采葑”以下两句，《左传》僖三十三年，臼季引此荐冀缺于晋文公，而曰：“君取节焉可也。”又《礼记·坊记》“君子不尽利以遗民”下既引《小雅·大田》之诗，又引“采葑”以下四句。此两说早则当在先秦，晚则亦在西汉，虽未必即是此诗之本旨，而最为近古。然细观之，两说似互相违异，不能并存。依《左传》，葑菲之下体似不可食，故曰“取节焉可”；依《坊记》，则似葑菲之下体可食，故曰“不尽利”。依《左传》则两句意在舍短从长，依《坊记》则意在戒贪戒得。究竟孰是孰非，当以葑菲之根茎究可食与否为断。如不可食或可食而味恶，则《左传》之义长矣；如可食，则《坊记》之义长矣。但至今日，诗人之所谓葑菲究当今之何种植物已不可断言，则两说之争持不免终成悬案矣。历来群经之注，凡讲到鸟兽草木之名，愈讲总愈不清楚。中国儒者本缺乏博物之知识，而又无图绘以资考核，专就文字上打官司，终古亦无宣判之日。故在兹篇俱不引录。有志治《诗》而富于博物知识者，自当从事于此，非我所能及也。

至于诸家释此章者，无非根据于上两说，而依违其间。郑《笺》、朱《集传》并以“葑菲”两句喻不可以颜色之衰弃其德音之善。郑言“采之者不可以根恶时并弃其叶”，朱言“不可以其根之恶而弃其茎之美”，按诗本文仅言“采葑采菲，无以下体”，并未言“采葑采菲，无以下体而弃之”。郑、朱增字作释，似未允当。即曰诗文省略，奈何歇后。故先曾祖曰：“如《笺》义，则‘无以下体’四字文义未足。”（《茶香室经说》二）

王先谦本《列女传》赵姬之言，释“无以下体”为不念小过，其误同郑、朱。但此两句，郑、朱以为怨其夫重色轻德而弃之；王则以为恕其夫之词，故下言“尔常有德音而不相乖违，则我愿与尔至死”。此犹言汝若不违大道，则我岂不赦汝之小过，犹之采葑采菲者不以下体之恶而并弃之也。夫此诗本为出妇之怨词，离析之端在夫而不在妇。依王氏之言，似妇斥逐其夫者然，可谓不明事理矣，故吾以为此说亦不足取。《列女传》杂采传闻以作讽谏，所述《诗》义未必真是赵姬之言。即使当时有是语，亦未必即《诗》之本义如此也。

上列三说均本于《左传》，陈奂疏《毛诗》，持论亦略同郑、朱，兹不具引。惟姚际恒独兼采《坊记》之义，标立新说，其言曰：

> 葑菲之根可食。以葑菲喻己，下体喻新昏者。谓采葑菲只可取节，不可尽利。犹之男子惟当取妻，不可更奢于色也。故言我昔者本望尔之“德音莫违，及尔同死”也。

姚氏之说略优于前人。葑菲之根究可食与否虽不敢定，但前人大都以为可食。郑玄亦言：“上下可食，惟其根有美时，有恶时。”毛公释下体为根茎，于可食与否未有明文。夫土宜虽曰古今有异，然叶可食而根茎不可食之蔬亦鲜见。我们暂假定葑菲之根可食（美恶却不定），总不至大谬。既如此，则《坊记》之义优于《左传》。“以”训用，“无以下体”，犹不用下体也。此释不必增字作解，于义为长。不用下体之故或为弃短，或为戒贪，虽不一定，然葑菲之根茎既非绝不可食者，则戒贪之义似胜于节取矣。惟姚氏必以葑菲喻弃妇，以下体喻新昏者未免泥而不通。取喻之故仅以怨其夫之贪色无厌，非斤斤然作比较也。

上述的纠纷固悬而不解，即从《坊记》之义，姚氏之说于词气上仍有不顺。上方作宛转之哀吟，下即转而为责备，觉得有点撇扭，反觉郑、朱之说稍顺矣。今按“采葑”两句或系当时成语，故引之以讽其夫之多欲。先曾祖在《经说》中标举特见，谨节引之：

> 今按“无以下体”句与《文王》篇“无念尔祖”同，毛《传》曰：“无念，念也。”然则，“无以”，以也。诗人尽以根之美喻德之美，而以叶之不美喻颜色之衰，言采葑采菲者以其下体之美，然则夫妇之道，岂可以色衰而弃其德美乎。下言“德音莫违，及尔同死”。

释“无以”为以，遂一反前人之说。即对于《传》文之解释，恐亦与前人不同，“取节”之谊重在择善，不重在弃恶也。于《坊记》之文，则已自释之，兹不赘举。此虽悉与旧说违异，然古人自有此词例也。

“德音”两句，朱曰：“但德音之不违，则可与尔同死矣。”则以德音为己之德音。郑释作“夫妇之言无相违”，则以为双方之关系，不专属于一人。王先谦、姚际恒俱以“德音”属夫，均见上引。惟王以为直说，姚以为昔时之愿望，似姚说较优。今既于采葑下用姚说，在此亦当从之。贪欲无厌即为有违德音，但我本不料尔如此，而愿生死与共也，借以反跌今日之弃捐，深怨其夫之词。朱熹释德音为美誉。今按德当为德行，音当为声誉。陈奂曰：“‘及尔同死’，犹言与子偕老也。”是。

二章“中心有违”：“违”字之训诂纷纭，今大别为三，以清眉目。一，陈奂申毛义。毛训“违”为离，陈释“离”为忧，有违即忧也。然毛只言离，未言忧，陈释为忧耳。毛意如何不可知。二，《韩诗》说。《释文》引韩义，以“违”为狠。《说文》曰：“狠，不听从也。一曰，行难也。”按中心有行难，甚属不词，而胡承珙、王先谦以为韩意正如此，恐不然。我以为韩说在此正当释为不听从。“中心有违”者，犹言中心有所不从耳。朱子释“违”为相背，与韩义初不异。朱曰：“盖其足欲前，而心有所不忍，如相背然。”其解于文情至委宛。郑于“行道迟迟”下有谬说，而释“违”为徘徊，仍未大改韩义。《笺》曰：“将至于别，尚舒行，其心徘徊然。”不从，相背，徘徊，其情况虽微有浅深，而实一义，故《韩诗》、郑《笺》、朱《集传》于“违”字无异说。三，马瑞辰释“违”为“伟”之借，而释“狠”为恨，以为韩意如此，又引《书·无逸》之文释“违”为怨。我曾祖曲园先生则以“违”为“媁”之借（《说文》：“媁，不悦貌。”），又引《文选》曹大家注，释“违”为恨（《群经平议》）。谨按：“违”字径训作不从或相背，于文义实已允惬，似可不改读，故私意仍以第二说为长。

同章“不远伊迩，薄送我畿”：“伊”训维。“薄”为重言之语助辞。“畿”即机，门限也。“送我畿”，犹言送我于门边也。毛释为门内，义同。此句之义，郑《笺》曰：“不能远，维近耳。送我裁于门内，无恩之甚。”朱《集传》从之，于义固亦通顺，惟我觉不如何楷之说为尤佳。楷，明人，著有《诗经世本古义》三十卷，胡承珙在《毛诗后笺》中引其言且论之曰：

> “此非真谓夫之送之。言我既行矣，汝与我决别即不敢望其远，独不可近相送而一至于畿乎？奈何其不一顾也！……”承珙案何说于“不远伊迩”之言更觉微婉。下文云：“比予于毒。”又云：“有洸有溃，既诒我肄。”其夫之相遇如此，岂循出妇之礼。

送裁及门，恩已薄矣。今望其送及门限而并不可得，则真“无恩之甚”，似较郑《笺》所释更深进一层。此极言其身世畸零，故下遂有荼苦荠甘之喻。

同章“谁谓荼苦，其甘如荠”：此与上言葑菲同一困难。荠为甘菜初无异说，但荼之苦则不成定论。如惠周惕作《诗说》，即以《大雅》“堇荼如饴”一语而疑荼之非苦。他说：“荼本不苦而谓之苦，犹己本不恶而谓之恶。”其说似可通，惟对于《大雅》此句之解则已谬，故说不成立。孔《疏》谓“周原土地之美，物之苦者亦甘”，于义本不谬，而惠氏非之。循《绵》诗之意，本在极言周原土宜之美，虽以堇荼之苦而亦如饴。故引此句非特不足证荼之非苦，正可以证实荼之苦也。如惠氏之说《诗》，未免以辞害志。当知诗中此等处皆为形况过甚之词，修辞中谓之张喻，认为实事，则失之毫厘，谬以千里矣。黄河之广岂真“一苇可航”？嵩高之高岂真“峻极于天”？凡此之属，《诗》中最多，皆当活看，不可拘执也。

即认荼为苦菜，而此两句异说仍多。郑玄、朱熹大同小异，可合为一说。郑曰：“君子于己之毒有甚于荼。”朱曰：“己之见弃其苦有甚于荼。”一就其夫之怨毒而言，一就己之痛苦而言，于义初匆异也。王先谦则释为：“昔与夫同处，虽苦无怨，譬之于荼而我甘之如荠。”此说似与上下文不相连属，插入第四、第五两章似尚可，在此则不妥。姚际恒则又以“荼亦喻新昏者，谓夫不当以苦物而为甘”，“宴尔”两句即状其如荠也。信如是，则此又为怨詈之词，于此文情似亦非适，固不如用郑、朱之义为长也。释《诗》有浅则得之，深则失之者，此类是也。窃以为此两句诗意本明，诸家一意求深，反致失之眉睫。下文“宴尔”两句，以新昏之乐形弃斥之苦，深怨之词。

第三章“泾以渭浊，湜湜其沚。宴尔新昏，不我屑以”：“屑”训洁，“屑”“洁”叠韵字，故上句原为比喻，非赋体也。卫地非二水所经，说为赋体，义不可通。郑玄于下既曰“取以自喻”，而上又曰“此绝去所经见”，殊觉辞费。因既说为比喻，则初不必身经历之，方得援引之也。卫女即被弃而去，何劳远涉于泾、渭乎？前人亦已疑之矣。既无史事可据，又少情理可推，其为臆说无待言矣。想泾、渭二水，清浊同流，在古代民歌中或亦常见称引，故此诗遂因以作喻耳，非必诗人涉泾、渭，方言泾、渭也。至于此四句之释，殊极纷纭。或言以泾喻旧室，以渭喻新昏，如孔颖达、朱熹、胡承珙等皆主是说。或则反之，以渭自喻，以泾喻人，如程大昌、严粲、姚际恒、陈奂等皆主是说。以外异说尚多，列举亦不能尽。如吕祖谦一人而后先异说，在《读诗记》上既以泾属新昏，在《东莱遗集》上则反其说，可见此两句左释右释，俱有逢源之乐，一致周章难定。然此尚回翔两说之间耳，非独树一帜也。至朱芹作《十三经札记》，径以泾浊渭清向属传讹，大翻前人之案，其说至新。又王先谦说此，以为“盖其夫诬以浊乱事而弃之，故自明如此”，亦在前人之外别辟涂径。此等异说考核棼如，便愈难定。吾人固不敢骤下断语也。

断案之道必先询其根由。此节既以泾、渭作喻而起纠纷，则此两水之别不可不明。究竟泾清渭浊，抑渭清泾浊乎？此非就典籍与实地两方面考核之不为功。昔人虽多说泾浊渭清，但其言亦未必无误也。今既无地理沿革之确证以辨前人之是非，故不说此诗则已，欲说之只得就文义上作揣测推度，舍此良无他道。“湜湜”为水清见底之貌，“沚”为止水（《说文》引《诗》作“湜湜其止”）。此句必系自喻，以反衬下文“不我屑以”，是无可疑者。但“湜湜其沚”究承渭而言，抑承泾而言乎？如假定渭清，则似承渭而言；假定泾清，则似承泾而言。但我意却正与此反，觉得“湜湜其沚”正蒙浊而言，非蒙清而言也。此说骤览之似颇可怪，一清见底之文乃与水浊连文，毋乃不类。然细按之，中有说焉。

如以“湜湜”一句蒙清而言，以泾为清，则必曰：“泾以与渭合流而浊，但泾何尝浊哉，其沚固已湜湜然清见底矣。”以渭为清，则必曰：“泾诬以渭为浊，渭何尝浊哉，其沚固已湜湜然清见底矣。”此种说法，貌似连贯，而实则不然。或曰泾清，或曰渭清，尚无不可。但清既为水之常，何不曰湜湜其源，湜湜其流，而必曰“沚”耶？此重公案之解决，正在一“沚”字上。“沚”训止水，水止而后清，则原为浊流已可知。若水本清，何必止而后清耶？此吾所以主张第二句蒙浊而言也。

观毛公所言，“泾、渭相入而清浊异”，似以为泾合渭而愈见其浊，意略同于朱子。非云泾入渭而变浊，亦非云泾诬渭为浊也。郑云：“泾水以有渭，故见渭浊。”下“渭”字“谓”之误，而毛、郑无异说。郑复以“不动”状“沚”之貌，固知“沚”为止水，郑意亦如此也。此节之意，言泾亦有清处，以与渭合流而形其浊，犹己本有姿容，以夫有新昏之故见其老丑也。故下云“不我屑以”（“以”训与），言我本有洁处，乃汝安爱新昏，故不与我洁也，亦蒙上文清浊而言之。毛、郑、朱熹之说并有可取，而朱说尤为详明。朱申郑义，但郑之词拙，且有误字，令人惑耳。以外诸家之说，虽极纷纠，殊鲜可取，大都喜腾臆说，一意求深，昧于“沚”字之义，遂致泾、渭句聚讼不已。原诸家并非不明“沚”之诂，特未曾着眼此字之重要而思之耳。即毛、郑之说，文理本明，然诸家每故意颠倒而疏之，诚不知其何意也。

同章“毋发我笱”：“发”字毛、郑无说。《释文》引《韩诗》：“发，乱也。”马瑞辰以“发”本训开，疑《韩诗》之说。陈乔枞、陈奂并申韩义，以“发”为“拨”之通借字，故训乱。陈乔枞曰：“梁以障水，笱承梁空，其曲竹非一，必理之使与空关相承乃可捕鱼。所云乱我笱谓勿移散之使鱼得脱也。”（《韩诗遗说考》卷二）“发”训乱，于文义自安。开、乱之训，可以两存。

“毋逝”两句，郑、朱并以为戒谕新昏无取我为室家之道，则是虚拟而非实指，为比喻而非叙述。姚氏以为不然，说之曰：“既去而思在室之梁与笱，欲人‘毋逝’‘毋发’。既而思之。我躬且不阅矣，遑暇爱恤我已去之后哉！……旧以‘毋逝’二句为比，非。”按：二家之说均各有当于诗意，不相妨，实相成。姚氏斥旧说为非，似过。此两句之意在不虚不实之间，说为比喻则有似于赋，说为叙述则有似于比。妇既去家而思及鱼盐之琐屑，乃情理之所必应有，故姚说可取。但两“毋”字意重在禁止新人之入室，虽所指仅止于梁笱，而其意殊不止于梁笱也。梁而不可逝，笱而不可发，则其它亦可知矣。此犹后人不言发陵掘墓，而曰“取长陵一抔土”，意在婉谕，不欲直斥也。言近而旨远，郑、朱之说实已包举姚氏之论，非可妄讥也。若斤斤然依文实之，则室家之内何事不可关心，而必曰梁笱乎？岂独梁笱为禁物，而其它尽可由新昏者取携，不生怨妒乎？诗人意殆不然也。

同章“我躬不阅，遑恤我后”：《传》于“躬”字下无训。《笺》则释“躬”以身，而朱子从之。惟郑以后为子孙，朱则释为我已去之后，微有不同耳。按“我躬”，《左传》（襄二十五年）及《表记》引此并作“我今”。“今”“躬”双声字。马瑞辰以为“今”对“后”言，谓妇人既去以后，不必如《笺》以后为子孙也，是同朱子之说，惟读“躬”为“今”，与“后”对文，较朱说为圆足。若“躬”训作身，则“后”似宜指子孙矣。我今尚不容，何暇忧我去之后；我身尚不容，何暇忧我之后人。相对成文，义均可通。

“阅”，毛训容，是读“阅”为容悦之“悦”。《左传》（襄二十五年）引此句作“不说”，可证。郑玄、朱熹均从之。姚际恒据《说文》“取数于门中”（今本《说文》作“具数”），说“不阅”谓不在门中，为义迂曲，循《说文》此训，即简阅之意，重在具数。若本训为不容于门中，则尚可取以释诗，今曰具数于门中，与诗义何涉耶？“遑”，《左传·表记》引之并作“皇”。郑玄、杜预、朱熹并释“遑”“皇”以暇，而释“暇”以何暇。曲园公以“皇”“况”古通，释作“况忧我后”，视诸说皆径捷矣。

四章“方之舟之”：《传》释“舟”而不释“方”。《笺》释“方”为泭，朱《集传》则释为桴，均筏也。王夫之《诗经稗疏》，据《说文》释为并船，似较优于旧说。“方”“舟”“泳”“游”具是动词而非名词。若“方”“舟”作名，则当曰“以方以舟”矣。而今不然，知作动词释也。此四句乃下四句之喻。姚际恒所谓“深浅喻有亡，泳游喻勉求”，其言甚善。徐幹《中论·法象篇》说此曰：“言必济也。”今申之曰：“何有何亡，黾勉求之。”言必得也。此正极意形容其黾勉持家，不辞辛劳，遥应首章“黾勉同心”之文，为一意转折而非两事平列，尤非方舟、泳游实有事也。当知方舟、泳游俱假设之词，不然，妇人持家岂用方舟，而泳之游之明非古代闺帏之事矣。郑玄曰：“喻君子之家事无难易，吾皆为之。”说本不误。朱熹则以为自陈其治家勤劳之事，虽亦相仿而于诗意便远。此正状其中心之黾勉，非罗举其劳绩也。方舟泳游，有何劳绩之足云？

同章“凡民有丧，匍匐救之”：“匍匐”为伏地蛇行，即扶服也，古双声通用。此两句与上文相接，颇觉费解。《笺》

以为邻里尚往救，况君子之事乎，以疏喻亲也。朱熹、王先谦均谓周睦其邻里，助君子尽力。两说虽均可勉释，终觉牵强，故方玉润曰："凡民有丧，匍匐救之，非急公向义，胞与为怀之士未可与言，而岂一妇人所能言哉！"则前人固亦已疑之。此两句有关于是诗之大义，说见《札记》中。就文句论，两说可并存。朱说较郑为直捷，于直叙下忽作比喻，似更牵强。

五章"不我能慉，反以我为雠"："慉"，"说文"训为起，引《诗》作"能不我慉"。今本毛《传》训"慉"为养，而朱熹从之。孙毓、陆德明引毛说，不作"养"而作"兴"。而孔《疏》则曰："遍检诸本皆云'慉养'。"是孙、孔两家所见之不同。若毛果作"兴"则与《说文》相同。郑玄在此训"慉"为骄，亦取兴起之义，而迂曲殊未减。夫"慉"既训养（或曰毛公，或曰王肃），而"畜"又训养（《蓼莪》郑《笺》），是两字本可通借。在此，"慉"是"畜"之借字，不当释作兴起也。"畜"亦训好，于义尤长，说详下。

《说文》引作"能不我慉"，是古本如此，今本经后人窜易非其本来。段玉裁曰："与'能不我知''能不我甲'句法同，'能'读为'而'。"（《说文解字注》）又董氏《读诗记》引王肃、孙毓本并"能"字在句首，更可取证。段引《诗》中习用句法为例，证此诗之文有误倒之处，至为精确，惟读“能”为“而”，于义未安。“而”系挈合词，每承上而言，今在句首加一“而”字，殊属不辞。若再训“慉”作起，则“而不我起”，岂复成文理？陈奂以“宁不我顾”等句法推之，以为“能、宁、既、则，皆语词之转”，圆浑胜于段氏。然“能”之确诂，陈氏未言也。曰语词，是表示何意之语词耶？观郑《笺》之言，似郑所见即作“不我能慉”，而郑训“能”即作现今习用之“能否”释，与朱《集传》无异。今既曰“能不我慉”，则“能”字固不可再作“能否”释矣。先曾祖在《群经平议》中有一节论此，至为允惬；今谨节录之。

> “能”与“宁”通。《正月》篇“宁或灭之”，《汉书·谷永传》引作“能或灭之”。然则“能不我慉”犹言“宁不我畜”，与《日月》篇“宁不我顾”句法相同。彼《笺》曰：“宁，犹曾也。”曾不我畜，反以我为仇，两句文义正一气而生，后人不解“能”字之义，误倒其文耳。畜者，好也。古音“畜”“好”相近。故《孟子》曰：“畜君者好君也。”《吕氏春秋·适威篇》引《周书》曰：“民善之则畜也，不善之则雠也。”……《传》《笺》所训均未得其旨。

“慉”训好，与“雠”相对，似较“兴”“起”“骄”“养”

诸释为长。读“能”为“宁”，释“宁”为曾，文义无所阂阻矣。夫训诂之道本极烦琐，一字有数训，一训有数字，若不以上下之文义衡之，则将何所适从？故此训有否是一事，在此地宜引用此训与否又是一事，固不得混为一谈也。若偶见一训故，不问书中文义而贸然引用之，则凡书之注皆是一部缩本字典矣。

同章“既阻我德，贾用不售”：“阻”，毛训难，郑释为难却，朱释为拒却，意实相同，朱释较为通顺耳。“售”为“雔”之俗字，意同。此两句郑、朱皆释为比喻，喻妇尽心力于夫而见拒却，如贾之不见售也。惟《太平御览》引《韩诗》则曰：“一钱之物举卖百，何时当售乎。”其义殊不可知。王《疏》言：“夫之于我，不知其德，反多方阻厄，持物入市，故索高价，使不得售也。”是王以为叙述，于义甚觉迂折。在上下文并未言作商贾之事，而羼入此句，未免不伦。此等零篇孤义，不当引用，今谓当从郑、朱之说为是。

同章“昔育恐育鞫，及尔颠覆”：“鞫”或作“鞠”，或作“諊”，均同音假借字，俱训穷。郑《笺》释此殊谬，不足取。当从朱子之言为正。至于朱引张说，以“育恐”“育鞫”并列，恐未必然。蜀石经本作“昔育恐鞫”，无第二“育”字，可证张说之无当。且下句曰“及尔颠覆”，若生计鞫穷为实有而非恐惧，则颠覆亦将为实事，而文义不可通矣。“育鞫”“及尔颠覆”皆承“恐”字而言，故朱说不误。姚际恒不以育为生养，而以为生子，于义亦未必长。至说“古妇人有子则不出”，似尤无涉诗义，不足据援也。

同章“比予于毒”：《笺》释为“视我如毒螫”，朱释为“乃反比我于毒而弃之乎。”两家以比为比况。王先谦据《吕览·达郁篇》高注：“比，犹致也。”言致我于苦毒也。按两说并通。

六章“我有旨蓄”：郑训“蓄”为“聚美菜”，朱子因之。《吕览·仲秋纪》高注：“蓄菜，干苴之属也。”与郑义相发。

同章“伊予来塈”：《传》《笺》俱训“塈”为息，朱《集传》同，其释皆不顺。诸家异释亦多，兹约举之。

王夫之驳旧说曰：

> 按此诗始终自道中馈之勤敏，而不屑及床笫之燕息。……黾勉御穷岂在安息之时哉！塈，涂也，……此言支撑涂饰以成家。（《诗经稗疏》）

王氏虽斥毛、郑，而其义视毛、郑尤劣。诸家除旧说以外，王引之、马瑞辰说此句互异。王读“塈”为“忾”，怒也；“伊”，惟也；“来”，犹是也。皆语词也。（说详《经义述闻》及《经传释词》）马以“塈”为借字，其本字为“炁”，惠也，故释为“维予是爱”（说详《毛诗传笺通释》）。依王说，则此句承上“不念”而言；依马说，则承上“昔者”而言，义均可通，视毛、郑为优矣。依《诗经》通则，来犹是也，王说不误。郑、朱均读为来去之来，则“伊予来”与“塈”字义不相属（亦王引之说）。王质更因此疑《谷风》非弃妇见绝之诗。他说：“末云：‘伊予来塈。’望来而求安也。绝则岂复来乎？”（《诗总闻》卷二）不知此“来”字非来去之来，则何碍于见绝乎？说《诗》欲明大义，不可不先通训故。宋人说《诗》，其胆大远胜前人，而终少明通之论者，由于训故之学太疏，以致谬妄丛出，遂遭清儒之攻诋，于是说《诗》者折而宗毛、郑。夫文句不明而高谈大义者，妄人也。故治《诗》当先从训故入手。先祛成见，继通文义，则大义不说而亦自通矣。

七　邶·北门

出自北门，忧心殷殷。终窭且贫，莫知我艰。已焉哉！天实为之，谓之何哉！（一章）

王事适我，政事一埤益我。我入自外，室人交遍谪我。已焉哉！天实为之，谓之何哉！（二章）

王事敦我，政事一埤遗我。我入自外，室人交遍摧我。已焉哉！天实为之，谓之何哉！（三章）

［故训浅释］

第一章“出自北门”：这是很平常的一句话。前人喜妄说。毛《传》说：“北门为背明乡阴。”朱子从之，都很无聊。毛说为兴，尚略可通；朱说为比，已觉穿凿，郑《笺》则云：“兴者，喻已仕于暗君，犹行而出北门。”不知他说些什么！郑名为申毛义，而其实毛意初不如此，前人亦已有言之者。北门为忧凄之地，因而引起忧思，恐毛公之意不过如此。郑则曲解“兴也”之文，朱则径易为比，皆谬。宋人说此诗者，多以为游息偶出北门，义较弘通。王质说得好：

> 各随所方之门为所适之道，不必言背明向阴。偶尔向北。若“东门之墠”“东门之枌”皆向明之方，而其诗皆暗昧淫浊之事，恐难以方论也。（《诗总闻》二）

王氏以诗证诗，足使前人杜口。王先谦曰：“出北门者适然之词，或所居近之，与‘出其东门’同。”其意正同王质。此章姚际恒、王先谦并以为赋体，是。

“终窭且贫，莫知我艰。”“贫”“窭”义本相近，惟此既分列对举，则义当有别。毛《传》以“窭”为无礼，骤看很不通，其实毛义未误，特文太迂耳。《说文》：“窭，无礼凥也。”“窭”即“窭”，其字从“宀”，许训不误。引申而言，“窭”亦可训贫；就本义论，则“窭”为房屋迫窄不能行礼之意，与贫有别。古之礼仪与其宫室制度，关连至密，读《礼》可见。故所谓“礼不下庶人”，不特以定名分，且既为庶人，则失其为礼之具。宗法社会中之礼，本是专为贵族设备的。故曰不能行礼，则其居迫窄类于庶民之居可知。毛《传》之言同于《说文》。作此诗者为大夫，乃至于不能行礼，则真是宦况清寒。先曾祖《群经平议》卷八论之至详，兹谨节录：

> 屋小则堂室奥阼之制不备，不可以行礼，故曰无礼居。引申之，则凡无礼者皆得谓之“窭”，毛公此传是也。（谨按：《小雅·正月》之末章，“佌佌彼有屋”句下郑《笺》：“小人富而窭陋。”是斥无礼，非贫穷也。）凡狭小者亦得谓之“窭”。……又引申之，凡贫者亦得谓之“窭”。《尔雅·释

言》曰："窭，贫也。"郭璞注曰："谓贫陋。"经文言"贫"，而注必兼言"陋"者……乃从狭小之意引申之也。……"终"犹既也，已也。《葛藟》："终远兄弟。"……《传》《笺》并训"终"为已也。……窭是一事，贫又是一事，传义甚明。

贫甚于窭，故曰"且贫"，其文义自明。王先谦曰："此言既窭不能行礼，且至贫无以自给也。"其言甚当，今从之。"莫知我艰"句当然是泛指，外则朋友，内则家人，俱包举在内。朱子之释不误。而郑必曰："君既然矣，诸臣亦如之。"夫经文曰"莫知我艰"，初未言君言臣，何必君臣哉！

第二章"王事适我，政事一埤益我"：此句既以"王事"与"政事"对举，当然不是一回事。郑以"王事"为王命役使之事，朱注同。而孔《疏》云："王事不必天子事，直以战伐行役皆王家之事。"则与"政事"何别，说似未合。今按：王事或王命役使，或侯国自动勤王，《正义》之言失之泛，而郑、朱所释则似过狭。王事与国事并集一身，劳之至也。"一"训皆、训专，皆可。郑《笺》谓"减彼一而以益我"，谬甚。"埤"训厚，《说文》训增，义同。

第三章"王事敦我"：《传》训"敦"为厚；《笺》则以为投掷，朱《集传》从之。《释文》引韩义，训"敦"为迫。各家之训微有不同。毛训为厚，当是重叠与之之义，非厚薄之厚也，其义恐与今所谓“堆积”同。“敦”“堆”双声字。《笺》训为投掷，是读“敦”为“投”。韩训为督，则读为“督”。“敦”“督”一声之转，三家之义均可通。胡承珙以“笃”有敦厚义，而又与“督”通，故谓韩、毛同义。（《毛诗后笺》）其取径过于迂折，毛公虽迂，未必如是也。

“室人交遍摧我”：《传》训“摧”为沮，《笺》训为“刺讥之言”。朱从毛义。《韩诗》“摧”作“谁”，训为就（见《广雅》），又训为谪（见《玉篇》），而《说文》无此字。《说文》：“催，相捣也。”引此句正作“催”。又在“摧”下云：“挤也。”姚氏据此释为排挤。今按：毛训为沮，“沮”为止为坏，在此似均未妥。若以“沮”为止，则上未明言其事，将何所止；若以“沮”为坏，则又非室家相处之道。郑《笺》之义实隐用《韩诗》，王先谦说是。惟“摧”在此为外动词，郑释为“刺讥之言”，文义不相属。然郑注多半疏略，姑且不论。“摧”训刺讥，“谁”训为谪，似与二章之文犯复。“谁”训为就，马瑞辰云：“‘就’当为‘蹴’，同‘蹙’。”是有罪迫之义。《说文》“催”“摧”两字，义均相近，相捣、相挤，总无非是逼榨。王先谦云：“谓相怼怨若掎击然。”于义似长。

第一至第三，三章中均有“已焉哉”之文，韩作“亦已焉哉”。（见《韩诗外传》一）“已焉哉”即既然矣，王说是。又于“谓之何哉”下，王引《国策》高注：“谓，犹奈也。”义虽通，而不必如此解，此犹今言“说它又怎么样呢”！

八　邶·静女

静女其姝，俟我于城隅。爱而不见，搔首踟蹰。（一章）

静女其娈，贻我彤管，彤管有炜，说怿女美。（二章）

自牧归荑，洵美且异，匪女之为美，美人之贻。（三章）

《小序》之误，不待多言，朱子已说：“全然不似诗意。”后人为之说辞，捉襟露肘，适见其谬。陈启源《毛诗稽古编》曰：“诗极称女德，而序反言夫人无德，所言者作诗之意，非诗之词也。……《集传》独祖欧阳《本义》（欧阳修《毛诗本义》十六卷）指为淫奔期会之诗。夫淫女而以‘静’名可乎哉？”淫女可否以“静”名，此诗是否称女德，姑阁在一边。陈氏之说本身已绝不可通。夫诗称女德，而序曰无德，诗不会错，当然序错了，他偏说序也不错。以此推之，岂非指东必是西，道黑必是白乎？既如此矣，东可说西，黑可说白，然则淫女以“静”名，这正是切合他们说诗的规例，何不可之有。他说：“可乎哉？”这又是什么顽艺呢？原来他们还有尊古之说。且看胡承珙的《毛诗后笺》。

> 三百篇序凡有美刺，而指其人其事以实之者，当时必有依据，断非凿空捏造。独于《静女》《氓》……十三篇但言刺时者，盖在采诗时得诸里巷歌谣，已不能确指其为何人何事之作。故序诗者但以刺时一语括之，亦不敢凭虚撰造，盖其慎也。然诗中大义，则经师授受相承，必有所自，故序者得以推演其说耳。此诗思静女而序以为刺时者，犹《东门之池》亦曰刺时，而诗有“彼美淑姬”也。

胡氏所谓“必有依据”，“断非捏造”，“不敢凭虚撰造”，“必有所自”等等，皆属想当然耳。以《小序》之妄说，可谓独步古今，而胡氏还要说什么“盖其慎也”，夫何慎之有！以《静女》乃《邶风》，邶属卫，故曰卫君，此篇在《郑风》必曰郑君矣，在《齐》必曰齐君矣。女人又与诸侯何干，只好说是夫人罢。《邶》是变风，所以即使诗称女德，总是在讽刺夫人无德罢。（《小序》有一通例，在正，恶即是美，在变，美亦是刺，不管本文是什么。）此等郢书燕说，所谓“经师授受”者，实不能令人无疑。即使授受相承，岂必可信守呢？不许谬种流传乎？至胡氏引《东门之池》以证此篇，尤属梦呓，譬如我们说：“此诗言静女，而序言刺时，故序谬；彼诗言彼美淑姬，而序又言刺时，故序又谬。”不知胡氏有什么办法？信序者之言如此，则序之不可信明矣。所以他们的扶翼，便是攻击。

《小序》以外古说有二（郑申《序》说）：一见毛《传》，一见《易林》。毛似以此为美诗，《传》中无一语涉及刺者，似比《小序》少转了一个弯。毛公大概用《左传》说而又未得其旨。《易林》说为季姬与齐侯之事，王《疏》：“媵俟迎而嫡作诗也。”此亦汉儒臆说，焦氏治《齐诗》，岂《齐诗》如此乎？

宋儒说此诗者，约有两派，自欧阳以下多说为幽会之作，王质独否，他说：“或以寻隈窃合，此安得为静女？”“妇人思君子之深，出门亦非获已，然犹不敢远至城之外而潜处城之隈，足见其静也。”（《诗总闻》卷三）王氏之说，头巾气十足，又太拘泥了这“静”字。

姚际恒从《序》，以为刺淫。夫说此为淫诗可也，说为刺淫多此一弯矣。诗中无一指斥语，安见其为刺耶？以此为刺，则自来写男女相悦之什并为刺诗，是决不可通也。今仍依朱立说，谓是男子之词，佳期夕张，徘徊城阴，故作此也。我戏名之曰“反定情诗”，说详下篇。

读诗无他，不外乎“不以文害辞，定以辞害志”。孟子自己说诗也常闹笑话，但这却是弘通之论，可惜后人都把它乱用，拿来做穿凿附会的挡箭牌，真是可惜。再申说一句，说诗最要紧的是情理，而且比较有把握的也是情理。因为训故音声、名物制度古今不同，经师授受未必得古人之真；篇章呢，自孔子以下，历战国之纷扰，秦火之焚摧，汉儒之窜乱，三家之亡佚，其中间错乱亦不知其几何矣。至于微言大义不传者多矣，臆造者亦多矣，不起作者于九京，谁与定其是非哉！惟推情论理，古今虽远，感则可通，今之忧谗畏讥犹古也，今之喜笑眷慕犹古也，在千载之下观千载之上，茫茫昧昧，何去何从，而善读者每犂然有当于心、守之而不惑者，此无他，情理实主之。故读《诗》不易，终较读他经为易，正因其间充满了人情物理的原故。

以此返观《静女》一篇，则昔人之纠纷根本是不存在的。既为男子候所欢不至之词，（自然不定说是本人所作）更何有于美刺，只是所谓“情人眼里出西施”而已。虽目之为静，荡亦无碍，见其静不见其荡也；目之为姝，丑亦无伤，见其姝不见其丑也。寻隈窈合之静女，似乎不像句话，在情人心中原是常事。彤管柔荑之美，以女而美；女之美，又以所欢心中之美而美；而彤管、柔荑、静女此三者之究竟美不美，我们今日固然不知道，不想知道，而作者当日也不曾说，不曾想说也。此诗一片空灵，近而远，有余而不尽，儒生茫然，亦固其所。姗姗来乎？将终于不见乎？彤管有辉，素荑在握，怀人睹物，无可如何，千载以下何惑之有？

我更有一点题外的谬见。第二章的彤管，第三章的荑，在训故上虽明系二物，而在诗旨上可作一物看，所谓一而二，二而一者也。这怎么说呢？顾颉刚先生说《鄘风·桑中》云：

> 这是一首情歌，但三章分属在三个女子——孟姜、孟弋、孟庸——而所期、所要、所送的地点乃是完全一致的。我很不解，是否这三个女子是一个男子同时所恋，而这四角恋爱是同时得到她们的谅解，并且组成一个迎送的团体的？这似乎很不近情理。况姜、弋、庸都是贵族女子的姓，是否这三国的贵族女子会得同恋一个男子，同到卫国的桑中和上宫去约会，同到淇水之上去送情郎？这似乎也是不会有的事实。（《古史辨》三）

这是明通的话。孟姜、孟弋、孟庸实是一个女子，却因音调上的需要，所以要唱三遍。而这三遍如果完全一样，又不大好听，所以变文叶韵。这的确和唱本中所谓“第一个大姐本姓王，第二个大姐本姓孙”是一样。

明白了这个，就懂得彤管、柔荑二而一的道理。“美人之贻”原不必定是一件，却也不必定要两件。两件并不很多，所以送了彤管以外，更在郊野中带些荑草未始不可，于是这种二而一的情形不甚显著。我们若看后人摹拟的作品，则此情形乃明。

我出东门游，邂逅承清尘。思君即幽房，侍寝执衣巾。
时无桑中契，迫此路侧人。我既媚君姿，君亦悦我颜。
何以致拳拳？绾臂双金环。何以致殷勤？约指一双银。
何以致区区？耳中双明珠。何以致叩叩？香囊系肘后。
何以致契阔？绕腕双跳脱。何以结恩情？美玉缀罗缨。
何以结中心？素缕连双针。何以结相投？金薄画搔头。
何以慰别离？耳后玳瑁钗。何以答欢欣？纨素三条裙。
何以结愁悲？白绢双中衣。与我期何所？乃期东山隅。
日旰兮不来，谷风吹我襦。远望无所见，涕泣起踟蹰。
与我期何所？乃期山南阳。日中兮不来，凯风吹我裳。
逍遥莫谁睹，望君愁我肠。与我期何所？乃期西山侧。

日夕兮不来，踯躅长叹息。远望凉风至，俯仰正衣服。

与我期何所？乃期山北岑。日暮兮不来，凄风吹我襟。

望君不能坐，悲苦愁我心。……（繁钦《定情诗》，见《玉台新咏》一）

这摹拟《静女》痕迹甚明。“与我期何所”四段即是“俟我于城隅”，“何以致拳拳”以下各种赠物，即是彤管、柔荑的化身。但这儿送的礼物，可是太多了，金环银约凡十一事。请问，在诗义上是否那女子有把这十一样的爱物悉数奉赠的必要呢？恐怕用不着这么多吧。期约一段，其为重沓，更无问题，无论女子多么痴心（谚曰：“痴心女子负心汉。”）总不会连碰四回钉子，而且这四钉子又分配东南西北，春夏秋冬的。所以我说，《定情诗》还保存乐府的风裁，它的一小节，当于《诗》三百篇的一章，不过《静女》是女负男，而《定情诗》是男负女罢了。

反正是题外的闲谈，恕我用《定情诗》来解释《静女》，大概这位姑娘先颇假以颜色，送给他一点轻微的礼物，（彤管已未见贵重，而荑更是不值一文。）后来不知怎的，忽然负约，城隅之会芳迹渺然，惹得那位哥儿，睹物怀人，喃喃呢呢，而数千年以后，讨论《静女》竟可成为专书了。恐怕也出于她（他）“意表之外”吧。

在《古诗十九首》中也有和《静女》相似的篇什，虽然未必是摹拟。

> 庭中有奇树，绿叶发华滋。攀条折其荣，将以遗所思，
> 馨香盈怀袖，路远莫致之。此物何足贵，但感别经时。

上边说怎么奇，怎么奇，这就是“彤管有炜，说怿女美”。结尾说“何足贵”便是“匪女之为美”，而最后一转亦属相符，一个是怀恋故欢，一个是经年远别，其为害相思病则一也。十九首作者当时心中是否有《静女》在，不知道，只是今日作此截搭文字似无不可耳。

还有一首，却稍微远个一点，亦可助参证。

> 客从远方来，遗我一端绮。相去万余里，故人心尚尔。
> 文彩双鸳鸯，裁为合欢被，著以长相思，缘以结不解，
> 以胶投漆中，谁能别离此。

这是充分发挥《静女》二、三章之义，而把第一章的苦境含蓄着。绮美，绮之文采美，绮之用途与其联想尤美，而万里故人

之心尤美中之美者，无一不美矣，然“爱而不见”自若也。此等作法，其巧妙更进一步了。

由《定情诗》而十九首，愈拉扯愈远，远得不像话，真是“瞎子断扁”的说法，不知颉刚以为如何？

[故训浅释]

第一章“静女其姝”，“静女其娈”：凡此为《诗》中特有的句法。在“击鼓其镗”篇下，陈奂《疏》毛曰：“镗然者言形容其击鼓之声，与‘零雨其濛’‘兕觥其觩’句同，皆先言事而后言状也。有先言其状而后言其事者，《宛丘》‘坎其击鼓’‘坎其击缶’是也。此句例也。”其言甚是。按“其”字在通常每作代词，在此亦未破例。在“击鼓”句中，“其”以取代击鼓之声，或坎然或镗然；在“静女”句中，以取代静女之姿容，或姝妙或婉娈也，“姝”训美色，“娈”训好貌（见《泉水》毛《传》），于义无殊，特变文叶韵，以起章耳。

第一章“城隅”：诸儒在此，辨训诂，讲典制，愈出愈奇。毛以“城隅”为高而不可逾，已觉荒迂。即非静女，亦未可逾城而过，且城本不可逾，何必城隅而始为高？况且，在此只是待约，无逾越之意，尤不知毛意所在。郑以为自防如城隅，顾颉刚说：“明明说俟我于城隅，何以《笺》中说自防如城隅？”郑之谬不待辨矣。自《易林》以下，以及清代诸家，或以为媵妾待迎（如戴震），或以为亲迎者俟女于城外（如陈奂），无一可通者，繁词曲说，而惑谬滋多。今当以朱子之说为正。城隅即是城角，朱说为幽僻之处，合之本文，良无大误；而诸家每斤斤考辨“城隅”之制，以为高于城，疑朱说有误。夫“隅”之高于城与否另是一事，与此诗之义何干，而必在此哓哓耶？

同章“爱而”：许慎引《诗》作“僾”，郭璞引《诗》作“薆”，是今作“爱”乃借字。“僾”训为仿佛，“薆”训为隐蔽（见《说文》及《尔雅》）。清代诸家说此皆大略相同，其证有二：（一）《礼记·祭义》：“僾然必有见乎其位。”孔《疏》引诗云：“僾而不见。”可证“僾而”即“僾然”。（二）《离骚》：“众薆然而蔽之。”犹“薆而”也。“而”“如”字古通，“而”即“如”也。如此，则旧说以“爱而”状不见之貌，非云爱之而不见也。郑独标异说，乃释为“爱之而不往见”，加一“往”字，其谬遂甚。王质说：“然不必如此，爱而不见之意亦深。”此较为平实，终当遵旧释，为是。

第二章“彤管”：这是此诗中最多异说之所在。闹来闹去，说了许多鄙陋的典制，多半出于臆造，只因为《左传》上一句话闹出来的。在定九年《传》说："苟有可以加于国家者弃其邪可也。《静女》之三章，取'彤管'焉；《干旄》'何以告之'，取其忠也。"若《左传》此节非系汉儒窜入，则恐毛亨、刘向（刘说见于他的《五经要养》《御览》及《艺文类聚》引）以下，都被这句耽误的。原来汉儒说经，无异后人之应科举，故不求其是，只求其新奇诡怪。所谓"取《春秋》，采杂说，咸非其本义"，恐三家与毛俱不免。所以恰好《左传》上有这么一句话，而且有点费解，于是诸儒便得其所哉，称心胡诌了。古有是礼否，不问也；诗意究如此否，固不问也；即所本《左传》之意是如此否，亦不问也。仔细想来，汉儒并不可怪，（和后人之应科举作比，自然不足怪。）所可怪者，后儒之愚耳。

只拿一点，可立证诸说之皆妄，就是他们依据《左传》，而《传》意全与他们所说相反。历来皆以彤管为女史之职，宫闱之美，仿佛此诗所纪皆是贞女之行。（卫《序》说为刺时，是陈古以刺今，仍以是诗所纪为美俗。）然《传》意初不然。顾颉刚曰："《静女》的诗义并不好，只是《静女》诗中的'彤管'是一个好名目，就可取了。《干旄》的诗并不忠，只是《干旄》诗中有'何以告之'一句，很有忠告善'道'的意思，就可算忠了。”（见《小说月报》十四卷第四期）这很可以见得《左传》上君子的意思，并没有把此诗看作幽闲贞专，形容女德之诗，正把它看作密约幽期之作，故引作断章取义之例。若通篇相称，则上何来“弃邪”之说，比拟已不伦矣。于《干旄》篇亦然，惟“彤管”何以可取，《传》意不明。顾说是“一个好名目”，但赤色的管有何好处？他亦不曾说出。诸家之率意妄说，也正因不解彤管之可取何在。而且彤管是什么东西，也没有人能知道。有的说是笔管的，（毛、郑以下从此说者最多。）有的说是箴管或乐管的，（宋儒多半主是说。姚际恒引《内则》“右佩箴管”之文定为箴管。）近人更有以管为菅的。其实诗中只言管，不言菅，也并未说是什么管。朱子曰：“未详何物。”深合阙疑之意，其见最卓。

同章“说怿女美”：“怿”郑以为当作“释”。《说文》无“怿”字，在“说”下云：“说，释也。”是许、郑说同。“释”“怿”古今字之不同，于义无别。“女”，朱在此读如字，而下之“女”字则读为“汝”。两章句例同而异读，似觉未安，姚际恒、王先谦俱以“女”字代彤管。王曰：“女，女彤管。以下章‘女荑’例之可见。”姚曰：“两章自为翻驳之辞。《集传》以上‘女’字为如字，下‘女’字音汝，大非。”两说均是，而姚说尤精。二章言彤管之美，三章则更翻进一层，故曰“非汝之美”，以美人而汝美耳。文虽指荑，而实遥遥呼应，兼包彤管在内，彤管之美亦即是女子之美也。此是文章之层次，并非上下其手，扬彤管而贬柔荑也。王先谦曰：“此荑非彤管比。”其说迂矣。

三章“洵美且异”：“异”下毛、郑无说。而陈奂疏毛，必远引《韩诗》之孤义，以“异”为“瘱”之借字，取径迂而无当。《文选·神女赋》注引《韩诗》：“瘱，悦也。”然无《诗》本文相附，不知此训当何所属。陈氏则曰：“他诗无‘瘱’训，当是此诗章句。”轻轻一句，便把这顶帽子戴上了。其实《韩诗》早亡，有无异文异说良不可知，恐不免张冠李戴也。而且，这个帽子如很合式，借来戴戴还罢了，我们看去，实觉不然。“瘱”即“婉”“嫕”之正字，《说文》训为静，与此实不合，乃陈氏据之以为重，曰：“承上文‘静女其姝’‘静女其娈’而言。”此真颠倒错乱之甚矣。他似已忘了此句本是“荑”之形容了。曰贞静之荑，不辞甚矣。况“姝”“娈”是美貌，取以况静女可也，若“瘱”即是静，言之而不自休，又何为乎？

［附］扪管

在《古史辨》占了六十二页的地位，都是在扪管，现在再来摸它一下，不知如何。我以为这个问题原不是这么简单的。在不知形管是什么以前，我们不妨问形管是做什么用的。这似乎先后倒置得奇怪。但我们可以假定不论该管是何管，必有它的用处；它既有用，必不止一种的用法。

菜碗装菜的，也可以拿来吃饭，饭碗是吃饭的，也可以拿来装菜；疲倦的时候，书当枕头用；生气的时候，墨盒子也就是兵器了。所以形管做什么用的，与形管在《静女》篇上做什么用的，显然是两个问题，不能混为一谈。

“形管”无非是投赠情人的表记，诗上说得明明白白，原是没问题的，就算我们今天不知道形管为何物，也毫无关系，红色的笔也罢，红色的笛子也罢，甚至于读“管”为“菅”，与读“草菅人命”为“草管人命”正相反也罢，皆无伤于诗人之旨。他早已说过：“匪女之为美，美人之贻。”可见形管之在《静女》毫不占重要的位置的。扪管之谈，闲谈也，好事者为之耳。

把一首明明白白的情诗，拉扯到女史之法则上去，稍通文字者不为，而毛、郑为之，其谬妄不待言，而其致谬之原因，则甚为可异，天下尽有懂得做爱而毫不懂得女史之法的人，尽有懂得普通文字而不大懂得特殊典制的人，在这情形下颠倒过来的却很少。今毛、郑先师，其智竟出小学生之下，中间必有一个原因。

在《静女》多可怪之论，其来源显然出于《左传》。否则像我们今日这样肤浅的解释，他们又何尝不会！“《静女》之三章取彤管焉”，是一句很难懂的话。大概春秋时人皆知《静女》为淫奔幽会之诗，所以上文说到“弃其邪可也”，若静女是真正的静女，而彤管又是法则，何邪之有？何弃之有？《左传》上说：《静女》三章都是歪诗，但彤管可取耳。我们不妨想一想，彤管有何可取？

三章的情诗既真糟，何以有一支涂红的管就可取呢？想未必仅是因为它好看。看下文“取其忠也”连类举之，可以猜得出，这总和道德伦理有关，而或者竟如毛公所说那么一套不很典雅的规矩。

我并不是“申毛”，我也不是要重新把女史扯到《静女》诗里去，我只是说彤管不妨两用。古代即有彤管之法，而《静女》仍不妨为淫奔之诗，我们相信在《静女》篇中彤管除掉充情人的表记外，没有旁的干系，但我们并不能因此断言彤管女史之法为乌有。（注意“因此”二字，若另外考订，证其妄说，自然很可以。）拉拉扯扯纠缠不清，正是汉代经师的大病，我们岂可尤而效之。

古人说《诗》之往往不管它的本义如何，只是信口开合，所谓断章是也。此虽是古人之病，在另一义上看，正是它的好处。此意在另一文中发之。自汉以后，《诗经》的地位渐高，（群经皆然）说经者尊古而又不通古人之意，于是闹了很多的笑话，以此埋怨古人，古人殆本不负责也。就本篇而言，《左传》上明说彤管之美原非本义，但毛、郑却把古人断章之义作为此诗本义，更引申附会之，揆之情理，绝不可通，终于惹起疑古的运动来，而一种新的反动，又很容易矫枉过正，于是只把彤管说作情人的馈赠，好像只许有一种用法。其实彤管只一物耳，讲法度的女子可以用，做爱的女子也可以用，原是很平常的事情。新的解释（而亦最老）只否定《静女》篇中彤管的旧诂，而未尝完全否定它。要否定它，又须另下一番功夫，单靠《静女》为证还是不够的。

九　鄘·载驰

载驰载驱，归唁卫侯。驱马悠悠，言至于漕。大夫跋涉，我心则忧。（一章）

既不我嘉，不能旋反。视尔不臧，我思不远。（二章）

既不我嘉，不能旋济。视尔不臧，我思不闷。（三章）

涉彼阿丘，言采其虻。女子善怀，亦各有行。许人尤之，众稚且狂。（四章）

我行其野，芃芃其麦。控于大邦，谁因谁极。大夫君子，无我有尤。百尔所思，不如我所之。（五章）

诗唁卫侯，而入《鄘风》，前人有疑之者。（如王柏《诗疑》卷一）这首诗当然全是说卫事，不但本文昭晰，即看《左传》（闵二年）也极明白。《邶》泉水亦言“有怀于卫”，是邶、鄘即卫也。王国维说得最好：

余谓邶即燕，鄘即鲁也。邶之为燕，可以北伯诸器，出土之地证之。邶既远在殷北，则鄘亦不当求诸殷之境内。余谓鄘与奄声相近……奄地在鲁，《左》襄二十五年传鲁地有弇中，汉初古文《礼经》出于鲁淹中，皆其证也。……又《尚书疏》及《史记索隐》皆引《汲冢古文》"盘庚自奄迁于殷"，则奄又尝为殷都，故其后皆为大国。武庚之叛，奄助之尤力。及成王克殷践奄乃封康叔于卫，封周公子伯禽于鲁，封召公子于燕，而太师采诗之目尚仍其故名，谓之"邶鄘"，然皆有目无诗。季札观鲁乐为之歌"邶鄘卫"（《左传》襄二十九年），时犹未分为三。后人以卫诗独多，遂分隶之于《邶》《鄘》，因于殷地求邶、鄘二国，斯失之矣。（《观堂集林》十五，《北伯鼎跋》）

同是卫诗而分立三名，遂生疑怪。王君考订远较前人为精，邶、鲁、鄘、燕之说，尤称特见。然周、召皆大勋亲懿，何以分藩东土后，千里之大，篇什俄空，而太师陈诗，复不名从主人，虚立《邶》《鄘》之目，代远事湮，纵用王说固亦不甚圆满也。旧说以邶在北，虽不入燕望而大致不误，以鄘在南而卫在东，则失之。本篇曰：“言至于漕”，即《左传》“庐于曹”“戍曹”之“曹”，古文省耳。其时宵济黄河，齐、宋是依，漕者卫之东邑，今诗入鄘，可见鄘固在东，与王说亦合。崔述因此疑鄘应在卫东，见《读风偶识》卷二。今谓殷之世，邶、鄘或约略相当于后之燕、鲁二国，但克殷践奄以后，燕、鲁自燕、鲁，邶、鄘自邶、鄘。邶、鄘虚有其名，统之于卫，而呼之曰“邶鄘卫”。《左传》之文极明：

> 为之歌“邶鄘卫”，曰：“美哉！渊乎，忧而不困者也。吾闻卫康叔武公之德如是，是其《卫风》乎。”

大概先不告诉他唱的是什么，让他猜，可是他一猜便猜着了。歌的是“邶鄘卫”，而季札只叫他《卫风》，一仍其传统之称，一就其实质言之。王静安谓有目无诗，恐不尽然，盖其时邶、鄘只系之于卫，于燕、鲁二邦久无干涉矣。邶国本在北，鄘国本在东，故亦以卫北为邶，卫东为鄘耳。古史多疑，拙见浅薄，为诸生言之耳。

据《传》，“许穆夫人赋《载驰》”，此诗作者遂有明文。但许穆夫人是什么人呢？《左传》上说了那么一套，与《列女传》所说辈分迥异。魏源《诗古微》主今文说，以《左传》为歆所乱，谁是谁非姑置勿论。作于何时，观第四章言“采虻”，五章言“芃芃其麦”，则在僖元年春深之候。王先谦曰：

> 胡承珙云：“狄灭卫在闵二年冬，非麦虻之候，不宜取非时之物而漫为托兴。卫侯似指文公为近。”愚案：胡说是也。《春秋》：“闵二年冬十二月狄入卫。”《左传》：“立戴公以庐于曹。”杜注：是年卒而立文公。是戴公立后旋卒，为日甚浅，纵许夫人闻变即行，已不及闵二年戴公在位之日。《笺》以诗卫侯为戴公，盖偶有不照。且丘虻、野麦皆春深时物也。夫人行野赋诗，其夏正之二三月，鲁僖元年四五月间事。与《左传》言齐侯使无亏戍曹，亦必在僖元年。其与许穆夫人赋《载驰》同载于闵二年者，以终经狄入卫后事也。当夫人归唁时，齐尚未遣戍。《传》叙戍曹于赋诗后，是其明证。故下言“控于大邦”云云，若齐已遣戍，夫人不为是言矣。（《诗三家义集疏》卷三中）

盖《左传》详其本末，连类及之，其词例每如此，非以此为闵二年事也。且上言赋诗，下紧接戍曹之文，虽未言明有何因缘，殆“控于大邦，谁因谁极”之言足动齐桓欤。女子赋诗亦一小事，而《传》载之，与政事宜有关连，许穆夫人，齐出也，上文已明言之矣，《左传》之文固无虚设耳。

此诗分章，各家异说，列表明之：

《毛诗》五章	苏辙《诗经传》四章（朱熹同）	王先谦《三家诗疏》五章
1 六句	六句	六句
2 四句 3 四句	八句	八句
4 六句	六句	六句
5 八句	八句	四句 四句

依文理言，毛分章似本不误。其二、三两章，语意句调悉同，变文叶韵正为章奏重叠而设。三、四两章，毛《传》区分，文义亦惬。然而宋儒、清儒必改易之，其故在于《左传》。《载驰》一诗全篇皆与《左传》轇轕不清。让王先谦说他的理由，朱子也大略相同，惟王氏考核较密：

案《左·襄十九年传》，穆叔见叔向，赋《载驰》之四章，杜注曰："四章曰：控于大邦，谁因谁极。"……若如《毛诗》分章，则"控于大邦"为五章。……《文十三年传》子家赋《载驰》之四章，杜注："四章以下"……杜尽见《毛诗》分章“控于大邦”在卒章，故浑言四章以下。……惟据服言《载驰》五章与今本合，是此诗实有五章，据穆叔、子家赋诗取义及《襄十九年传》注，是“控于大邦”确为四章……或谓（此即宋人说）此诗本四章，“我行其野”以下通为一章，则《左传》引《诗》当称卒章，不称四章矣。此于经例不合，不可从。

一言明之，诸儒是以《毛诗》合《左传》，合不拢，则又设法强使之合。今皆不取，仍依毛《传》分章。盖《左传》引《诗》偶与今本睽异，原不足怪，而其中是非亦属难定，只缘多了删诗一事耳。若今本《诗》三百悉同《春秋》时，非但无此情理，即《论语》所谓“然后乐正，雅颂各得其所”又作何解释耶？多疑古人之全书而轻信零残之异义，考据者之蔽也。

姚际恒从毛而又不能忘情于《左传》，遂信杜注。其实杜撰每可笑。《文十三年传》曰：“《载驰》之四章。”而杜曰：“四章以下。”此“以下”二字明系牵合之曲说。《疏》曰：“赋诗虽意有所主，为首引之，势必并上章而赋之也。”更为杜氏曲说，竟若不知上章然，其辞曰：“女子善怀，亦各有行，许人尤之，众稚且狂。”不知此与“欲引大国以救助”有何关系，而势必并赋之也？况词气之间由上及下顺也，由下蒙上逆也，何谓“势必并上章而赋之”耶？至《襄十九年传》注又径改毛《传》说，以“控于大邦”为四章，与上说自相乖异，殆亦觉“四章以下”之说之非欤。周章无定若此，则杜撰之说真不足凭矣。“多闻阙疑”：仆寡闻，解阙疑耳。

[故训浅释]

第一章"载驰载驱":《传》释"载"为辞,而未言其义。《笺》训为则,朱子从之。陈奂作《疏》,言"载"在诗中有三释:一、无义,或在句首(以此为例),或在句中(以《宾之初筵》为例)。二、词之"乃"(以《小戎》《斯干》为例)。三、词之"则"(以《江汉》《黍苗》为例)。按:陈氏之言至为详晰。但昔人所谓语词,每含义。毛释为"辞也",未必即是无意义之辞。陈氏所区分之第一类,似非必要。《宾之初筵》曰:"宾载手仇。"《传》虽未释,而此句实当释为"宾乃取匹",原非全无义之语词。至此句,与《小戎》《斯干》句法悉同,更不知陈氏何以歧说之。《小戎》曰:"载寝载兴。"《斯干》曰:"乃寝乃兴。"是"载"固与"乃"同。但此言"载驰载驱",何以独不当释为"词之'乃'",而必另标一新例?是陈氏拘守《传》文之过也。今谓"载"为语词,可训乃,亦可训则。

在此释为乃，于文义为顺耳。

“言至于漕”：“言”在此当为语词，义同“而”。此正承上文“驱马”而言，当为挈合词也。漕为卫之下邑，《击鼓篇》云：“土国城漕。”即此也。《左传》曰：“立戴公以庐于曹。”“曹”即漕也。

“大夫跋涉”：“大夫”有三说：一说为卫之大夫告难于许者（郑玄）；一说为许之大夫吊于卫者（苏辙）；一说为许大夫追夫人还者（朱熹）。苏氏之说似迂，而朱子之说似陋。胡承珙斥之曰：“夫小君之尊，远适异国，岂有不告于君，不命大夫，仓卒潜走，举朝莫知，迨去路已遥，始觉而追之者乎？”其所驳甚合情理。许穆夫人之唁于卫，君大夫以不合于当时之礼法阻尼其行可也，何得追之如逃逋耶。且在此曰：“大夫跋涉，我心则忧。”若依朱说，竟似小儿口吻矣。王先谦说：

> 首章承卫侯言，此大夫是卫大夫；末章承“许人尤之”言，而云“无我有尤”，则大夫是许大夫。文义显然，不得以先后异解为疑。

其言清明。先后之不可异解，惟文义毕同时始然耳。若先后文义本不尽同，而必牵合曲解之，又何说耶？“大夫”原非私名，何以不可两指？故在此拟从《笺》说。胡承珙之非《笺》，其理由初不充分。以鹤乘轩而致卫亡，此特当时“野人”之言，左氏好奇，文章点缀耳。岂可以此推断，谅无有号秦而能复楚如包胥者，如胡氏之言也？且信如胡说，卫国如空，连告急于亲戚的人都没有，则戴公居漕，文公迁楚丘，又岂可得耶？凡传记所载，只可活看。

第二、第三“既不我嘉”两章，文义毕同，惟换韵耳，故朱《集传》竟合为一。惟依《诗经》通例，换韵即所以起章，故仍当从《毛诗》为是。姚际恒评为“其辞缠绵缭绕”，而诸家则释殊嫌滞晦迂折。今顺其文释之。此言尔既不以我为善，但我意已决，则不能旋返而旋渡矣。且我之视尔亦复未善，而我所思亦未必迂远而闭塞也。姚氏引严粲之说：“言尔未必是，我未必非。”其所释与此略同。《韩诗》外传二引此句作“视我不臧”，似与“既不我嘉”之文犯复，不如《毛诗》之文为善。而诸家必引以说毛，释“视尔不臧”，为视尔不以我为善，殊觉无取。因《韩诗》本作“视我不臧”，如此作释可也；今《毛诗》作“视尔不臧”，文中本无“我”字，何故妄增？信如是释，则其文当作“视尔不我臧”，或曰“尔不臧我”方可；今只曰：“视尔不臧”，其意正与下章之“众稚且狂”相同。郑《笺》释此句，未谬也。此节仿佛今言：“你们虽不说我好，但我岂就此不走了吗？况我视你们也未必好，我的念头也未必错啊！”此两章之意与下两章之意同，特此婉而彼严，此蓄而彼畅耳。

第四章“陟彼阿丘，言采其虻”：“阿丘”，毛释为偏高之丘，然或是地名，陈奂亦言之。“虻”之本字为“莔”，贝母也。《淮南子·氾论训》高注引作“言采其莔”，是三家《诗》中必有作“莔”者，《毛诗》所用乃借字耳。采莔之故，毛云以疗疾，而未言何疾，在今更不能妄解。采莔以起兴，犹《卷耳》之言采卷耳。托兴之故虽在当时或有所取，今日则当存而不论。揣其文义，似以疗怀思之疾，如朱子所言。然径以何疾实之，似亦不必也。

“许人尤之，众稚且狂”：此句，毛、郑、朱无异说，均以“众”蒙上“许人”而言，“稚”训为幼，此系斥许人之词。王质独以为“稚也，狂也，许人尤之辞也。以夫人为稚不练事，狂不识事”。（《诗总闻》卷三）是为一种异说。王引之说：

> 上文许人已是众辞，不须更言众矣。众当读为终。终，犹既也。“终温且惠”，既温且惠也；“终风且暴”，既

风且暴也；“终窭且贫”，既窭且贫也，……“终稚且狂”，既稚且狂也；此诗之例也。古字多借“众”为终。……稚者，骄也。(《集韵》：“稚，陈尼切，自骄矜貌。”)……《庄子·列御寇》篇：“以其十乘骄稚庄子。”是其证。此承上文而言，女子善怀亦各有道，是我之欲归未必非也。而许人偏见，辄以相尤，则既骄且妄矣。……《传》不知“众”之为终，又以“稚”为幼稚。许之大夫岂必人人皆幼邪？(《经义述闻·载驰篇》)

此虽于文义仍取旧说，而于训诂则易毛、郑。今按二王之说，质说于文义不顺；引之说，列证虽详明，惟亦非定论。一、上言“许人”，下言“众”正是蒙上而言，非曰“许人”，即不可再言“众”。王先谦曰：“许人是众词，故复以‘众’言之。”此正与王引之之说相反。二、许之大夫原未必人人皆幼，且既为大夫亦必非幼矣。惟此是指斥之词，言其少不更事耳，非真以为许人皆孩提也。王氏之说未免以词害意。三、王氏所训《诗》之通例诚确而备，但既如此，何以在彼许多例中无一借“终”为“众”者，而在此独借“众”为之？故若欲说此“众”字不读若“既”，亦可以援引同例以明之。同时可立，可破，则例证纵多，难成定论。今谓：“众稚且狂”是反斥许人之词，“稚”训幼稚或骄稚可两存，不必改字也。

第五章“控于大邦，谁因谁极”：毛训“控”为引，郑释“引”为援引。《韩诗》训为“赴”（见《众经音义》九），陈奂疏毛，以《尔雅》释“引”为陈。求援与赴告，义虽异而无大异，在此可两存。“谁因谁极”之训，郑、朱均未误。而王夫之必释“因”为师行乡导之主，极为来会者，似可不必。且他说：“《集传》以为‘如因魏庄子之因’，则在往控之先，当云‘谁因谁极，控于大邦’矣。”尤觉无理取闹。“控于大邦，谁因谁极”，有何不通，而必须倒之耶？（王说见《诗经稗疏》）

“不如我所之”句意本明，毛必释为“不如我所思之笃厚也”，甚不可解。诗只曰：“我所之”，而《传》必啰嗦地加上许多话。胡承珙替毛圆谎，说“之”为思，亦很牵强，今按：“之”训往。“不如我所之”，即不如我所往也。此犹今言“由你想了一百遍，总不如让我自己去的好”。王先谦以“之”为往卫，所往不言何往，似不必确指。朱子说得极含糊，不曾交代这“之”字。

屈原作品选述[1]

屈原是我们祖国最伟大的诗人，在文学史上来看，又是最早的一个著名的诗人。在公元前四世纪，中国南部的楚国出现了一种新的文学，叫做“楚辞”。它的创始人，可考的姓名就是屈原。拿《楚辞》来比《诗经》，无论在主题上，表现技巧上都有极大的进展，形式更解放了，辞藻譬喻更丰富了。它的出现在诗坛上像彗星的光芒一样，整个儿改变了《诗经》的面貌，而且这些伟大美丽的诗篇均集中于某一个人身上，这跟过去《诗经》以无名诗人的作品流传世间大不相同。像《诗经》三百零五篇题名作者的姓名的不过三四人，而这三四人又都不是专门的文学家[2]。《楚辞》却不然，《汉书·艺文志》所称屈原赋，二十五篇虽不完全可靠，大致不差什么。《离骚》

---

① 原载1953年6月15日《文汇报》。

② 《诗经》本文里题明姓名的，只有吉甫、家父、寺人孟子，《诗序》载明有主名的三十五人大都不可靠。参看郑振铎《中国文学史》第一册五六至六五页。

是其中最杰出的著作，后来《楚辞》亦称为“骚”体，前人说：“不有屈原，岂见《离骚》。”[①]这《离骚》跟屈原的名字是分不开的。我们要评述屈原的作品《楚辞》，必先约略叙明他的身世。

相隔了两千多年，屈原的生平虽大体的轮廓还有，细节已很模糊的了。古代的传记只有《史记》卷八十四的一篇列传。这上面生卒的年月是没有的。近人郭沫若先生考订他大约生在公元前三四零年，死于公元前二七八年[②]。他是楚国的同姓贵族，名平，字原[③]。称他为屈原的比较普通一些。《离骚》上说：“名余曰正则兮，字余曰灵均”这“正则”和“灵均”正从“平”“原”字义分别引申而来的，可当作化名看。他的远祖叫屈瑕，楚武王的儿子，春秋初年受屈邑的封，因以地名为氏。屈瑕的名见于《左传》[④]。屈原虽是楚国王室的本家，房分却已很远了。据《史记》说，他做过楚怀王的“左徒”。这官职是很重要的，再升上去便可以做楚国的宰相“令尹”。既

① 《文心雕龙·辨骚篇》赞语。

② 见郭著《屈原研究》第十五页。

③ 古人的名和字意义相关。《尔雅》：“高平曰原。”所以名平字原。灵均之均是畇字的借字，亦原野之意。

④ 《左传》桓公十一年，公元前七零一年，在屈原生前三百六十多年。

是文学侍从，又办理外交事务，很得怀王的信任。《史记》上说得明白："入则与王图议国事，以出号令，出则接遇宾客，应对诸侯，王甚任之。"王逸又说他在怀王时任"三闾大夫"[①]跟他任"左徒"的时间先后不明。三闾大夫掌楚国的宗室，昭、屈、景三姓，相当于后世的宗人府。后来被他同僚上官大夫妒忌（王逸说上官、靳尚两人），在楚王面前进了坏话，屈原就被免职了。

免职以后是否又被放逐，在这里《史记》上便说得不大明白。既说"疏"，又说"绌"，又说"放流"。疏，只是疏远的意思；绌，被罢免的意思；放流，是被驱逐贬斥的意思[②]。有人说他只是过的流浪的生活。无论如何，他这段生活非常不得意。被放的地方大约在"汉北"，湖北省的北部，今宜城、襄阳一带。这儿还有一个问题，就是作《离骚》。司马迁、王逸都说，屈原自被上官等之谗，疏远罢免以后作《离骚》，近

---

① 王逸《离骚经》序："屈原与楚同姓，仕于怀王，为三闾大夫。三闾大夫掌王族三姓，曰昭，屈，景。"屈原人称他为三闾大夫，见《楚辞·渔父》，王说大约本此。

② 《史记》说："虽放流，眷顾楚国，系心怀王，不忘欲反。"表示屈原被怀王贬斥，文义明白，不然，他不会说"不忘欲反"了。《礼记·大学》："唯仁人，放流之，迸诸四夷，不与同中国。"这儿说"放流"的意义非常明显，可引证《史记》的"放流"。

人有说为屈原晚年的作品的。我也觉得把它当作晚年的作品看，比较对一些；不过像郭沫若先生说它是屈原六十二岁临死那一年所作，我觉得未免太晚了些。

屈原后被复召，出使齐国。战国时期各国的外交政策有“纵”“横”两派：纵是六国联合起来抵抗秦；横是六国个别的服从秦国而互相吞并。六国之中只齐、楚还是春秋以来的旧强，疆域最大。屈原是主张合纵的，所以奉使于齐。等他回来时，怀王却已被那连横大家张仪给欺骗了（其中还有怀王宠妾郑袖的关系）。怀王后来到秦去开会，被秦扣留，终于死在那里。他儿子顷襄王立，暂绝秦交，不久又与秦和。那时襄王的弟弟子兰为令尹，跟屈原不对，又进了谗言，就把他迁到江南。据王逸说，《九章》《九歌》都是这个时候做的[①]。《九章》里有一些早年的作品，但大部分作于晚年，包括屈原的绝笔。后来楚国形势日非，秦国的侵略愈甚。屈原不忍见祖国的沦亡，他本来被放于南方，直走到湖南的中部（辰阳、溆浦，俱见《涉江》篇），后来回头往东北一点，遂怀石自沉于长沙

① 见王逸《九章序》《九歌序》。

稍北的汨罗水。传说他死在夏历的五月初五日[1]。

根据这传记虽然疏略，有些地方亦多异说，至今还不能确定，但大致可以明白的。我们知道屈原不仅是个文学家，而且是个思想家，实行的政治家。他的不忘楚国自有一种政治的思想上的原因，而不仅是宗族的关系。若追溯本家的关系，上推到将近四百年，可谓遥远矣。他的文学跟他哲学思想、政治主张是不可分的整体，即作品的技巧也跟这个心情密切地配合着的。我觉得《史记》上说得很好："其存君兴国而欲反复之，一篇之中三致意焉。"他始终希望着怀王、襄王的觉悟，楚国的复兴，后来觉得实在没得指望了，就不得不自杀。他死以后，楚在不久即为秦灭，但秦的一统帝国也不久又被楚人推倒。这爱国主义的文学作品《楚辞》，实在大大的鼓舞了楚国的民心！

屈原的作品，据《汉书·艺文志》有屈原赋二十五篇。王逸《楚辞章句》，朱熹《楚辞集注》并列《离骚》、《九歌》（十一篇）、《天问》、《九章》(九篇)、《远游》、《卜居》、《渔父》，以为皆屈原作，恰好二十五篇。

---

① 《史记正义》引《续齐谐记》："屈原以五月五日投汨罗而死，楚人哀之，每于此日以竹筒贮米，投水祭之。"

但是，一、王逸本的二十五篇是否即刘歆、班固所谓二十五篇？篇数虽合，内容有无差异，已不得而知。二、依今本的二十五篇，有好几篇很靠不住，至少应该去掉《远游》以下三篇，剩的只《离骚》以下二十二篇，即这二十二篇里，个别的篇章也还有人怀疑过的。我们不妨定《离骚》《九歌》《天问》《九章》的一部分是屈原之作。

比刘歆、班固更古的记载，则有《史记·屈原列传》上说他的作品有《离骚》《天问》《招魂》《哀郢》《怀沙》。这里看出两点：一、不提起《九章》的名，却把《哀郢》《怀沙》单独地提出。二、说《招魂》是屈原作，王逸他们却说是宋玉作。我们相信司马迁的话，把《招魂》也归在屈原的著作内。

照这个目录看来，这伟大的成绩不仅超过了《诗》三百篇的任何一个作者，即在后世也很少有人比得上的。我们说屈原是中国最伟大的诗人，并非空话，更非过誉。我把这二十三篇的作品分作三类来看：（一）《九章》跟《离骚》有些相像，都是自叙生平，自抒情感。《九章》直说的地方比较多，《离骚》直说的地方虽也有，如开首“帝高阳之苗裔兮”一大段，后来却转为小说故事的写法，驰骋他的幻想，上天下地，光怪陆离，跟《九章》朴素的风格便不相同了。但结尾仍归到开首的地方。无论如何，屈原用第一人称的口气来说话，这点在《离骚》和《九章》却没有分别。（二）《九歌》是另一种的写法。它是把南楚礼神的曲子来改写的，也可以算屈原的创作，也不能全算。究竟因袭的成分多少，创作的成分多少，却不能确说，依我的私见屈原开创的部分是很多的。虽多半是些恋歌、颂神曲，而屈原的身世却在美妙的迷离的空气里，间接地反映出来。这便跟《离骚》《九章》不同了。后来有人怀疑《九歌》非屈原作，这样说法虽不见得对，但也可以看出《九歌》有一种特殊的情景，各别的作风。王逸以为"作"，朱熹以为"述"，两说虽不尽同，但认他在南方时作却不异。（三）《天问》和《招魂》，这两篇都是中国诗坛上极古怪、伟大的文章，《天问》用比较旧式的"四言"句法，一口气提出了一百七十二个问题，是研究古代史、古代神话传说非常重要的材料；《招魂》则历举四方上下的如何可怕，归来楚国的如何可乐，铺张场面很热闹，所含的感情却缠绵凄恻，结句说"魂兮归来哀江南"。这两篇既自互异，又跟前两类都不大相同。以《史记》为证，当然归给屈原。且除了屈原，说同时或稍后另有一天才做这样的文章，事实上也很不好想象的。

一二两种比较是重点，借来说明可以窥见屈赋的大概面貌，当然只能谈到一部分，是很不完备的。先说《离骚》：《离骚》大家公认为屈原的代表作，凡三百七十多句，二千四百六十多字，这样的长诗，在中国文学史上确是空前的，但《离骚》所以伟大，并不仅仅由于它的长，主要的在他的主题和技巧上，在屈原人格的表现上。《离骚》的解题，据太史公说："离骚者，犹离忧也。"[①]近人说为"牢骚"，较为直捷[②]，反正是抒写悲哀的文章。著作的年代不易确定，旧说以为初被怀王所罢斥而作，新说以为在襄王时被放江南而作。就本文看来，我比较的赞成新说。一，他说到南渡，"济沅湘以南征兮，就重华而陈词"，虽不定纪实事，但跟《涉江》《怀沙》这两篇最晚的作品非常接近了。二，屈原已表示要死的决心。在《离骚》本文里屡屡说到，如"亦余心之所善兮，虽九死其犹未悔"；"宁溘死以流亡兮，余不忍为此态也"；"伏清白以死直兮，固前圣之所厚"；"阽余身而危死兮，览余初其犹未悔"。假如早年做《离骚》，直到晚年才死，岂非他一辈子直嚷着要自杀吗？但我又觉得《离骚》写作亦不会太晚，如"老冉冉其将至兮，恐修名之不立"，也不大

① 《史记索隐》："应劭曰：离，遭也；骚，忧也。"

② 见游国恩《楚辞概论》，范文澜《文心雕龙·辨骚篇》注。

像六十二岁人说话的口气。揣测之词，无须多说了。

《离骚》有一突出之点容易觉察的，便是回环复沓。这有原故的。第一，屈原自己的心情，永远在矛盾之中。如他决意自杀，又转念想隐遁。既说“欲自适而不可”，所以要找丰隆、蹇修作媒，连阴毒的鸩鸟，轻佻的雄鸠也都请到了，却说“又何用夫行媒”。既想“往观四荒”“上下求索”，而说“思九州之博大兮，岂惟是其有女”，“何所独无芳草兮，尔何怀乎故宇”。那儿没有美人芳草，这个想法很对；但他为什么不肯离开楚国呢。这些心情的矛盾表现在《离骚》里；矛盾而得不到解决以至于自杀的心理，亦充分表现在《离骚》里。为什么不能解决？据旧说是“存君兴国”，“眷顾楚国，系心怀王”，翻成白话，即爱国忠君。近人更进一步说他是民本思想者[①]，都是不错的。这儿便引起另外一点，它的回环复沓，非仅技巧使然，实为情深之故。所谓“垂涕泣而道之”，不觉地把话说长了，说多了，说得重复了。上文所引太史公的“一篇之中三致意焉”，已经一语道破了。

就《离骚》本文的情节来说，大约这样。从开头“帝高阳之苗裔兮”到“固前圣之所厚”为一大段。这一段最明白

① 郭沫若《屈原研究》第一二六页。

晓畅，历叙他的出身跟楚国楚王的关系，自己的品格、才能、思想、怀抱，直说如何不得志，如何遭谗谤，受压迫，以至于想死，且一连说了三遍：一、“九死”；二、“溘死”；三、“死直”。从“悔相道之不察兮”到“余焉能忍此终古”为第二段。他转念一想，又何必死呢。所谓“行迷未远”，“退修初服”；又说“不吾知其亦已兮”，这等于说“你不知道我也就算了”，便有逃遁远方之意。在春秋战国的时候，这原是通行的办法。有一点却可注意的，他并不去三晋、齐、秦，却要跑到大南方去见重华（虞舜）。这虽有事实的背景，总是理想。古人自然不可见，所谓“哀朕时之不当”，这跟《怀沙》的“重华不可一牾兮”说法相同[①]。于是便想上天，而天上的情形很坏，阍者靠着天门，懒懒的用眼瞅着他，表示不欢迎。又想到仙山去找美人，求爱似必须用媒。先托雷公去找宓妃，后又请古人蹇修，这些媒人如鸩鸟、雄鸠、凤凰之类，既都靠不住，而美人们的脾气又很坏，终被旁人捷足先得了去。结语便说：“闺中既已邃远兮，哲王又不悟。”闺中是比喻，哲王直说，也是反话，事实上指的是昏君。这便到了第三段。这段从“索琼茅以筳篿兮”到“周流观

① 《史记集解》引王逸注：“牾，逢也。”《楚辞》“牾”作“遻”。

乎上下”，却占卜了两次。初卜于灵氛，大约是个楚国的普通女巫。她虽说远行大吉，屈原却不肯信。听说古代的神巫（大约是商代）叫巫咸的，要从天上降神下来。于是又去请教他，这两个巫师说法完全相同，回看楚国的情形愈来愈坏，用比喻说，香草如兰如椒都变臭了，所以决定要走。第四段从“灵氛既告余以吉占兮”至末。挑了吉日，预备干粮，实行上路。飞龙驾车，凤凰承旗，直往昆仑西海去者。正步步高升向天堂，忽下望尘寰看见楚国，仆夫流涕，马亦悲鸣，结果还是走不了啊。第五段尾声，所谓“乱曰”，很明白的寥寥几句，《离骚》似乎繁密，在这儿却非常干脆。故国无人知我，我再想它也无用。政治上既无可为，我只好到彭咸那里去了。不论彭咸何人，曾否投水而死，像王逸所说①，他总已是古人。屈原要到古人那里去，自杀的企图最为分明了。

再说《九歌》，屈原中年作或晚年作，不很明白。王逸以为放逐江南以后，姑沿旧说。附带要讲到一点，屈原被放江南，这时期是很长的，郭说有十五个年头。即以《哀郢》看，“至今九年而不复”，也就够长的了。在这长时期的贬斥里，屈原写了许多不朽的名篇，这个假定觉得近理。

① 王逸章句：“彭咸，殷贤大夫，谏其君不听，自投水而死。”

《九歌》原是夏代传下来的古曲，已两见《离骚》。屈原借旧题写新词，同时又吸取了南方民歌的精华，正和后人写乐府诗相仿。名为《九歌》，实系十一篇。后人觉得数目不对，或把他们合并，或把某一二篇不算，凑成九的数目，这怕没什么意思。因中国文字里的“九”每用作虚数，而且既上承夏代的乐歌而来，源流过远，亦无从考证。只就现存的实数来说，这十一篇，郑振铎先生说可分为两部分：一部分是民间恋歌，如《湘君》《湘夫人》《大司命》《少司命》《河伯》《山鬼》；一部分是民间祭神祭鬼的歌，如《云中君》《国殇》《东君》《东皇太一》及《礼魂》①。这分法大体上对了，不过这两类实在有些交错的。《九歌》除掉一般的祭神（鬼）曲几章以外，主要的都是说神（鬼）人的恋爱，也不知是南楚民歌本来如此，或出屈原所创。但无论如何，屈原却把旧体很合式地拿过来，表现他自己的衷曲。表面上看，虽和《离骚》不同，跟《九章》尤不同，按其实际仍息息相通的。我们细读自会明白。

依我看来，《礼魂》是一个总结的短歌且不算外，《东皇太一》，东帝的辅佐，写得非常庄严；《东君》，太阳，写得

---

① 郑编《中国文学史》第一册，第八六页。

光辉美丽；《国殇》祭以往战死的无名英雄，写得非常悲壮慷慨；文章和题目相称，都实话直说，虽并非跟屈原的理想无关，却不能从那里看出屈原的身世来，也不容易看出屈原的心事来。其他七篇每说恋爱，至少也说思慕，显然与前述三篇不同。这也稍有程度的差别。如《云中君》《大司命》，抒情的成分便少了一些。《云中君》只说“思夫君兮太息，极劳心兮忡忡”；《大司命》只说“折疏麻兮瑶华，将以遗兮离居”。那《湘君》以下的五篇，恋爱的气息便非常浓郁了。这些篇章与《离骚》在同异之间，实为同一的主题而用个别的技巧写出的，可以互相发明。我们拿《离骚》来比较观察，就可看出《九歌》跟屈原的关系了。这儿也分为三点来作说明。

一、重要代语的相同。如“灵修”一名在《离骚》很重要。他明说：“夫惟灵修之故也。”翻成白话，即一切为了灵修的原故。那灵修是什么呢？王逸说：“灵，神也；修，远也。”以神明喻君，自己比做凡人。恰好《山鬼》里也有这“灵修”。王逸在“山鬼”注云：“灵修谓怀王也。”比喻的用法，在两诗完全一致。明白地说，神人的关系即君臣的关系。另外还有一个古怪的代名词，即是“荃”又叫“荪”。《离骚》说：“荃不察余之中情兮。”这一个单另的“荃”字也代表君王的。在《少司命》却说：“荪何以兮愁苦”，“荪独宜兮为民正”。荃荪，香草，荃就是荪[①]。

二、有些说法很相同。为简省文字，选一些比较重要的例子，列表以明之。

九歌（湘君、湘夫人、山鬼）	离骚
女婵媛兮为余太息。（王注，女谓女媭，屈原姊也。）	女媭之婵媛兮，申申其詈予。
心不同兮媒劳。	理弱而媒拙兮。
期不信兮告余以不闲。	初既与余有成言兮，后悔遁而有他。
采芳洲兮杜若，将以遗兮下女。（以上俱《湘君》）	及荣华之未落兮，相下女之可诒。
与佳期兮夕张。	曰黄昏以为期兮。（此句传后人所增，但《九章·抽思》亦有这句。）
九疑缤兮并迫（这说舜在苍梧把湘夫人接了去(以上俱《湘夫人》）	恐高辛之先我(这说高辛氏先把有娀氏娶了去）。

① 王逸《离骚》注：“荃，香草，以谕君。”洪兴祖补注：“荃与荪同。荃，七全切，又音荪。”《少司命》王注：“荪谓司命也。”洪补注：“荪亦喻君；《骚经》云，荃不察余之中情是也。”

续表

九歌（湘君、湘夫人、山鬼）	离骚
岁既晏兮孰华予。	惟草木之零落兮，恐美人之迟暮。 老冉冉其将至兮，恐修名之不立。
思公子兮徒离忧。（以上俱《山鬼》）	按："离忧"虽不见《离骚》本文，但《史记》说："离骚者，犹离忧也。"

若将《九歌》与《九章》比较，例证自更多，但也没有什么必要，因从这表上，已看出《九歌》跟屈原的心情是相符合的。

三、尤其明显的，即《离骚》《九歌》抒写恋情的地方。《九歌》多半把神当作女神看，而诗人称余，以男性自居。如《湘君》[①]《湘夫人》《山鬼》都是女性。《少司命》篇云："满堂兮美人，忽独与余兮目成。"《少司命》疑亦女性。《河伯》却不同。河伯娶妇是古代的传说，河伯当然属阳性。作者以女性自居，且自称为美人，也很有趣。这儿引结末数语："子交手兮东行（王注：'子谓河伯也'），送美人兮

① 用洪兴祖、朱熹之说。

南浦（王注：‘美人，屈原自谓也’），波滔滔兮来迎，鱼邻邻兮媵予。”媵即俗语所谓陪嫁赠嫁。这媵字下得非常明白，诗人确自谓女性，正把上例颠倒过来了。我们也许觉得很乱，但看了《离骚》便觉得又不奇怪了。

《九歌》是一个总题，包括许多分题，《离骚》是整个儿的一篇。一篇之中作者的性别也在改变。主要的比喻为香草美人。美人不一定指女人，但《离骚》里有些美人确乎是女性，如宓妃、有娀佚女、二姚等等。这些古美人代表什么，旧说亦各不同，但无论比谁，必有政治上的涵义。如云："闺中既已邃远兮，哲王又不悟。"若非政治的隐喻，岂得把闺中和哲王相提并论呢？美人既是美女，追求美人的作者当然是男性了，正合于《九歌》一般的格局。不过《离骚》有地方又把这两性关系给倒了过来。"众女嫉余之蛾眉兮，谣诼谓余以善淫"，这儿又必须释为屈原自喻，再明白没有了。这都是比喻，这么说，那么说都可以的，看你用什么角度来看，好像言语颠倒，却并不妨碍作品的完整。借男女的关系譬喻神人的关系，更用来借喻君臣的关系；《离骚》《九歌》虽主题好像不同，篇章整散相异，但这基本的写法并没两样。若问为什么要这样写法，不能详细地回答，只引《史记》上的话："其称文小而其指极大，举类迩而见义远。"用小的近的来说明大的远的，这是譬喻的通则。

以上多说《九歌》和《离骚》的关系，它的本身好像还没有说，也稍微表一表。上述五篇恋歌都好，《湘君》《湘夫人》两个姊妹篇，尤为写恋情的代表作。这儿却想在恋歌内选出《山鬼》，一般祭神歌曲的选出《东君》来谈一谈。《山鬼》这篇写得非常沉郁悲哀，幽峭奇丽，在《九歌》里最为突出。假如《九歌》作于顷襄王时，这《山鬼》拟指襄王。此外所用代名词，更有“灵修”“君”“公子”，非常的凌乱，殆指一人。尤其特别的，《山鬼》上半部还是《九歌》一般的写法，到了中部渐渐转变，到了后半部，活脱的像《离骚》《九章》了，三层意思转折而下，一层深似一层，一步逼紧一步，仿佛《诗经》联章的格式。又如《山鬼》上文说：“表独立兮山之上，云容容兮而在下，杳冥冥兮羌昼晦，东风飘兮神灵雨。”结尾又说：“雷填填兮雨冥冥，猿啾啾兮狖（一作又）夜鸣，风飒飒兮木萧萧。”这跟《涉江》的“深林杳以冥冥兮，猿狖之所居，山峻高以蔽日兮，下幽晦以多雨，霰雪纷其无垠兮，云霏霏而承宇”；写景阴森逼人，完全相似，若无真实的生活，恐不容易写到这样。所以我相信《九歌》也是屈原晚年被放沅、湘间所作，王逸、朱熹的话，大概不差什么。

《东君》本颂赞太阳，所以歌之舞之，文字非常明白，态度非常乐观，一扫这些阴霾之气。诗人也会笑，难道他永远哭不成。屈赋文章幽郁固多，却也有光明的一面。不但此也，这诗思想性又很高，充分表现出作者反对残暴，热爱和平，歌颂光明，反对黑暗势力的精神。这点尤值得我们重视。诗上说："青云衣兮白霓裳，举长矢兮射天狼，操余弧兮反沦降，援北斗兮酌桂浆。"穿着云霞的衣裳，举起天上的弓箭，射倒那变幻的天狼星，然后功成身退，拿北斗的勺子大喝其酒，这何等的痛快淋漓，兴高采烈。且这话更有所指，见下。另外还有一个优点：幻想的奇妙，亦可说理想之高。楚国当时地尽东南，它的起句"暾将出兮东方"。结句却说"杳冥冥兮以东行"，太阳由地底下东去再往上升，似已在想象地圆了。后人的诗"日出东方隈，似从地底来"，只沿用这个说法而已，并非创见。

《九歌》可谓言言珠玉，一时也说不尽。最后谈到《九章》，这是后人辑屈原的零篇遗著合成此数的。朱熹集注的说法当然对，但王逸的意思也差不多，不过说得不大明白罢了[1]。西汉司马迁、扬雄都提单篇，不说有《九章》，这《九章》的总标题恐怕是东汉人加的。既为杂著，自非一时之作，有早年的，有中年的，也有最晚的，其中也有窜乱的，这儿不能多说了。只想借他的绝命诗《怀沙》来自谈屈原的死，他的所以死，作为本篇的总结。屈原究竟为什么要自杀？假如近人考证可信的话，他为什么到了六十二岁的高年，还要自杀呢？

司马迁是非常注重这篇《怀沙》的。在本传里，除引《渔父》作为叙述外（他不以为屈原做的），屈赋之中只引了《怀沙》的全文。他说："乃作《怀沙》之赋……于是怀石，遂自投汨罗以死。"照太史公说来，他的最后作品便是《怀沙》。近人看了《九章》，似乎还有更晚的，如《惜往日》结尾说："宁溘死以流亡兮，恐祸殃之有再。不毕辞而赴渊兮，惜壅君之不识。"话还没来得及说完，便跳到水里去了。这当然再晚没有，定是绝笔。但我对这《惜往日》很不信它，以为惟其如此清切干脆，更显其为伪作。世上不容易有这样明白的证据。屈原要死，何必这样忙。况且我们知道，他并不曾忙。就

---

① 朱熹说："后人辑之，得其九章，合为一卷，非必出于一时之言也。"王逸说："楚人惜而哀之，世论其词，以相传焉。"朱说实本于王，并非有异说。

算这样忙，又何必写出来呢。这篇开头完全敷衍《史记》本传的几句话，前人及近人治文学史的都已在怀疑，我以为很对[①]，而且认为简直是假的，仍当以《史记》为准。我们要从诗人最后的话里窥测他最后的心情。

《怀沙》既然这样重要，我也不敢乱说，有一点容易觉察可以提出的：诗人临死的心境非常平静而从容。这从容[②]是非常伟大的。即后来所谓“慷慨赴死易，从容就义难”。像班固《离骚序》中批评屈原，“露才扬己，忿怼狂狷”，都很不对，王逸也已经校正了。我们且看屈原最后的话。如“舒忧娱哀兮，限之以大故”，到了最后的一刻，舒展愁眉，揩拭泪眼，一切都是有限的呵。如“定心广志，余何畏惧兮”，心境安定宽阔，无有恐怖。如“知死不可让，愿勿爱兮”，死既推它不开，也就不必不舍得死（爱是吝啬之意）。最后他说：“明告君子，吾将以为类兮。”这句依我解释：寄语九泉下的先哲，我将认你们做伙伴去了（类，邻类之意）。文章写到这样地位，真真来去从容，他又何尝急急忙忙地跳下水去呵。

屈原的死总有些神秘的。据他自己的话：政治没有希望，所

---

① 参看郑著《文学史》第一册八四页。

② “从容”两字出《怀沙》本文“孰知余之从容”。

以才想死；又说，死不可辞，也不爱惜死。像《怀沙》的文词这样的明清，态度这样的平静，可见他决非发神经病。这两千年来敬佩屈子的人不知有多少，但认为他有点神经病，恐怕谁都也难免这样想过的。其实，就他的遗文仔细研究，知道并不如此。诗人到最后一刻是清醒的。《渔父》虽非屈原所作，却靠得住出于先秦楚辞专家的手笔，在这篇散文诗里提出“独醒”的观念来，对屈原的了解很深刻，无怪司马迁把它全文采入本传了。

他的死既非胡闹，我们可分析他的死因。先得问他为什么不离开这“溷浊”的楚国？在《离骚》里说了好半天，打了多少主意，请教两次占卜，始终没走成。《涉江》末句说，“忽乎吾将行矣”，却又没走。一般总说屈原留恋宗邦，这话也对，也不大对，不能解决什么问题。宗族血统的关系在本篇开头即已叙明，屈氏从楚武王分支，跟楚王室的房分疏远得很。仅借这一般的旧国旧都依依不舍之情，来解释他的无论如何宁死也不肯离开楚国这桩事实，总觉得不大够劲。试从客观环境方面，主观心理方面做下面的分析，尝试解答这个问题。

一、虽然“周游列国”，“朝秦暮楚”，是士子求出路，在春秋战国时最通行的办法，但屈原实在也没处去。我们知道屈原的死，下距秦并六国，不过五十多年，就可想见那时的六国，楚以外的五国的情形必也同样的糟。《离骚》上说美人腜气很坏，一方面爱她，一方面骂她，态度非常特别，不知比喻些什么，却未尝没有四海茫茫到处碰壁之感。怀王、襄王固然是扶不起的阿斗，子兰、子椒固然荒唐浮华，但三晋、齐、燕的君臣们又能好到那里去。这个形势分明摆就了。正像柳下惠说的："直道而事人，焉往不三绌，枉道而事人，何必去父母之邦。"[①]一样的倒霉，何如坐在家中。

二、此外还剩得秦国一条路。那时聪明一点的学者、辩士、政论家们都看出西秦的"王气"来，屈原难道不认识吗。我想，他是认识的。不过他一贯坚决地反对那秦国。怀王遭秦欺骗扣留，受气而死，这种仇恨不用说了。退多少步，即使屈子肯离叛祖国，从他平生政治的理想上，也无法跟秦人合作。郭沫若先生说："屈原所抱的是德政思想，他是想以德政来让楚国统一中国，而反对秦国的力征经营。"[②]一点不错。秦国，屈原决不能去，去了受罪受辱必更甚于在楚国。从《九歌·东君》看得出他不但积极地反抗，而且要讨伐那秦国。他说："举长矢兮射天狼。"表明东方的太阳星用天上的弓箭来

---

① 《论语·微子篇》。

② 见郭沫若著《屈原研究》一二八页。这书论屈原思想一篇可参看。特别从一二〇至一四四页。

讨伐魔鬼。魔鬼也很多，什么不好说，定要用这天狼。原来古代天文地理学者说天狼星属东井，正照秦地，代表秦国的呵①。

三、楚以外的六国既都不能去，也只得留在楚国。当然尚有许多主观的原因，如不忍离开故国哩，想积极用楚来统一中国哩，总之，不走是确定了。不论襄王二十一年，白起拔郢都，烧夷陵，是否屈原及见，楚国的情形已一塌糊涂。国家的危险，民生的痛苦，官僚的腐败都到了极点。此外还有一种情形与屈原的死有关系的，即黑白颠倒，是非混乱。《卜居》一篇借了屈原问卜的口气，把这混乱的实情描摹尽致，最后以“廉贞”二字自许。此人即非屈原，亦为深知屈原者。王逸认《卜居》《渔父》皆为屈原所作，亦有他的看法。自己设为问答，古代本有这一体。若因它说屈原怎么样，便断定决不可能是屈原自为，也不一定对。《卜居》种种说法，正和《怀沙》“变白以为黑兮，倒上以为下，凤凰在笯（音暮）兮，鸡

① 《史记·天官书》：“西宫咸池……其东有大星曰狼。狼角变色，多盗贼，下有四星曰弧，直狼。”《正义》：“狼一星，参东南。狼为野将，主侵掠。弧九星在狼东南，天之弓也，以伐叛怀远，又主备贼盗知奸邪者。”《汉书·地理志》：“秦地于天官，东井舆鬼之分野。”《晋书·天文志》：“狼一星在东并东南。”又曰：“东舆与鬼，秦雍州。”据史文：“天狼是变色大星，象征强暴盗贼，在东井附近，而秦雍州之地传说正属这东井主管的。”

鹜翔舞”，完全相同。屈原对于这个深感痛苦。他既不得不留在楚国，便步步的走向自杀之道。

四、说屈原自杀的动机为个人身世痛苦所迫，不如说他政治上的失败更具体些。《离骚》明说：“既莫足与为美政兮，吾将从彭咸之所居。”所谓美政，对外指合纵抗秦，对内更有用德政来治理国家的意思。这些政治上的怀抱，逐渐地幻灭了，所以想死。但这样说法，还不如说为思想上的必然，生平理想的完成更为切当。屈原的自杀，虽不见得从中年到晚年老这么说，这心思却也存得相当久，在他作品里每每提到。如《橘颂》说：“行比伯夷，置以为像。”那时候未必就想学他的饿死，但这早年的对刚强廉清的景慕，便为晚年以身殉道的前奏曲。他对生乎死欤的问题，必曾经过缜密的思考。看《怀沙》所谓“知死不可让，愿勿爱兮”，生死之间自己权衡，措词何等斟酌，跟孟子“舍生取义”的说法简直没有分别[①]。他的根本思想是儒家。儒家自来有这行动实践理论的传统思想。后来人传诵文天祥的《衣带赞》“孔曰成

---

① 《孟子·告子上》：“生，亦我所欲也；义，亦我所欲也；二者不可得兼，舍生而取义者也。生亦我所欲，所欲有甚于生者，故不为苟得也。死亦我所恶，所恶有甚于死者，故患有所不避也。”

仁，孟曰取义”[1]。《怀沙》赋云：“重仁袭义。”大概也是这类的意思。此外《离骚》还说：“伏清白以死直兮，固前圣之所厚。”“清白”与“直”，说得都很明白。《渔父》篇说：“宁赴湘流葬于江鱼之腹中，安能以皓皓之白，而蒙世俗之尘埃乎。”屈原本有洁癖的。“直”字下得尤好。《论语》上说：“人之生也直。”他却说“死直”，正互相发明。这“死直”二字即屈原的千秋定论了。

他的遗著不过二十多篇，里面还不免掺杂一些伪作，即照这个数目，使人已有望洋兴叹的感觉。我认为应当把《离骚》看作中心或总纲，再看其他的，比较容易得到要领，本文为篇幅所限，不及一一介绍。《文心雕龙·辨骚篇》有一段分评，虽估值还似乎不够，有几篇且本不在屈原的账上，不过大体还可，现在节引在下，以备参考。

> 《骚经》《九章》，朗丽以哀志；《九歌》《九辩》，绮靡以伤情；《远游》《天问》，环诡而惠巧；《招魂》《大招》，耀艳而深华；《卜居》标放言之致；《渔父》寄独往之才。

---

① 见《宋史》卷四百十八《文天祥传》。

至于兼论屈原的人格的，自莫先于西汉初年淮南王刘安的《离骚传》，司马迁采入《史记》中。在这里以为《离骚》兼《诗经》风、雅的长处，称为志洁行廉，结句断曰："虽与日月争光可也。"这"日月争光"根据屈原自己的话[①]，"可也"乃后人评断认可之意，亦推崇备至矣。屈原不仅是楚国的爱国诗人，也是中华民族历史上最伟大的诗人。他的作品的流传，与中国的文明同其悠久。我们应当学习他，进而批判他，发扬他的爱祖国，爱人民，爱和平，忠贞不二的精神。

一九五三年四月二十三日，北京

① 《涉江》："吾与天地兮比寿，与日月兮齐光。"

第二编　乐府编

说汉乐府诗《羽林郎》[1]

汉魏以来所传的乐府歌词，是多多少少能够申诉人民大众的疾苦的，所谓“饥者歌其食，劳者歌其事”（《公羊传》何休注），“男女有不得其所者，因相与歌咏各言其伤”（《汉书·食货志》）。可为证明。有些材料却被政府机关采集保存起来。像西汉武帝时所立的“乐府”，规模庞大，人员多至八百，所采的歌词曲谱遍于全国各地，在《汉书·艺文志》上有明白的记载，可惜多散佚了。现今所传的乐府诗多东汉的作品，两汉采诗的情形大概是差不多的。

《羽林郎》和《陌上桑》的主题十分相像，都写一个女子反抗强暴，不过读《羽林郎》诗所得印象似偏于激烈，读《陌上桑》诗，又觉得它很轻描淡写，斗争不很尖锐，其实两诗所表现的女主角，态度的坚决，措词的温婉而又严正，实完全相同，不过表现的技巧不同罢了。本文只谈《羽林郎》。

---

① 原载1951年5月6日《人民日报》。

昔有霍家奴，姓冯名子都，依倚将军势，调笑酒家胡。
胡姬年十五，春日独当垆，长裾连理带，广袖合欢襦，
头上蓝田玉，耳后大秦珠。两鬟何窈窕，一世良所无，
一鬟五百万，二鬟千万余。不意金吾子，娉婷过我庐，
银鞍何煜爚，翠盖空踟蹰。就我求清酒，丝绳提玉壶；
就我求珍肴，金盘鲙鲤鱼。贻我青铜镜，结我红罗裾。
不惜红罗裂，何论轻贱躯。男儿爱后妇，女子重前夫，
人生有新故，贵贱不相逾。多谢金吾子，私爱徒区区。

这里似乎说西汉的故事，却是东汉的诗，所谓“陈古刺今”与《三百篇》之义相合。所谓霍家，即大将军霍光，东汉人说西汉，故曰“昔”。事实上指的是东汉和帝时大将军窦宪，或执金吾窦景。开首四句，诗意已确定了。那时的恶霸势力从这诗看来有两种，一是豪门贵戚，又一是特务，二者更互相钩结着。诗题为“羽林郎”，诗文曰“金吾子”，注家说羽林郎属南军，中尉即执金吾属北军，但无论南军或北军，都是皇帝的侍卫、狗腿子，毫无疑问。至于霍家、窦家如何纵容奴仆，均见两《汉书》，今各引一段。

初，光爱幸监奴冯子都，常与计事，及显寡居，与子都乱。……使苍头奴上朝谒，莫敢谴者。……后两家奴争道，霍氏奴入御史府，欲蹦（踏）大夫门，御史为叩头谢，乃去。（《霍光传》）

御史大夫在汉朝是副丞相，他且要向家奴磕头赔罪，横暴可想。至于东汉窦家的奴仆闹得尤其厉害，大概就是这诗的本事。窦宪的兄弟叫窦景。

景为执金吾。瑰光禄勋，权贵显赫，倾动京都，虽俱骄纵，而景为尤甚，奴客缇骑依倚形势，侵陵小人，强夺财货，篡取罪人，妻略妇女。商贾闭塞，如避寇仇。（《窦融传》）

闹得商家要罢市了，下文却说："有司畏懦，莫敢举奏，太后闻之，使谒者策免景官。"窦太后不知从哪里得的风声，不好不敷衍一下。从这段史文看，除掉皇帝正规的特务军警以外，并有许多奴隶阶级的小特务，附属在豪门，所谓奴客缇骑（穿着丹黄色绸缎的马队）"侵陵小人"，用白话说即欺侮老百姓。诗中所写的实是一个贵戚豪门的恶奴，所谓"羽林郎""金吾子"不过说说罢了。他怕连那个身分也还差得远哩。他自己既居之不疑，人家自然也不敢不这样称呼他，所以他的身分究属南军或北军，殆无须深考。是否特意要写得南北不分，来表示这个意思，却亦不敢附会。

他身分虽不高，势力却很大，至少用来欺负一个年方十五的当垆胡姬，绰绰乎有余。所以这诗的后半，她的态度无论怎样坚决，但措辞却十分委婉，事实也不得不如此说；既不得不如此说，就不得不如此写了。这是必须首先认识清楚，方对下文可以了解。因为下文很容易引起误会的特别是这几句：

> 贻我青铜镜，结我红罗裾，不惜红罗裂，何论轻贱躯。

假如作这样句读，便误了。“红罗裾”下不宜“，”号，当用“。”号，如上引全文的句读比较妥当。因为骤然把这四句一气读下所得的印象，好像男的在拉扯女的，而女的裂衣而起。果真如此，冲突得过火了。上文表过，她是不敢（或者并非不想）这样得罪“金吾子”的。这样的印象从诗意看，并不十分正确。

依我的意思，有两个字的训诂必须要弄清楚。这儿只叙我个人之见，不敢说准对，但我也曾跟朋友讨论过。这两个字：一个是“结”字，一个是“裂”字。所谓“结”者，并非拉拉扯扯，只是要讨好那女人。“结”，读如“要结”之“结”，“结绸缪”“结同心”之“结”。“贻我青铜镜，结我红罗裾”，对文成义已完全了，所以该用句号。“贻我”“结我”本差不多的，不过“青铜镜”女子所照，“红罗裾”她所穿着，更深了一层，即进了一步，所以“贻”“结”二字亦似平似侧，表现得非凡恰当。再以上四句连读，就更明白了。

“就我求清酒，丝绳提玉壶；就我求珍肴，金盘鲙鲤鱼。”这就四句等于下两句，故中用“；”号表示。男所求于女的两样：好酒好菜；给她的亦两样，青镜红罗。红罗可以做裾（长裾之类），故曰“红罗裾”。多一“裾”字这是押韵的关系。

从“裂”字看去便可证明男方所给，只是一匹新的红罗。“裂”读如“新裂齐纨素”之“裂”（班婕好《怨歌行》）。亦读如“裂下鸣机色相射”之“裂”（杜甫《白丝行》）。正缘把这“裂”字容易看走了，好像女子裂衣而起，殊不知假如这样，便闹得太凶了。北方话至今还说扯一件衣料，就是这“裂”字古义的流传。不过咱们现在说“扯”，每在整匹上扯下一块来；古诗所谓“裂”，是从机上扯下一匹来，看杜甫的话非常明白。这个豪华的羽林郎，金吾子要来巴结相好，自然是整匹的红罗，给她几尺几寸短短的一块，岂不寒伧？又《孔雀东南飞》诗中有“三日断五匹”句，断即裂也，也是指整匹说。

“不惜”两句所以引起误会，不仅关于“裂”字的解释，句法上亦正有问题，因为这儿省略了两个主词。如把他填上，实为“君不惜红罗裂，妾何论轻贱躯”。把红罗抬得这般贵重，把自己身分贬得这样卑微，仿佛要一口答应，文家所谓欲抑先扬，然后转到下文“男儿爱后妇，女子重前夫，人生有新故，贵贱不相逾”，始坚决拒绝，婉而愈厉。“新故”“贵贱”提得极好。我觉得古诗有许多地方很难直译直解的。

即以“男儿爱后妇，女子重前夫”为例，在诗本里如质直地讲亦很难懂。金吾子所欢，岂止一个胡姬，为后妇当不成问题；但是，十五岁的姑娘难道就有了前夫吗？诗人之意不过说男儿喜新，女子念旧，即“新故”是。当体会诗意，不可拘泥字面。

“贵贱不相逾”，亦妙。好比说您无论怎样贵重，连所有一匹红罗都了不起；我无论怎样轻贱，连自己躯壳也是很贱的，奈我偏瞧不起您何。你虽喜新，奈我偏念旧何。左思《咏史》诗：“贵者虽自贵，视之若埃尘。贱者虽自贱，重之若千钧。”正可以借来解释这“不相逾”三字。所以结尾说：“多谢金吾子，私爱徒区区。”大有你害单相思不关我事的意思，把上文许多热闹场面说得雪淡冰凉。非常扫兴，痛快之极。

古诗自以“温柔敦厚”为教（见《礼记·经解篇》），有人就把它跟“爱憎分明”对立起来，我觉得这不一定妥当，因为温柔敦厚，亦未尝不有爱有憎，而且亦正应该爱憎分明。不然，温柔敦厚了，就变为不知好歹、不分敌友的家伙，岂非白痴？那有这个理？所以在下文又说：“温柔敦厚而不愚，则深于诗者也。”可见温柔敦厚自有愚蠢之可能，却不应该有这样的偏差呵。

这首诗主题选得好，表现亦很有力。我特别注意篇终提出“贵贱”的分别，并说到“不相逾”，自有凛然难犯之意。诗人的立场可以说是接近于人民的。

谈《孔雀东南飞》及其古诗的技巧

一　略谈《孔雀东南飞》[1]

《孔雀东南飞》一诗初见于梁徐陵编选的《玉台新咏》，诗中叙述故事很详细，却缺故事发生和写作的时间、主角的名姓等等，只见于序中。序文所载：一、诗为汉末建安，二、地为庐江府，三、男名焦仲卿，妻刘氏。后来谈本篇的大概都根据这序，并演为戏剧，焦仲卿、刘兰芝的姓名已为人民大众所熟识的了。

我一向认为这序不可靠，出于后人附益。不但序文如此，连这“古诗为焦仲卿妻作”这题目也是后来加上的。试问，做诗有自称“古诗”的么？既曰“古诗”，即是后人口气。如上列序中的三项，第一点在后面谈。第二、第三都不可靠。庐江府这地名和诗中叙述每多矛盾，这里也不想多谈。焦仲卿和其妻刘氏，在诗里完全不见。古代作品中有些无名氏，往往被后人添上姓名，

---

① 原载1961年《文学评论》第四期。

如陶潜《桃花源记》的武陵人，便在《搜神后记》上说他姓黄名道真。焦仲卿大约也是这一类罢？至于女主角的名字原见于诗中，却不曾说她姓刘，不但不说她姓刘，而且说她不姓刘。“说有兰家女”是也。（后人因信序，反说：“兰字或是刘字伪。”甚误。）兰芝者，姓兰名芝，非姓刘而名兰芝也。东汉时代多单名，她姓兰名芝本不足怪。然则我们说“刘兰芝”也好比叫“花木兰”了（亦有说木兰姓朱的，却不曾通行）。

我自来抱这样的看法，记得在从前写的文字中也曾说到过，虽心知其如此，既没有什么“显证”，就也不值得多谈。此外，本诗似乎还有一个问题：就是从汉末建安到徐陵编《玉台新咏》，时代很长，为什么这么空前宏伟的名篇却不见于记载，而忽然突兀地如彗星一般出现在六朝的晚年？我抱着这样的怀疑相当久了。再说，它是不是建安时的作品，在治文学史者也有过争论。

近来偶读阮籍《咏怀诗》中的“昔日繁华子”一首：“愿为双飞鸟，比翼共翱翔”下，《文选》卷二十三注引：

建安中无名诗曰：“中有双飞鸟，自名为鸳鸯。”

仿佛如见故人，这就是《孔雀东南飞》呵。在李善本《文选》上《咏怀诗十七首》题颜延年、沈约等注，却与善注混杂，有些标明“颜延年曰”，“沈约曰”，有些标明“善曰”，有些什么也不标明。这一条就是不曾标明的，不知是颜、沈旧注，还是李善新注。但既引来注阮籍诗，作注的人自当认为在阮籍以前，所谓“建安”是也。序文所云“汉末建安中”，倒还是可信的，看他称此篇为“无名诗”，是不但诗的著作者无名，并诗本身亦无名，绝不提起焦仲卿妻字样，盖别有依据，非引《玉台新咏》明矣。看其情形，在六朝初期中叶流传的只是既无序文，又无标题，那么一首没头没脑的诗。至于是否已如今本那样的长，还是经过传唱传抄，有所附益加工，且不得而知了。

二　谈《孔雀东南飞》古诗的技巧[①]

（一）起兴

它是用“孔雀东南飞，五里一徘徊”十字起兴。出典当然是汉乐府瑟调曲《艳歌何尝行》。陈祚明《采菽堂古诗选》曰“兴彼此顾恋之情”是也。近人或疑为“孔雀东南飞”原本这一段还很长，流传众口，却被缩短，只剩开头两句了（张为骐说），恐未必然。我以为这十字已摄尽那篇乐府的精华，配合着“府吏”“兰芝”的故事非常适合。读者对看自然明白。

这儿更有“起兴”的问题，本是极复杂的。现在十分简单的说，“兴”只是引起的意思，包括着譬喻。大概有两个情形，（一）借音来联想；（二）借义来联想。这等于说起兴有“含

① 原载1950年4月16日《光明日报》。

义”和“不含义”两种，像本篇即是含义的起兴一个例。（顾颉刚《写歌杂记》“起兴”，是说不含义的兴，可参看。）

（二）说“十三能织素”一段——剪裁之妙

首先应该注意的，是剪裁的非常精简，原来长诗虽然贵繁，但却有极简处。繁简互用，始极其妙。非一味冗长拖沓之谓也。《采菽堂古诗选》似乎很懂得这个道理。

> 此下更不道两人家世，竟入“十三织素”等语，突然而来，章法甚异。盖长篇既极淋漓，最忌拖沓。此处写家世，末后写两家得闻各各懊恨追悔，便是太尽。太尽反无味，故突起突住，留不尽之意方妙。
>
> 前此不写两家家世，不重其家世也，后此不写两家仓皇，不重其仓皇也。最无谓语而可以写神者，谓之不间，若不可少而不关篇中意者谓之间。于此可悟剪裁法。（《古诗源》说略同）

这都很对，第二段话尤好。但陈氏的思想却不高明，因此对技巧的了解也还不够。如他说：“母不先遣而悍然请去，过矣。”读者试观这时，兰芝是悍然请去吗？大谬不然。以“女请去”一段话开头，省略了多少情事，不仅在两家家世也。她哪里会愿意去，不得不去啊！看下文焦母说：“吾意久怀念，汝岂得自由。”事势明白，是文家补叙法。他从家庭变故爆发这一点起笔，乃最经济的文学剪裁手段，不止突兀而已。

（三）再说这一段言语记述之异

“十三能织素”一段话当为兰芝口气，但却又有点像诗人口气，这也是很特别的地方。陈氏说：

> “十三能织素”等语是赞扬此女，一气下接“十七”二句便是此女口中语，过接无痕。

这说很特别，仔细想来却很有道理。古诗很难用新式标点，我常常这样说的，在此可以看出。假如用引号，依陈氏说便如下式，岂非笑话。

> 十三能织素，十四学裁衣，十五弹箜篌，十六诵诗书。“十七为君妇，心中常苦悲。……”

至少，他所谓过接无痕的好处，没有了，反而落了个不好的痕迹。陈氏的话也不太对，大致不错。当他作诗的时候，记人口气，还是兰芝口气，并不大分明，只是一气写去，所以我们今日不能用引号来硬取。如硬说为兰芝语，自夸自赞亦未尝不可，却于文情不很密合。总之，不是兰芝当日实在的话语，却非常明显。在下文阿母口中又说一遍，也并非纪实，陈说：

> 重“十三”云云映带作致，是作者用章法处，安顿此处却好，令人不觉，语亦稍变，故佳。

此言是也。即“蒲苇”“盘石”云云亦是章法照应，《古诗源》亦言之。凡这等地方都不宜呆看，当时自有这样说的可能，却不见得真这样说，用笔在虚实之间，最耐寻味。至于照应之法，在文家并非第一义，贵乎用得自然，陈氏也说得很好，可以参看，兹不具引。

（四）说繁简

长诗岂有不繁的呢。不繁则诗安得长。“孔雀东南飞”长至一千七百五十字，在古代是空前的巨著。我以为它的妙处在“繁简互用”。上述“十三能织素”云云突兀的起来，有剪裁即是简，但“十三”“十四”“十五”“十六”“十七”挨次敷叙，本身却又是繁。这已可说明“繁简互用”了。更引他例明之：

> 阿母大拊掌，不图子自归。十三教汝织，十四能裁衣，十五弹箜篌，十六知礼仪，十七遣汝嫁，谓言无誓违。汝今何罪过，不迎而自归。

“十七”以下，可能是纪实。必从“十三”数起，数这一大套贫嘴，是照应，是描写，反正不见得是事实，可谓有意用繁。下边紧接着说：

> 兰芝惭阿母，儿实无罪过。阿母大悲摧。

这又何等干脆！千言万语说不尽的痛苦，却迸出一句“儿实无罪过”来，五字即了。至于他母亲的惊疑、愤怒、悲哀种种复合的感伤，又只用五个字“阿母大悲摧”包括之。在这儿，用简是分明的。至于“阿母大拊掌”“阿母大悲摧”句法全同，相映成趣，又极其自然，不露章法凑泊的痕迹，所以为佳也。

（五）说写实与文章修饰

本篇是写实、白描的名著，所用的手法约可分为三类，（一）纯写实。（二）情意实而事不必实。（三）事不实而情意可思。一切文学的名篇大概都活用这三种笔法，拿本诗为例，却最分明。它十之八九都属于第一类。（二）（三）两类混合用之。

如写太守家办喜事的十个字，“其日牛马嘶，新妇入青庐”记述实况甚明。其他尽多夸饰，“青雀白鹄舫”以下凡十二句，铺张扬厉，正不必是事实，或竟全非事实。（二）（三）之别，在此可略明之。

“青雀”以下六句，船跟车马，皆迎亲之用，但用了船便不必再用车，用车亦无须用船，然而并说舟车，意在铺张，不必是事实也。但不必是事实的，未必非事实，用了船，再备车马，也没有不可以的道理，所以该属第二类。

本节却另有一句，“交广市鲑珍”，也是铺张，却离事实更远，因为根本上不可能有这事。上文说过，“良吉三十日，今已二十七”，这也属于文章修饰之例，不必是事实，却有可能，反正时日很匆促的。假如这个算事实，那“广交”云云一定非事实。无论故事发生在什么地方，或在安徽庐江，或在江苏丹徒，或在北方，都不能在三天之内，赶到安南或广州去采购海味啊。所以很显明的属于第三类。他之所以必用违反事实的描写，正要表示太守家办喜事的“红火”，反跌出下文的一番扫兴，瓦解冰消，所谓事虽非实，意却不违也。

此外如“妾有绣腰襦”一段，“新妇起严妆”一段并“点染华褥，五色陆离”（《古诗源》语），皆属文字修饰之长技，文情相生，悲丽错杂，如悉较以事实，其不合亦多矣。还有，“右手持刀尺，左手执绫罗，朝成绣夹裙，晚成单罗衫”，陆时雍《诗镜总论》曰：“其亦何情作此也。”等于说，哪里有心情做这活计呢。话虽不错，诗意却不在这点。事实上非但没这心情去做，即做亦无此麻利快，然而非如此写，即不显兰芝的针神绝技，与上文美丽妆梳之描写，异曲同工，而其牺牲于“封建”“礼教”“势力”的家庭为尤可痛惜也。

我的总结：写实不一定纪事，情意得实，亦写实之类也。意不违则意自明，情不讹则情可思，悲喜无端，使读者油然善感，而文章之能事差毕矣。

（六）略谈本篇的思想

本文原只谈技巧，而思想却和技巧相关，思想还是更要紧。上说的陈胤倩，技巧论未尝不精，但思想迂腐，与诗人之意，格不相入，因而技巧论亦为之减色。我们谈到文学，说或作的时候，形式技巧、内容主题自不能不分别言之。实际上，内外是浑然一体不能分拆的。所以创作跟批评，其过程实在是颠倒的，也难怪这两种人时常拌嘴，这有根本上的龃龉，不仅文人相轻而已也。

本篇容易引起人注意的地方，第一是长，第二是技巧，第三是思想。就价值而论，正应该倒过来，思想当居首位，长短实无关宏旨。它之所以成为中国最伟大的叙事诗，在于能当反抗礼教的旗手，对着传统伦理的最中心点“孝道”给了一个沉重的打击，当头一棒。我们看后来的选诗的、评诗的对这诗有些地方不太满意，甚至于很不满意，就可以明白这个道理了。《采菽堂诗选》即一好例。在此正无须征引它。

妙在它又用了艺术的手腕。换一个说法若无艺术的掩护，即无法干这中心突破的战术。作者或就不敢写，即写了在封建的社会中亦决定吃不开。即幸而无碍，教条式、标语口号式的文字，感召力亦很差，究竟得不到什么效果。所以，思想跟技巧哪个重要，是很难说的。思想重于技巧，虽似合理，但无技巧，思想失其所凭依。技巧跟思想既不可分，我们实亦不能说思想重于技巧也。这都是题外闲谈。

一句话就明白了，几千年读这诗的难道有同情这老太太而不同情少奶奶的吗？即顶迂腐的家伙，他亦不能，亦不敢这样说呵。诗人举出绝不含糊的事实，用极艺术的手段把它表现出来，使读者无论见仁见智如何的不同，反正不能歪曲了事实而颠倒黑白。甚至于结尾，“行人驻足听，寡妇起彷徨，多谢后世人，戒之慎勿忘”，用了教训的口吻，我们亦不起反感。这都证明了他的技巧的成功。本篇题为谈技巧，却说到思想，我却认为并非题外之话。

还有一点更值得注意的。诗虽写礼教吃人，但吃人的，不仅仅是礼教，家庭的势利，经济上的压迫，官面的强暴，又何尝都是礼教呢？若依“饿死事小，失节事大”的公式，即说从一而终，正不该逼她改嫁呵。这和鲁迅的小说《祝福》写祥林嫂的命运，是很像的。女人所受的压迫实不止一种，也不从一方面来，古诗人能够见到这很重要的一点，又能“如实”“如画”地写了出来，恕我说句套话，这实在值得我们学习的。

葺芷缭衡室古诗札记[1]

——《古诗十九首》章句之解释

圣陶属为《中学生》作随笔，而近日所作率篇幅滋曼，文词重叠，殊与《中学生》不近，且殊少胜义，可供诸生切磋。翻寻尘箧，有“古诗札记”三则，乃昔年所作，兹补写二则，较比曼长，共得五则，以寄圣陶，聊以塞责。因相隔多年，前后文复不称，似非一人手笔，总之是这么一回事，以志吾惭愧而已。

一九三五年四月二十九日

---

① 原载1935年6月《中学生》第五十六期。

一　行行重行行

行行重行行，与君生别离。相去万余里，各在天一涯。
道路阻且长，会面安可知。胡马依北风，越鸟巢南枝。
相去日已远，衣带日已缓。浮云蔽白日，游子不顾返。
思君令人老，岁月忽已晚。弃捐勿复道，努力加餐饭。

首六句一气呵成，质直自然，真所谓老妪能解，初无笺释之必要。而昔人解之，或以“各在”与“与君”相呼应，“各”字妙，或以为“天涯”暗伏下“浮云”句，立说纤巧，无当弘旨。

“胡马”两句接得突兀，亦犹之“枯桑知天风，海水知天寒”。朱筠河《十九首说》曰：“此下本可接‘相去日已远’两句，然无所托兴，未免直头布袋矣，就胡马思北、越鸟思南衬一笔，所谓‘物犹如此，人何以堪’也。”其言甚是。若以记释之，则曰："可以人而不如鸟乎？"

"胡马"以下六句一段，皆为末句张本。"胡马"两句，鸟兽尚知怀土，游子宁无故乡之思，就"君"而言，君宜返也。"相去"两句，（"远"当训久，张说是。）我以离别之久，遂致憔悴，思君无有已时，就我而言，君亦宜返也。反振出"游子不顾返"本意来。

仅如此说，未免直而野，怨而怒，非诗人之旨也。于是更推出一句"浮云蔽白日"，为游子留出地步，愈婉厚愈深切矣。此点前人立说已详，兹不复赘。

张庚《十九首解》曰："衣带之缓曰'日已'，逐日拊髀，苦处在渐；岁月之晚曰'忽已'，陡然警心，苦处在顿。"摹揣颇细。就表面言，"思君"两句殆全与"相去"两句复，"思君令人老"，即"衣带日已缓"也；"岁月忽已晚"，即"相去日已远"也。虽浅深有别，其意则一耳。惟"相去"句为中段衬托之笔，"思君"句为末段之主脑，其地位别耳。

末一节急转直下，与首段气势相似。"弃捐"句，旧有两说：一说君弃捐我，"勿复道"是决词；一说相思无益，曷若弃捐勿道，均可通。余观曹王之《赠白马王彪》曰："心悲动我神，弃置莫复陈。"其句法词意悉与此同，可以参证。（刘琨《扶风歌》亦有此句法。）又观士衡拟作："去去遗情累，安处抚清琴。"正可取较此两句，自以后说为长。惟张庚曰："努力加餐，庶几留得颜色，以冀他日会面也，其孤忠拳拳如此。"本文不见此意，未免强作解人耳。相思可弃捐乎？加餐可努力乎？从全文看，其意自明，曰然曰否，两皆无取，至于果何所为而加餐，更轶出题外矣。

二　青青河畔草

> 青青河畔草，郁郁园中柳，盈盈楼上女，皎皎当窗牖，娥娥红粉妆，纤纤出素手。昔为倡家女，今为荡子妇。荡子行不归，空床难独守。

此章叠字果然用得好，却是气势之盛自然而然，所以入妙，并非“取态”，亦非“调法甚奇”。首六句，印象明活，如阅一帧秾艳的仕女画。六句只一境，不可分析，分析便无境界矣。昔人则支节说之，如《古诗说》以“青青”句为初春景象，“郁郁”句为孟春景象，分不可分者为橛。至其他谬说更不足道。最可笑者为“纤纤出素手”之解释。此“出”字，所以状纤手之姿，不必深求，不当重读。而朱氏以为“自有本领手段”，已觉想入非非，张氏则曰：“‘出素手’，安知不于楼上招邀乎？”此“安知不”三字，厚诬古人，奇横之至！

诗分两节，上六句为浑成之境界，下四句为直记之情事，老老实实，绝不卖弄，而姿态秀异，就章法言，“通首俱为末句出力”，朱说是也。余以为点睛之笔只在一“难”字，通首俱为末句此一字出力也。如草色青青，柳枝郁郁，春意可观也；居高楼之上、明窗之间，春光在目也；红妆素手，春日凝妆之美人也。写至此，本意已明，呼之即出矣。（王昌龄《闺怨》，殆即由此半首脱化，可以参看。）而诗人之意，犹以为未足也，乃叙其历史曰：“昔为倡家女，今为荡子妇。”频年游佚，一旦幽栖，为妇已难，况荡子妇乎？况荡子一去不返乎？层层逼进本意，一步紧一步，用笔极洁，章法极严。

尤妙在作意。夫昔日之倡女，今日之荡妇，其不足道审矣。然一入诗中，便不省其为淫鄙之尤，而反觉其宛转可怜者，此无他，情理主之也。通篇写其难独守空床之故，入情入理，令人无从弹驳，遂不觉入其玄中。有诗人之温厚，无道学之头巾，是为古今绝唱。

三　青青陵上柏

青青陵上柏，磊磊涧中石。人生天地间，忽如远行客。
斗酒相娱乐，聊厚不为薄。驱车策驽马，游戏宛与洛。
洛中何郁郁，冠带自相索。长衢罗夹巷，王侯多第宅。
两宫遥相望，双阙百余尺。极宴娱心意，戚戚何所迫。

上章以相似引起，此则以相反引起，善注已明。朱筠河《古诗说》中忽作题外之义，“今见其青青者，安保其长青青；今见其磊磊者，安保其长磊磊乎？”一意求深，反成冗赘。

首四句，骏快无匹，主意已毕，说至此，令人心断气夺，措辞不得矣。掩卷凝思，意不知如何接法。忽然来了一句“斗酒相娱乐”，原来不过如此！“斗酒”与“远行客”，藕断丝连，犹《渭城》之“劝君更尽一杯酒，西出阳关无故人”也。语本无聊，以后便愈转愈无聊。由斗酒忽分出“厚”“薄”

来。“斗酒”“驽马”是薄之甚，却厚，而“冠带”“王侯”“两宫”，厚之至也，又未必真厚。一说到宛、洛，从此又做起一篇《东都赋》来，无聊甚矣。

此种做法，在古诗中固不止此一首，凡言生死之感者，皆从警策转入无聊，殆为通例，试举示之：如“今日良宴会”言人生忽如寄，而思据要津，无聊语也；“回车驾言迈”言所遇无故物，而思宝荣名，无聊语也；“驱车上东门”言寿无金石固，而被服纨素，无聊语也；“去者日以疏”言荒坟抔土，而思归里闾，亦无聊语也。此非作诗者故意为之，乃死生之际最属无可奈何，欲不无聊，不可得也。情愈无聊，则心愈苦，正所以为警策也。陆氏（时雍）述王元美之言：“其趣愈卑，其情亦可悯矣。”深得诗人之旨。

就此诗言，疏阔中自亦巧密。斗酒极宴，厚薄相悬，而以“娱”字一之，更以“戚戚”总结两“娱”字，张《解》固纤，亦有见地。余谓谋篇之妙，在于想入非非而依然丝丝入彀，放得不知所云而顿然一语收转，以人生比远行之客，迫促不可终日矣，遂自己宽慰。就从远行客想到饮酒，从独自娱乐想到游戏宛、洛，从自己斗酒之乐，想起王侯冠带之乐来。虽离题千里，仍从本旨连绵而下。结尾先以“极宴娱心意”总结，上文各种游戏，各种不同之趣味，终以“戚戚何所迫”缴转首四句本意。

四　今日良宴会

今日良宴会，欢乐难具陈。弹筝奋逸响，新声妙入神。
令德唱高言，识曲听其真。齐心同所愿，含意俱未申。
人生寄一世，奄忽若飙尘；何不策高足，先据要路津？
无为守穷贱，轗轲长苦辛。

首点“今日”，竟有崦嵫迫人，时不我待之感，而逸响新声都成愁艳矣。既曰“良宴会”，座中当非一人，而“令德”“识曲”又是两种人。唱经堂曰：“借‘新声’引出‘高言’，因见唱者听者有相知之乐。”（《古诗解》）此以本文明之也。曰“齐”、曰“同”、曰“俱”，此以下文明之也。曰“不惜歌者苦，但伤知音稀”，“高言”“识曲”亦犹是耳，此以他章明之也。曰“齐心”矣，又曰“同所愿”，曰“同所愿”，又曰“俱未申”，何其叨叨耳，而实一篇之警策也。此正如《兰亭序》于“信可乐也”一缴之后，便接入一段怅惘文字，直说到“每览昔人兴感之由，若合一契，未尝不临文嗟悼，不能喻之于怀，固知一死生为虚诞，齐彭殇为妄作，后之视今亦犹今之视昔，悲夫！”句句是“齐心同所愿”，句句是“含意俱未伸”。后固不足以证前，然《序》不云乎，“虽世殊事异，所以兴怀其致一也”。要在能观其领会耳。

本意既明，或者犹病其不了，请申言之。大凡人到极畅快时，自然生出一段惆怅来，其味恰在橄榄的反面。虽莫逆于心，而蹇涩于口，口里虽说不出，心里却都是雪亮的，自己的心思尚觉得无处描摹，而人家的心思到反而相信得过，矛盾之极，含糊之极，又切实之极。生活中若无此感觉，自然不会懂得诗的滋味，说与不说都不大相干。再如《牡丹亭》曰：“良辰美景奈何天，赏心乐事谁家院。”如何良，如何美，如何可赏，如何可乐，名为四者，实无穷已，岂复同哉，而良辰美景之中生出奈何天，赏心乐事之外想到谁家院，却似把人人心坎，空花刻镂，而无毫发之龃龉也。夫曰“欢乐难具陈”，则管弦博塞，种类繁多，未必尽同也。彼知音令德，虽兰言相照，其心迹未尝无间也，纵无间矣，诗人讵知其无间哉！惟由今日欢乐所生之感触，则断断乎不异而无不同。人人心里明白，所以诗人也明白，所以我辈也明白，正不必借何神通也。

其说不出，于义云何？诗说“说不出”，若说得出，便不会有诗了。但当真说不出，论理也不会有诗。何则？诗本是说，奈何无说。于是才会有下文。谁都有，然而谁都说不出的，究竟是什么？诗人未质言也。若径以下文当之，如张《解》所谓“第俱含意未伸耳，于是作者为伸之曰”云云，岂座中今日个个官迷，作者何人竟现身说法，岂理所许哉。此言固正，亦有未圆。夫含意未伸，诗人之微婉耳，便认起真来似太老实，且到底不说，迹近哑谜矣。诗人之旨当求诸昭晰，不当求诸朦胧，当求诸浅近，不当求诸高深也。此诗真意只是“人生寄一世，奄忽若飙尘”，犹上篇之“人生天地间，忽如远行客”也。客已可悲，何况远行之客，而飙尘奄忽则无情之物也，悲或差减，不愈增其疾较耶。斯人斯世，且不过如划地之吹，而今日之为今日者，又不知当其千万分之几也。方知起首一句，石破天惊也。

“何不”以下，口头语耳，不必十分重读。盖人同此心，心同此理者，只在天地如逆旅、生命如过客这一点点耳，宁有人人想把官来做之理乎。若将来重读，自然会找出麻烦。“据要津”既不像话，只好说是“不屑据”，劝既不像话，只好说是“讽”，其实诗中分明说要据要津，如何得曰不屑，诗分明在那边劝，安得谓之讽，皆不通之论也。或释“据要津”以“当路”，而傅会之于《孟子》，或视同歇后，而傅会之于《论语》，此皆应了俗语所谓“你不说我倒清楚，你越说我越糊涂”。王静安曰：“以其真也。”自较各说为长。然无俚之语吐其悲酸，卑微之想益其辛苦，转似非“真”之一念所可尽耳。说略见上，并当详下。

五　西北有高楼

西北有高楼，上与浮云齐；交疏结绮窗，阿阁三重阶。
上有弦歌声，音响一何悲？谁能为此曲，无乃杞梁妻。
清商随风发，中曲正徘徊；一弹再三叹，慷慨有馀哀。
不惜歌者苦，但伤知音稀。愿为双鸿鹄，奋翅起高飞。

张《解》曰：“‘日出东南隅’是赋艳，故就东南写；此赋感，故就西北写。”其言似谬而实未谬。太阳不会西边出，而高楼正不必定在西北。《伽蓝记》以为魏清河王之宅，《四库提要》非之矣。“出其东门，有女如云。”“出自北门，忧心殷殷。”固曰即目非有深义，而颇有可疑。善作文者一字不肯妄下，一个字有一个字的用处，许多字有许多字的用处，如淮阴将兵，多多益善，又如李成惜墨如金也。

看他说高，就说到“上与浮云齐”，所谓“崧高维岳，峻极于天”者耶。似为趁韵之笔，及读完通篇，方知其措语之善，如弈者起初放闲间一子，后来大得其力也。此种文境有不知其然而然者，以其竟无，未免视而不见。以为有意经营，而类帖括家言矣。

连读四句，好大房子，烟绮娄明，层瑶界画，平地楼台，看成立体，今天还可以进去玩。而在当时则侯门如海，君门九重，故不得而入也。于是徘徊焉，彷徨焉，蹢躅焉，踌躇焉。他既出不来，我又进不去，咫尺天涯矣。咫尺自咫尺，那不必有诗；天涯自天涯，也不会有诗。惟其本咫尺也，而天涯之，于是诗断断乎不可以不有。

诗既不可不有矣，高楼尺五，陌路天涯，诗意诚浓矣，其奈做不出何。盖他出不来，进不去，到底没有什么可说的也。有所见乎？无所见也。其揣摩之乎？无从去揣摩也。不知何年何日何时，其上忽有弦歌之声，阿弥陀佛，善哉善哉。摇大地之积气，飞明月以堕怀，昔之以咫尺为天涯者，今则天涯若咫尺矣。——岂但咫尺，直方寸耳。从此以后，他怎么弹，我就怎么听，假如我要这么听，他自然而然会这么弹的。诗若有神，文章也酣畅到极处了，以恒情言之，颇可率笔取快，而良工苦心犹若有憾，终拗其词曰：“谁能为此曲，无乃杞梁妻。”欲领会，又辄止，低徊一霎，以存想楼中人之身分，极妩媚，极温存，极没有凭据，极痴。从没有文字中生出文字来，也不怕你不点头道好，拍案惊奇。

诗不知汉、魏，总不在汉、魏以前，其曰“杞梁妻”何也。夫孟姜女之不并世，诗人宁不知欤。近人徐中舒《古诗十九首考》曰：“‘谁能为此曲，无乃杞梁妻。’与《古诗》‘谁能为此器，公输与鲁般。’句调正同。诗之本意不过谓此曲之悲，非杞梁妻莫能为也。”此说自谛。李善注曰：“《琴操》曰：‘《杞梁妻叹》者，齐邑杞梁殖之妻所作也。’”琴曲本以“杞梁妻”名，故诗语云尔，亦旧说也。

文中有“明修栈道，暗度陈仓”之法。夫高山流水之悲，宁不令人腹痛，而纵笔直下，便会画出一双不曾见面之牙、期也。此大不恶，却非诗人之本怀。“清商随风发”以下，渐成破竹之势，遂无碍手之地，就算要找补，也来不及找补了。只靠“双鸿鹄”一缴，后世纵有善读者，又乌知双之为双也。诗中如“双飞西园草”，词中如“微雨燕双飞”，彼意固在悦人，是以乍点即明；此则正忙在说知音，稍一忽略；稍一含糊，自然牵涉到吾家的老头儿身上去，而秋水伊人终隔一尘矣。怕道真等全诗写完，注上一个“她”字么？

夫男贪女慕，何世无之，何地无之，若知音识曲，则不数数觏也，若儿女子之即为知音识曲者，虽谓之旷世不一遇可也。既旷世不一遇矣，今乃遇之于一旦，其可不徘徊乎，彷徨乎，踯躅乎，踌躇乎。逼出其下“歌者苦”之“苦”字，那真是苦，“知音稀”之“稀”字，那真是稀。以如此之笔写如此之情，以如此之情生如此之文，岂苟为雕琢曼辞而已哉！夫以华颠为枯槁，待脂粉而风华，固耳食之论，然两老相望，却与诗人本怀不合。何以明之？以诗明之。盖诗人往矣，惟留不朽之篇什，以接多劫之精灵而与之往还晤对，故必跌宕昭章，威灵显赫。诗人之意固不必尽于诗中，亦何尝远在诗外。以此义言之，诗意即诗人之意也。若诗意犹未即为诗人之意，则其为一未完成之作乎。言之似玄，亦不外乎情理。你想，两个老头儿，不会一个走进，再不然一个走出么，而又何侯门如海之有哉。不特上文虚设，而下文亦失据矣。上下皆虚，则不会有诗矣。有，亦必是另有一番面目，另有一番布置的，而不是这一首诗。

或曰：“子据旧注新解，以诗意为杞梁妻作曲，情理事证均合，而观来论，似并以歌者为女儿身，又何所见而云然？夫曲之作者虽为女子，而歌之者初不必以彼女而亦女，何得牵引入文，滋其悠缪，岂即所谓‘明修栈道，暗度陈仓’耶？”曰，殊不知不独此而已也，文家更有移远就近、因虚明实之诀，请为子言之：

夫曲终不见，江上峰青，既解清愁，宁无遥怨，而妙音始作，即于心上温馨，顷刻流连，寄其慕想，想见其人，未始不是人情，且此人情未必不极美，虚空摹拟之而已。然明明虚空也，如何摹拟之，是一个有趣味的问题。伫望高楼，音声一缕摇曳烟霭中，所持仅此耳。当其音声犹未作也，虽欲摹拟而无从，强作解人，未免唐突。及夫逡巡遍彻，或三终，或九成，摹拟之资积而稍多，然亦稍稍晚矣。固知追寻之地，即此邂逅，甘苦疾徐，未容假借，迟不得，疾不得，亦云暂矣。以时暂之促景蹑恍惚之微波，其倏尔有会也至难，而犂然不惑也尤难。玉溪生诗："已闻佩响知腰细，更辨弦声觉指纤。"可谓摹写入微矣，其奈一厢情愿何。殊苦琐亵，亦病唐突，且属拟不于伦。彼诗由已知（美人）推及未知（美人之姿情），此诗则从来未有知也。欲其不穿凿，不傅会的当而不易，雅正而不佻，盖渺乎其不可得已。虽明珠百琲堕自九天，盈吾怀抱，而尔为尔，我为我，其契阔遥远间阻也故自若，此一事真令人心折气绝无可如何者也。

唯作者之心，如冰雪聪明，无所不体；如水银委地，无孔不入。远者可以近，虚者可以实，转绿回黄，无施而不可，然而非幻变也，真实之至也。夫二人者，既曰莫逆，必有莫逆之道；既曰同心，必有同心之缘。此道也，缘也，或求而得之，或不求而自得之，则二人之关连是虚是实，二人之距离是远是近，读者必有以语我矣。其缘维何？“知音”是已。夫既知二美之必合，而又得其遇合之缘，则做个现成的媒人，谁人不会。庄言之，当曰本诸人情、因乎自然也。再明前例，子期若不听高山而立即辨其为“峨峨”，听流水而立即辨其为“洋洋”，则安得为钟期。伯牙若志在高山而写音流水，或心存流水而结响高山，亦非衰宗之光也。彼孤嫠之叹以较山水之吟，其凄神动魄应不啻千百倍，固宜入耳分明，无劳疑辨，又何待乎知音。谓知音顾不识此，有是理乎？于是实矣，得之矣，知之矣，自此推及未知，契而合者将不可胜数也，有不迎刃而解者乎。若谓作者、歌者是二非一，不容以之推断，亦鲁莽语耳。既知曲中本事与作曲之意，而独不知辨歌者之身分，是不知事类者也。朱《说》曰：“其人乃绝世独立，更无配偶者。”苟无长往之心，则高山流水之操，必不率尔寄诸徽轸矣，此自吾家事，君勿问也。

诗中信未言及歌者之性别，而今凿凿言之，似亦大可不必，容补一语可乎。陆机拟作曰：“高楼一何峻，迢迢峻而安。绮窗出尘冥，飞陛蹑云端。佳人无琴瑟，纤手清且闲。”是西晋以来旧说固然，前哲风流，慰予岑寂矣。

“清商”四句，声入心通矣。不知缘音而有想耶？缘想而有音耶？当在第几重天也。下接“不惜歌者苦，但伤知音稀”，本篇主句。曰“苦”、曰“稀”，其义见上。“不惜”“但伤”，貌为抑扬，而实平列。“不惜”，惜也。“但”，辞也。“伤”，伤也。“不惜”奈何谓之惜？以通篇之意明之也。惜之，诗之所以作也。读者其勿以辞害意而执一以概其余也。

按：“不惜”一联，自来有二说：一蒙听者言，一蒙歌者言，而歌者无言，则曰听者代之。张庚《解》曰：

> 此篇上半易明，惟“不惜”四句，解者每多牵强。吴氏以为此听者代之之词，若曰：歌之苦，我所不惜，难得者知音耳，如有知音，愿与同归矣。然以上文文势观之，此接代词，觉突，且无味。盖此诗本就听者摹写，则“不惜”仍是听者不惜。起六句是叙述，“谁能”六句是拟议，结四句乃发论见意也。若谓：我听其歌，悲哀慷慨，亦何苦也，然我不惜其苦，所可伤者，世有如此音声，而竟不得一知者耳。因自露其意气，遂慨然曰：我与若人所抱既同，所遇又同，若得化为双鹤，奋翅俱飞，以去此人间，诚所愿矣。

其言颇分明。夫聆音察理，知其裴回，知其慨慷，亦可谓声入心通之至矣。奈何竟摹写其言语思维，曲折委至如亲见闻乎。且其摹揣未必尽当也。同一言也，他人言之而善，以本人言之未必善也，“言者异则人心变矣。”夫幽兰生前庭，含薰待清风，而生空谷者亦不以无人而不芳。自衒自粥，乡党自好者病之，而谓贤者为之乎？无此人情，无此道理，又不仅如张《解》所谓“觉突且无味”也。溯其乖误，殆由于未会此“不惜”。若知“不惜”者，惜之之词也，则于文义无罣碍矣。

要此篇之作，假听者之口耳，却全为歌者而发。观士衡此联拟作曰：“不怨伫立久，但愿歌者欢。”伫立纵久，歌者何欢，径庭之词也，而其分别主宾，实为明画。深惜之而意不厌，则转一语曰：“此固不足惜，但伤知音稀耳。”夫歌者之果伤知音之稀否？行路之人何缘唐突？惟既审其劳苦而又深悯之，安得不恍乎若有会其寂寥，转觉劳苦之犹浅，而寂寞之较深，劳苦未足多惜，而寂寥之可深悲也。此和身以拥，疼热相知之语，此一句追进一句，追魂夺魄之文，孤往情深，不觉抚空怀而自惋，昭如白日之明，使夫百世之后如闻三叹，惜乎，不惜乎？然则“不惜”，惜也，仆言耿直，君果何所疑难而沉吟欤？

更有不可不辨者，此“稀”字（一作“希”）与“知我者希”之希自别。盖自诩知音，非古也；既曰知音者稀，又曰区区便是，世间即有此人，亦不应有此文也。然则诗意云何？“愿为双鸿鹄，奋翅起高飞”，“愿”自愿也。必到此地才露出自己，其上一句虽已紧衔，还在泛说。“小桥南畔便天涯”，言外虽隐绰绰有此意思，却决不这么说，此立言之体也。说到归齐，忍俊不禁，因自露其意气，然而水到渠成矣。并参看上引张说。

“双”字点睛，轻轻一点，正不必说煞一个是我，一个是你，那一个是我，那一个是你。其义本诸《三百篇》，《邶·柏舟》结句曰：“静言思之，不能奋飞。”彼固女子之词也。仙人终古楼居，倦翼凌云已属非外之想，何况双飞。聪明人作痴语乃尔耶，不辨是壮是悲。

六　涉江采芙蓉[①]

涉江采芙蓉，兰泽多芳草。采之欲遗谁，所思在远道。

还顾望旧乡，长路漫浩浩。同心而离居，忧伤以终老。

人言《十九首》上接风骚，观此良信。此篇全乎其为《楚辞》，觉善注之未备，而近人引晋宋乐府以为庾词，则尤谬（徐中舒《古诗考》）。《涉江》为《九章》篇名，一也；“集芙蓉以为裳”，《离骚》句，“因芙蓉以为媒兮”，《九章·思美人》句，“搴芙蓉兮木末”，《九歌·湘君》句，二也；“皋兰被径兮斯路渐”，《招魂》句，“吾谁与玩此芳草”，《九章·思美人》句，三也（芙蓉兰草，《楚辞》频见，不必此也，而其为《楚辞》其明）；“折芳馨兮遗

① 本篇原题《古诗说》，原载1948年1月28日《华北日报》。

所思”，注：引《九歌·山鬼》句，四也；“搴汀洲兮杜若，将以遗兮远者”，《九歌·湘夫人》句，五也；“忽临睨夫旧乡”，《离骚》句，六也；“将以遗兮离居”，注：引《九歌·大司命》句，七也；忧伤承离居而来，“离骚者犹离忧也”，太史公书，王逸释离骚曰：“离，别也；骚，愁也”，是离骚之离可作离别之离解，八也。八句诗八用《楚辞》，即谓为隐括亦无不可，其用字之来历，即诗意之所存，故不可不察也。

首点涉江二字，其意甚明。采采芙蕖，洲渚之物，采之可也，奈何涉江。其下忽曰远道，忽曰旧乡，忽曰长路，迷误后人不少。以唱经堂之贤犹病之，况其下乎。窃以为漫浩浩者长也，言“长路漫浩浩”者，古人措词不避复也。长路者远道也，既言远道又曰长路者，古人措词不避复也。以后人句法衡量之，反枘凿矣。即如《行行重行行》篇，既曰“相去万余里”，又曰“各在天一涯”，又曰“道路阻且长”，又曰“相去日已远”，无论你怎样说，实在重复的。说它复，或说它复而不复，或以复妙，皆后人信口开合，非古人之本然也。夫诗人者，矢口而出，不假平量，称心为好，踌躇满志，是既足矣，乌知其他。

细玩《离骚》，自知分晓。若以古诗之复为怪，不知读了《离骚》更当怎样怪法。若以旧乡远道忽先忽后为疑，不知看了彼中之美人芳草之委积层累，旧国旧都之缠绵反复，又怎样的惊惊恐恐也。所谓“天下本无事，庸人自扰之”，一点不错。

或曰：“字典上‘一’字，音‘漪，入声’”是个老笑话，今之言无乃类是。我们正因为不懂《离骚》，所以希望能懂得《十九首》，甚至于有人希望从《十九首》去找懂《离骚》之路。说来说去，你倒说，得先懂《离骚》，那怎样办？此大不然。缩本当然比全本更难懂。读书当然先读全本，没有先读缩本的道理。（至于选本，那是另一回事，如读杜诗的选本，顶多懂得一点儿诗，不会因此懂得杜甫的，至少你不能希望这个。）你想从《十九首》去懂得风骚，那是不大容易的事，你必得先耐烦读了《诗经》《楚辞》，然后转过来再读《十九首》，那怕《诗经》《楚辞》还不大懂，《十九首》却会迎刃而解的，亦未始不是异日学诗之一助。不由人想起脚上缚铅铁的传说来了。越出题外，就此打住。

观首点涉江，自为行者之词。何缘涉江，殆不可考。当非专为采芙蓉而发，然其初意固欲采芙蓉也，及见天涯何处无芳草，而其可采者又不独芙蓉已。“兰泽多芳草”，兰泽者兰皋也，芳草者兰草也，若释“多芳草”为兼其他芳草，义也可通，但恐只是近世看法，与古人词例不合。兰泽当然有兰，也不必净是兰，然而芳菲罗生，则鹊巢鸠占矣。“采之”二句，朱说以为幽折得妙，张解以为自诘之词，均不为无见。问题本在怎样把花花草草送去，却并不在送给谁。今日“采之欲遗谁”，是把问题先搁起，虚虚一领，然后再落下，便如土委地矣。按：此章起首两句即是另一首《庭中有奇树》所谓“馨香盈袖怀”，其次二句即“路远莫致之”也，特此为双句，彼为单句（单双之例并见下），单直双曲，曲则委婉而详尽也，此即文家繁简之法，简则一言不为不足，繁则千万言不为多也。繁简者单双之引申耳，单双未尝有二义，则繁简亦未尝有二义也。

此诗章法最直落，只在“还顾望旧乡”句绕了一个弯，若将这两句作为夹文，或径用括弧线示之，便清楚了，只是没有什么意思（张解亦说及此点）。文字固必求清楚，然太清楚了也不好，文字固当有层次，然亦不必真去分段落。譬如此诗章法虽只一曲，而已有横岭侧峰之奇，藕断丝牵之妙，若持并刀剪之，则吾惧春水之痛哭也。此仅可为知者言也，若夫他人宁不闻而大笑欤。

夫以还顾承涉江，则穷途之哭也。若涉江而竟不还顾，则是青云万里，然而离题万里矣。人以还顾句而疑，我则曰得此而愈分明也。作者岂逆知其然耶，犹惧其不分明也，于是足之曰“长路漫浩浩”。漫浩浩是路长，长路当然就是远道，不避复原是一般之词例，而在此不足以尽之，人但知明中以“长路”干犯“远道”之文，不知其暗中即以“旧乡”二字点醒所思之实谊也，若空空曰所思，则不知其何所思也。然后之读者终不免致疑于孰前孰后，文章之传不传，传矣解与不解，其中乌得无天。

当知前途毫无境界，若有，何缘反顾耶？证之以《离骚》，彷徨乎九天九地，终之曰“忽临睨夫旧乡”，要之曰“从彭咸之所居”，其无前境不亦甚明。夫阮籍猖狂，途不穷则必径造，必回车而后痛哭也。故曰“国风好色而不淫，小雅怨悱而不乱”，又曰“洋洋乎会于风雅”，是兴感群怨古今不异，后圣之心即前圣之心也。

结句为一篇纲领，不但可作《离骚》读，直可作整个儿的屈赋读。同心离居，老老实实地说他的痛苦，不但没有乞怜之态，寒俭之色，并绵缠低徊亦若有所不屑然。忧伤终老，斩绝境界，是君子之固穷，是蔼然仁者之言，却无一毫头巾气。“而”“以”两虚字确不可易，妙在能实。此十字疑精金铸成者，故知“一字千金”真不几乎也——宜若有所慊耳。

唱经堂主人苦苦求证其同心，亦一失也，同心何待证，又宁可证。若同心而不离居，终老而已矣，何忧伤之有哉。若离居而心不尽同，则忧伤容何有之，而以之终老则亦大可不必也。唯其同心而离居，故忧伤而终老矣，不得不忧伤而终老也。朱说曰：“然岂为忧伤而有两意，亦唯忧伤以终老焉已耳，何等凛然！”其意自不可非，而“何等凛然”神气活现，措词未尽善，且诗言“同心”，言“忧伤”，言“忧伤以终老”，不言两意三意，今曰“他并无两意”，似近蛇足，即非蛇足，而力辨蛇之无足者，其本身即一蛇足也。故解释之事虽不易而通人勿屑，若不及题外，何必解释，旁敲侧击，又每于本旨违远。故忧伤以终老，极得措词之体，若说“岂为忧伤而有两意”，只是毫厘之差，便不得体矣。此犹之“隔壁阿七勿曾偷”，当然阿七没有偷，但说它做什么呢？此中区别甚微，而品格所关不算不大，读者详之。

再观士衡拟作，正可为鄙说之助。（一）章法之直落。（二）所欢与故乡紧接，并无前后字样，明为一而非二。（三）以穹谷饶芳兰句，拟兰泽多芳草，足见芳草即是兰草耳。陆拟极细心，可作西晋人之古诗说看，至可宝贵，后人辄比照原作以为不如（那是当然的），遂多忽略，良可惜也。

古诗《明月皎夜光》辨[①]

明月皎夜光，促织鸣东壁。玉衡指孟冬，众星何历历。
白露沾野草，时节忽复易。秋蝉鸣树间，玄鸟逝安适。
昔我同门友，高举振六翮，不念携手好，弃我如遗迹。
南箕北有斗，牵牛不负轭。良无磐石固，虚名复何益。

（一）完整的看法

最好什么都不想，若无其事的读下去，不成，再想别的。诗以白露、促织点染秋光，蝉蒙秋言，分明秋也，却说孟冬，何故？直看本文觉得不大够，就去找书找注。书，离不了《文选》；注，离不了李善。善曰："汉之孟冬，非夏之孟冬。"又曰："今之七月也。"屈指西风，约当牛女渡河之夕，"由来碧落银河畔，好在金风玉露时"，宜其白露泠泠，秋虫唧唧

① 原载1936年7月《清华学报》第十一卷第三期。

也。虽然冷得似稍早一点，妈妈胡胡，得。

想不到，读下去，在第十七首上又给打住了，其辞曰：“孟冬寒气至，北风何惨栗。”这样的冷法，如何可以在院中乞巧，烧莲花灯玩呢？是前解虽明，适足为后篇之累矣。李善在此无说。

非无说也，其义盖见上，其《十九首》总诠曰：“盖不知作者。”又曰：“辞兼东都，非尽是乘。”既非一人一时一地之作，则此孟冬虽为秋，亦无碍彼孟冬之为冬矣。质言之，《明月皎夜光》为改历以前之作，《孟冬寒气至》为改历以后之作，是以两不相妨耳。我辈皆述而不作、信而好古者，知权威之为大，疑古之不成，让他东家食而西家宿罢。反正是他说的，得，得。

简单的看法不过如此，虽愈尘陋，亦人情也。老这样下去，心安虑得那很好了，可惜不大成。倒不见得怎样特别地关心文学史的问题，有时颇爱读诗，尤爱读好诗。《十九首》不失为永久的好诗，有时把它读起来，把它读得很熟了很熟了以后，自然而然有一种感觉。若恁忠于那感觉，那就说不定引起多多少少的麻烦，本文就是一例，至少使你不会再心安虑得，同从前一样。当然我并不学金圣叹，想在《十九首》里边看出章法来，而把《十九首》当作一首读，也不想说这些诗是谁做的。是不想么，还是不能？不想，不能，皆不也，反正不干，得。但我总觉得这是整的，虽不必出于一人，亦不必严格的成于一时一地，而神彩不变，气体相邻，斯为文学上之完整矣。

为什么觉得？到不知为什么。譬如解释之，便非感觉而为理由，理由可以说服他人，而感觉不能，似乎理由长而感觉短。然而感觉自己受用得，而这自己有时且不是最狭义的，最为愉快，而理由却不能。理由充足之极，使人无可弹驳，甚而至于使人不能喘息，这是征服，而非愉快，虽然雄壮，亦颇悲哀，岂非感觉将长而理由甚短乎。

我不大敢相信李善的话，又不大乐意把《十九首》分得那么远，别人如何想，不很清楚。然天地甚大，岂无同感之士乎。梁启超《古诗十九首之研究》有这么一段[①]：

> 我以为要解决这一票诗的时代，须先认一个假定，即《古诗十九首》这票东西，虽不是一个人所作，都是一个时代，先后不过数十年间所作，断不会西汉初人有几首，东汉初人有几首，东汉末人又有几首。因为这十几首诗，体格韵味都大略相同，确是一时代诗风之表现。凡诗风之为物，

① 《实学》第二期，清华大学研究院实学社编。

> 未有阅数十年百年而不变者，如后此建安、黄初之与元嘉、永明，元嘉、永明之与梁、陈宫体，乃至唐代初盛中晚之递嬗，宋代西昆、江西之代兴。凡此通例，不遑枚举。两汉历四百年，万不会从景、武到灵、献始终如一。《十九首》既风格首首相近，其出现时代当然不能距离太远。读者若肯承认我这个前提，我们才可以有点边际来讨论他的出现时代了。

这是很明通的话，正可以补足上文未申之意，我也要求我的读者承认这个前提哩。承认了这个，有许多麻烦。若不承认这个，便可回到李善这儿去睡安稳觉，而本来无用乎纷纭。试想“辞兼东都，非尽是乘”，只是一句漂亮话，揆之实际，有甚不然者。乘者何？枚乘也。枚乘盖生文帝世（或许稍早一点），卒于武帝即位之初[①]。史称“梁客皆善属辞赋，乘尤高”，不言其能五言。若《古诗》佳丽信为枚叔，则这一票诗，其制作之年，早则不仅在太初以前，且在建元之初，并不当在建元之初（谁敢说这五言是他的绝笔），直在文、景之

① 《汉书·贾邹枚路传》。

世。难怪有人把这问题拉扯到虞美人身上[①]，时代可差不离。迟则辞连董卓[②]，事涉曹、王[③]，绵亘全汉，岁将四百，而文体如一，神情不变，理绝恒蹊，良可骇怪，梁氏之言，洵不诬也。

夫以为诗非一人一时一地所作，可也；以为并时地亦不相接，而谓拙说为谬误，所感为错觉，犹可也；以为其中有四百年之距离，则断断乎其不可。纵有理由犹或非之，而况，古人说话往往只凭他生得古，并不说什么理由的，而又吞吐其词。所以依我说，最好别分，要分，别分得那末远，但是事实上呢，恰相反，不要分则已，要分，必分得很远很远。即将枚乘与《古诗》的关连搁开不提，（《明月皎夜光》一章，《玉台新咏》不收。）但从太初到建安亦不为不远。故把《十九首》合成一体，虽没有理由说他是，但分为两截，却尽有理由说他不是。说分不是，则不如别分，不分，则完整矣，浑然矣，而

---

① 王应麟《困学纪闻》卷十二《考史》。

② 徐中舒《古诗十九首考》论"去者日已疏"后引《后汉书·董卓传》，谓诗必作于董卓入洛以后。

③ 见本文二章引《诗品》，揣《诗品》文旨，凡士衡有拟作者均与曹、王无涉，而徐《考》据《北堂书钞·乐部筝》引曹植诗"筝弹奋逸响，新声妙入神"，而谓"今日良宴会"或在四十五首之中，此殆不合钟意，句式偶同耳。

龃龉故自在。于完整中见龃龉，于浑成中见破绽，始成真实之疑问而值得吾人之思索。绕了一会的弯子，又回到原来的地方来了。

破绽共分两层：以本篇言之，既曰“孟冬”矣，奈何全篇秋景，下复言秋，一也。以《十九首》言之，此固孟冬也，彼亦孟冬也，同一孟冬，何寒暄之异若是，二也。李善对于前者既以改历为解，对于后者复以不同时地为推，斯骋情颠倒成其曲说，故无往而不通。然“辞兼东都”，诗中有明文，若出西汉，除虚渺之传说外，别无显证，其证固当在历法。然则崇嗣二说实有关连，仆其一则皆踬矣。

况李善犹可，我辈则不可，彼虽能，而我则否。溯其不可不能之故有二：一为事实上的；一为态度上的。以事实言之，改历若有其事犹之可也，今无其事，虚设何为？以态度言之，我辈既以完整观念为读《十九首》之惟一前提矣，以不同时地之说进，殆不能两立。李氏之说既不可用，还不如听其自然。于是孟冬与孟冬遥遥相犯，斯《十九首》无完篇，而孟冬与秋蝉又短兵相接，一首且无完章矣。固然，依旧说看来，《十九首》或者更不完，《明月皎夜光》或者更不通，但这不关我们的事，我们正不必替古人担忧也。而且老实说，我们大可利用旧说之脆弱，以作建立新说之张本。再看看旧说所不能解决的问题，若不要旧说，能不能解决它——当然不要勉强。但如能够的话，不妨简截地把它解决了，此本文之所由作也。

（二）文学史上的问题

完整一念，惹是生非，已经够瞧的。但此一念在文学史上将愈显其重要，观上引梁文，多半是文学史上的话，即可明了。《十九首》是五言之祖，那么文学史上的事由和它有关连的也不会少罢。那是当然。事由儿麻烦呢。譬如文论者把这一票诗当作一票诗看就够，而文史论者却定规不够，他在此以外还要把这一票诗安放在一个位置上，有了位置就有合式不合式的问题，各人的所谓合式。合于甲者谓之甲式，合于乙者谓之乙式。甲乙相违则必相争。

研究文学者，读诗者，自然也不见得老闭着眼不瞧事实，故不能与文史无关。但天公却特许他闭眼的，是其相关，纯属偶然。如有一人读《十九首》，恰巧把它全都当作东汉的诗读下去，亦意中事也。却决非必然。假如有一知识极陋、天分极高的人，仅知古诗佳丽出于枚叔，连善注也不曾见过的，那末他读到“游戏宛与洛”，则曰长安附近也，再读到“驱车上东门”，则以为霸上之城门也，念西都之衰盛，发思古之幽情，悠然遐想，精神往来，尚友古人，与之抗手，斯固人事之或然，更非不可能者也。其人虽陋，其意无差，其张本虽误，而所感不已真乎。纯乎其为文也，纯乎其为诗也，至于白日见鬼者，即烟士披里纯之别名也。说句不客气的话，两汉犹一瞬耳，算得什么，就把这一票诗放到羲皇以上也毫不相干，顶多羲皇上人做了《十九首》罢哩。《十九首》还是《十九首》，固未尝有所损益也。文学之所以成为文学，自明正是一个必要的条件。作者有在其作品中说明其应说的一切之义务，也有在其他任何所在拒绝重说其作品之权。今人昧于此义，于是作者生平时代背景之声聒耳，而其真实之理解存否，且不可知也。昔之以艰深文浅陋者，今则以虚骄掩彼尘凡矣。以涉想所及，附见于此，固未尝有所指斥也。

若夫文史论者，则于此二者必皆深造而有得，而有志于传世之业者也，非淹雅弘通之才不辨耳。有人把一切都端正好，那他些微安排一下就够，否则就难免自己动手。如《十九首》即是没有整理完的材料，第一须鉴定这些材料该不该捆扎，第二把材料捆扎好，然后再想把它放在那里，顶好放在它应该放的位置。这是艰难的工作。且在此当然是五言诗起源的问题，而不仅是《十九首》的时代问题，更不仅是《明月皎夜光》的解释问题，牵涉既广，则其所需要之力量愈多，而工作之艰难亦因之增加。

反过来说，部分会牵连到全体，一点会影响到一切。《十九首》总不失为汉代五言诗之中心，而自唐以来，以善注的流布，“明月皎夜光”篇渐又成为讨论《十九首》时代问题之中心。这好比老笑话，天下的文风以吾乡为最盛，而吾乡之文章又以吾兄为最佳，而吾兄作文章时常要我小弟改的。敝帚之奉，芹曝之供，区区之意亦已疏矣，信免辽东之哂，则为幸不亦多乎。

关于文学史的话，我想不太多说，不是外行，就是怕尾大不掉，再不然，怕人头痛，再不然自己所知甚狭。故略举一些以明其凡，不能备也。

五言诗之来路，当然甚远，但那些碰巧凑合成的①，那怕算不得数。文学的五言起于东汉，早晚一点都不妨，这是常识的推测。若把这一事放在西汉，甚而至于楚、汉之际，这个哑谜儿又让人怎猜。自然，我们也不至于过于相信自己脑子里的系统，而无视记载上的实事。但假如运气好，实事不尽实，或不一定会打倒系统的话，我们又何必给自己为难。此时贤作文学史论者主张五言诗起于东汉之由来也。

---

① 亦见二章引《文心雕龙》及《诗品》。

日本铃木虎雄《五言诗发生时期之疑问》[1]谓两汉五言诗殆全部皆可疑者，既本原未确，又径路不明，而史又无记载也。其结论则据班固、傅毅、张衡之作，谓五言诗成立于后汉章和之际，其后益致隆盛，此则可信者已。近人徐中舒《古诗十九首考》[2]则并班固、傅毅之诗而疑之，不提到张衡，又确断之曰："故西京苏、李、枚、班（似有语病）作五言诗之说，决不可信。故《古诗十九首》亦必出于东汉以后。"在《五言诗发生时期的讨论》一文中，他因另找出章、和时可考的五言诗六首[3]，已承认铃木之结论。但他又说："章、和时虽然已有五言诗，但那不过文学家偶尔做得一两首诗，在文学史上并无多大意义。我们也不能承认五言诗的成立便在那时，我以为五言诗的成立要在建安时代。"力护前旨，而其词差不圆，《十九首》必出于东汉以后，徐君殆难自持其说矣。惟谓起于东汉，则大略相同耳。以外若胡小石《中国文学史

---

① 陈延杰译文载《小说月报》第十七卷第五号。原文见铃木著《中国文学研究》。

② 《立达季刊》第一期及中山大学《语言历史学研究所周刊》第六集第六十五期均载此文。

③ 《东方杂志》第二十四卷第十八号，页九十。

讲稿》上编[①]有《五言诗之起源》一章，与徐说相仿，未有创获。胡适《白话文学史》[②]以枚乘、苏、李之作为“大概不可靠”，又谓“大概两汉只有民歌”，于此问题未有明确之叙述与见解。陆侃如、冯沅君《中国诗史》亦于枚乘诗、苏武诗、李陵诗之上各题一伪字[③]，关于这方面的意见不清楚。郑宾于《中国文学流变史》于《十九首产生的时代》节下附一清表，将《十九首》全置于东汉、魏、晋之间[④]，似乎他的主张总应该和上述诸人相近，而孰知其不然，他却相信五言创始于苏、李[⑤]，这是很奇怪的。郑振铎《中国文学史》[⑥]以为五言诗之草创在成帝时，其论旨也与诸说相仿，无所发明。

若五言始西汉，固相承之旧说也，征文考献，则源远而流长。惟近年疑古之风盛，故主此说者反较比前说为少。古直的《汉诗辨证》[⑦]却是一极端的例子，凡他人以为可疑者，古必力辨其不可疑，如《十九首》，如苏、李，如班婕好，

① 上海人文社版，大学教科丛书之一。

② 第五章《汉末魏晋的文学》。

③ 卷上，页三五六、五五七。

④ 页二五八。

⑤ 同书，页二二八——二三〇。

⑥ 第一册第八章《五言诗的产生》。

⑦ 《层冰草堂丛书》第八册。

如《孔雀东南飞》。其书卷一专论《十九首》，如据《文心雕龙》辨《古诗》与建安诗之气体，又明陆机之年代距建安不越四纪，倘《古诗》出建安，士衡未必以为《古诗》而拟之，其论旨固非无一顾之价值者，特其全书之态度，必反当今之道，颇觉别致耳。

朱偰《五言诗起源问题》[①]通篇是驳铃木的。铃木以为本源未确者，朱则举《明月皎夜光》改历之事以质之；铃木以为发达之径路不明者，朱则以《楚汉春秋》佚文引“虞美人歌”以填补之；铃木以为史传无记载者，朱则以名理之论辨攻击之，认为三个理由中的最薄弱的，又曰：“岂《楚汉春秋》非史传耶？”[②]并斥此等见解为谬说。其结论谓五言诗起楚、汉之际，至景、武之世遂臻完备，则李善、王应麟之旧说也。

其《再论五言诗的起源》[③]一文中，却是驳徐中舒的，在约叙各家之说以后，有这么一段：

> 吾人若能在诗的本身找到时代的根据，必更愈于旁证

---

① 《东方杂志》第二十三卷第二十号。

② 同书，页七一。

③ 1929年4月15日及22日天津《益世报·学术周刊》。

> 曲引——这一点也是徐君所同意的——所以只要证据确凿，不问是否“信而好古”，不问是否“翻案立异”，皆可以成立。我人研究历史，最紧要的是要有一种客观态度，不可先有主观的意见。信而好古固不免主观，与此相反的方面，不“信而好古”，专以翻案立异为能事，却也未免主观。所以我们用科学方法来研究史事，不能再用“信而好古”来批评。徐君谓我“仍是抱着‘信而好古’的精神”，我出发点就与此不同，恕不能当此批评——所以敢“敬谢不敏”。

他的话很不错，但我们会不会想，甲是翻案立异派，而乙是信而好古派，假如他们的方法都不够科学的话，这且不提。其文共分（二）、（三）、（四）三段：其（二）段，论《行露》《沧浪》一些杂拌；（四）段，则辨《楚汉春秋》遗文之真伪，不管作者怎样想，我以为不很重要；其（三）段，则集中于“明月皎夜光”一首，而一首中又集中于“玉衡指孟冬”这一句，我们有在散漫之阵形中找着争斗之核心之感。试节引朱文（三）段的开首一节：“以上不过是枝叶之讨论，于本问题无所发明，……以下更就《古诗十九首》的本身找出确凿的证据，以明五言诗之起源。”于全文总结又申之曰：“但五言起源于太初以前固有确凿之证据在，无可置疑者。”其所谓确凿之证据非他，即指“玉衡指孟冬”一句而言，可见上边的话并不算错。

我们现在可以讨论这问题了，但是，且慢。朱君相信的是科学，其敬谢不敏的是“信而好古”，但他所依据的无非是古代的记载。他虽说问题集中在这点上，但别处是否还有问题，我们倒须自己搜检一番。古人当然没有文学史的观念，但很难说他们没有文学史的议论见解。刘勰、钟嵘是齐、梁间文史论者的双璧，加上昭明太子鼎足而三。他们的话似无庸征引，但假手他人的论断有些不放心，所以要引索性多引一点，反正文章已够冗长的。《文心雕龙·明诗篇》曰：

> 汉初四言，韦孟首唱，匡谏之义，继轨周人。孝武爱文，《柏梁》列韵，严、马之徒，属辞无方。至成帝品录，三百余篇，朝章国采，亦云周备，而辞人遗翰，莫见五言，所以李陵、班婕妤见疑于后代也。按《召南·行露》，始肇半章；孺子《沧浪》，亦有全曲；《暇豫》优歌，远见春秋；《邪径》童谣，近在成世；阅时取证，则五言久矣。又《古诗》佳丽，或称枚叔，其《孤竹》一篇，则傅毅之词，比采而推，两汉之作乎！观其结体散文，直而不野，婉转附物，怊怅切情，实五言之冠冕也。至于张衡怨篇，清典

可味；仙诗缓歌，雅有新声。暨建安之初，五言腾踊，文帝、陈思，纵辔以骋节，王、徐、应、刘，望路而争驱；并怜风月、狎池苑，述恩荣、叙酣宴，慷慨以任气，磊落以使才，造怀指事，不求纤密之巧，驱辞逐貌，唯取昭晰之能，此其所同也。

“汉初”四句，是谓有四言。“孝武”四句，谓有七言或杂言。至成帝以下，言无五言也。这一节话特别重要，因为说话的口气很确实。以上是事实的报告。“按”以下，方是他个人的意见，推其原始，五言诗早已有了，不过阅时取证罢哩。所谓“阅时取证”者，即谓从春秋到汉成帝世，中间隔了一大段连不上，故证据为之贬值也。他似乎全不知道有虞美人的五言绝句，所以在“又《古诗》”以下四句，另述汉代有五言之传说两种：一为西汉；一为东汉。于是断之曰“两汉之作乎”，“乎”者何？疑词也。此两段实是相反的。夫“见疑于后代”者，此后代指他人也。“按《召南·行露》……”者，自按也。信他人之见呢，还信自己之见？这似乎不成问题的，“观其结体”以下，则就文风立论，而分汉诗与建安诗为二，古直之言不误也。约而言之，彦和个人之见，以为西汉当有五言，而他又不欲抹倒事实，故其言如此。然已为李善“辞兼东都”之说，远远的伏下一笔。

稍晚一点是钟嵘，《诗品》卷上有两段文字，论五言诗起源的，在总论上，专论《古诗》的另有一段，他却不叫它《十九首》。兹节引总论，全引《古诗》之一段。

昔《南风》之辞，《卿云》之颂，厥义夐矣。夏歌曰：“郁陶乎予心。”楚谣曰：“名予曰正则。”虽诗体未全，然是五言之滥觞也。逮汉李陵，始著五言之目矣。《古诗》眇邈，人世难详。推其文体，固是炎汉之制，非衰周之倡也。自王、扬、枚、马之徒，词赋竞爽，而吟咏靡闻。从李都尉迄班婕妤，将百年间，有妇人焉，一人而已。诗人之风，顿已缺丧。东京二百载中，惟有班固《咏史》，质木无文。降及建安，曹公父子，笃好斯文；平原兄弟，郁为文栋，刘桢、王粲，为其羽翼。次有攀龙托凤，自致于属车者，盖将百计。彬彬之盛，大备于时矣！（《总论》）

其体源出于《国风》。陆机所拟十四首，文温以丽，意悲而远。惊心动魄，可谓几乎一字千金！其外“去者日以疏”四十五首，虽多哀怨，颇为总杂，旧疑是建安中曹、王所制。“客从远方来”，“橘柚垂华实”，亦为惊绝矣！人代冥灭，而清音独远，悲夫！（《古诗》）

这两段话又是什么意思呢？钟氏之意是很难懂的，其暧昧殆甚于刘彦和。“五言之滥觞”一段，相当于刘氏之引《行露》《沧浪》，说李陵始著五言，又断为炎汉之制，似乎无条件的主张西汉。而不知恰恰相反，他实在是个怀疑派，多多少少和所谓“翻案立异”派有点心心相印。“固是炎汉之制，非衰周之倡也。”其主要之语意是怀疑，是否定，而不是积极主张什么；以其所积极主张，即为怀疑、否定之前设也，善读者必能会之。且断为炎汉矣，下文正应该发挥补充才是，怎么口气又变了。“王、扬、枚、马之徒，词赋竞爽，而吟咏靡闻。”这是《古诗》与枚乘脱离关系的一个大霹雳。枚也不知是皋是乘，反正枚氏不做《古诗》就得。“李都尉”以下一节更是可笑，照他讲，五言诗的发展有如下式：

李都尉——班婕妤——班固——

二百年间，只有三个人在那边遥遥呼应，一线相承，这局面真是乌合。而且李陵、班婕妤正是刘彦和所谓“见疑于后代”的嫌疑犯，若把他两人去掉，只剩得光杆儿一个班固，更不知成何局面。至于建安，则又花团锦簇，盛极一时，与刘氏之言如出一口。此非怀疑，如何才是怀疑？此非否定，如何才是否定？要之，钟氏先以炎汉之说破衰周之说，及至推倒以后，更将自己的理由撤回，自然不曾说两汉没有五言，却说除掉这三个人以外可是没有了，至少也是没有听见过。

观其专论《古诗》，而其意愈明。梁启超曰：“《诗品》则分为二类：其一陆机所曾拟之十四首，认为时代最古；其余‘去者日以疏’等四十五首，则谓疑是建安中曹植、王粲所制。”（《古诗十九首之研究》）梁氏的叙述很对，但他所谓“认为时代最古”，而古到什么时候却不曾说明。其夹注曰：“《玉台新咏》所谓枚乘九首全在其中。”那末，他会不会想，至少钟嵘会想这一票诗古到与枚乘同年，甚至于有枚作的可能。假如果真如此想，那是错的。据陆拟作，其第二即《今日良宴会》，而此诗中有“游戏宛与洛”之名句，明为东都之诗，士衡当时拟作岂有不知之理乎。梁氏固力主《古诗》完整之说者，若牵涉到枚乘身上，岂非自乱其前说。即无宛、洛之文，亦为自相矛盾。以他所谓“这一票东西”，至少包含《十九首》，不仅指陆拟十四、十二而言，既疑为曹、王，必不得复疑为枚叔，疑为枚叔，不得复疑为曹、王矣。梁氏是主张《古诗》“比建安、黄初略先一期，而紧相衔接”的，在此改了口气，不知何故。若曰揣钟氏之意然乎？而仲伟固于此十四首的时代未下片语也。梁氏安得而揣之？其他四十五首则固有明文矣，是古诗与建安发生牵涉的第一声。梁氏虽不明主建安，而他实是主张建安的。他不说比建安略先一期，而说建安、黄初略先一期，便是硬证。夫先于建安者固非建安，而先于黄初者岂非建安乎。所以他说："风格和建安体极相近，而其中一部分钟仲伟且疑为曹、王所制也。"是已与时贤之主建安者相同，而其说实受之钟嵘。钟氏诚不愧新派之首领也。

以外昭明太子徐陵都是保守派。昭明一方面信苏、李为五言之祖，一方面不声不响把《十九首》放在苏、李之前，这是主张西汉的一个强有力的暗示，比说破还凶。徐陵不客气把九首诗送给枚乘，而其余仍列之《古诗》。兹将旧说（《文选》卷二十九杂诗、《陆士衡集》卷五至卷七、《文心雕龙·明诗篇》、《诗品》上、《玉台新咏》卷一）列为一表，以便查阅。

《文选》（不题撰人，列苏，李前）	陆机拟作	刘勰："或称枚叔"	钟嵘："人代冥灭"	《玉台新咏》
行行重行行	一			枚三
青青河畔草	五			枚五（录陆拟作）
青青陵上柏	八			
今日良宴会	二			
西北有高楼	十			枚一（同上）
涉江采芙蓉	四			枚四（同上）

续表

《文选》（不题撰人，列苏，李前）	陆机拟作	刘勰：“或称枚叔”	钟嵘：“人代冥灭”	《玉台新咏》
明月皎夜光	十二			
冉冉孤生竹		傅毅		古诗
庭中有奇树	十一			枚七 （录陆拟作）
迢迢牵牛星	三			枚八（同上）
回车驾言迈	遨游出西城？			
东城高且长	九			枚二（同上）
驱车上东门	驾言出北阙？			
去者日以疏			建安时曹、王	
生年不满百				
凛凛岁云暮				古诗
孟冬寒气至				古诗
客从远方来			建安时曹、王	古诗
明月何皎皎	六			枚九

其“兰若生春阳”一首，《文选》不载，为陆拟作之七，《玉台新咏》列枚六，并录陆拟作。“去者日以疏”以下凡四十五首，而“橘柚垂华实”一首即在其中。

西汉人有作《十九首》之可能的，从上表看，枚乘一人而已。刘勰、徐陵已明说，昭明《文选》把《十九首》放在苏、李之前，亦系影射枚乘，以合于古代传闻。与《古诗》有关连，而时代居苏、李之前者，只有枚乘耳。是三家之结论相同。士衡虽只有拟作，未有论议，而《玉台》题枚乘者，均在所拟之中，是这一部在《十九首》中或者较古，而为枚作之或然性亦必较大，似乎我们很可以准此情由，把《十九首》，至少把一部分判给枚乘了，而不知有大谬不然者。

若我们回头看反面的证据，立刻发见有一人在那边放冷箭，说什么“吟咏靡闻”。钟氏之言，原来是很确实的，与《汉书》本传非常相合。其不能五言，本传虽无明文——这当然不会有明文的——但观其叙述，把枚氏一家会些什么本事，开列得明明白白，若始作五言，则比较是一大事，总不该一定不提罢。若说班固私心好赋，故《汉书》多赋而少诗[①]，可谓厚诬古人。他却不想班固自己会做五言的，断为私心好赋，岂不冤枉。

退一步看，姑且把钟氏的话当作完全虚妄，又武断孟坚以私心好赋之故遂失载枚作五言，只要正面的论旨可靠就得。但

① 《东方》第二十三卷第二十号，页七一。

仔细考查，却无一可靠，请分别观之。先看《文选》，昭明固在暗做枚乘，但他当真确信有此一事，为什么不把一些古诗题作枚乘以冠苏、李，而乃归之无名氏？更为什么在《文选》序上不提起枚乘而提起李陵？若枚氏作五言，《河梁》之篇岂得为五言之祖[①]？他既只在影绰绰地影射，而不曾正式开口，我们装作不知可也。刘彦和的话已见上引，“或称枚叔”，“或”之者，疑之也。“两汉之作乎”，“乎”是疑，“或”也是疑。他尚且疑疑惑惑，我们何从去理会。徐陵倒是个硬汉，可惜他生得晚一点（三人生年以彦和为最早，以孝穆为最迟，而郑宾于说，刘彦和不特反对萧统，简直是反对徐陵[②]，真是做梦）。又不曾提出一点理由来，至少我们今日无从判断其是非，除非无条件的相信他。至于士衡拟作与《玉台》相合，那毫不相干，因为这不能表示陆机的意见，只可表示徐陵的意见——也不表示他的举动，在那壁厢攀附而已。他会不会照着士衡拟作的目录，斟酌地填上枚叔的大名？以此作证，可谓纰缪。这样算来，三路兵马已各去讫，剩下光杆儿的

① 《文选》序曰：“退傅有在邹之作，降将著河梁之篇，四言五言，区以别矣。”

② 《中国文学流变史》页二五一。

枚乘，还只好回去做他的词客，与五言诗到底没相干。《十九首》始终是一块没奈何，也振不了灾，也救不了急。

五言出于西汉，依六代的传闻几集中于枚叔之一身，假如把他赶走，就算完工，那是很容易的，我们已经把他赶走了。但到唐以后又生出许多纠纷来，这是另一件公案，六朝时候似乎是没有。看《明月皎夜光》篇，士衡虽有拟作，而《玉台》非特不以之付枚乘，且屏而不录，可见六朝人并不注意这首诗，也可以说，六朝人并不觉得这首诗有什么问题，有什么重要，换句话说，就是那时人都懂得这首诗，所以不成为问题。问题且不成立，更何有于公案，所以我说“似乎是没有”。

同一题目而性质转变，则古今之异也。古人距《古诗》近，先代传闻尚未尽泯，故其兴味集中于“谁做的”这一点，此犹之我们在报上看见一笔名或者无名的著作，要打听他毕竟是谁一样。后人去古愈远，对此问题的兴味渐渐淡薄，况且也再没有什么可说的，其新问题之发生每与当时流行的学风有关，所谓世俗，所谓时髦，所谓摩登皆是也。《十九首》便是一个好例。汉初改历之说，始于后汉，盛于北魏，先从天文牵扯到史事，继从史事牵扯到文学，而《古诗》和这问题有关的，只有《明月皎夜光》一首，一首中和这问题有关的，只有“玉衡指孟冬”一句。于是一首一句之在《古诗》，甚至于在汉代五言的全部，如众星显一月之孤明也。当先大将正是李善。《选》注初传，阅世而风流弥盛[①]，那些积年的老话，亦以得了新的援军，而乘机活跃，刺刺不休。凡此种种尘累，譬之打筋斗的孙悟空，跳不出如来佛的掌心，其实好比一觉清秋大梦也。

说到这里，此文中叙述时贤之说与叙述古人之说，已如两线交会于一点，即《明月皎夜光》是。近人张为骐说[②]：

> 五言诗的时代引起了大论战。凡是相信西汉已有五言诗的人，无不拿这一首作“南山可移，此案不可移”的定论。他们不但认为这首作于西汉，而且断定它的年代的的确确在汉武帝太初元年以前。从唐朝起一直到现在，都是这样说。间有一二怀疑的人，也觉无从非难，无从平反其狱。

事情是说得那末严重，可惜这不过一场笑话罢哩。

---

① 如明杨慎《丹铅总录》卷三时序类。清王士祯《带经堂诗话》卷十三典制类，及《居易录》卷十九引阎若璩《博湖掌录》“改岁改月改时解”。何焯《义门读书记·文选》卷三诗。朱珔《文选集释》卷十七。

② 《东方杂志》第二十六卷第二十二号，页九十七。

假如说这是笑话，这句话当真，我们就可以讨论文学史上的问题了，虽然离结论还许很远，至少可以明白我们今日所站的位置。五言诗的起源，老实说，我是一点不知道，因为从一部分没法去知道全体。关于《十九首》的时代，虽然知道一点，可是决不多。我们很可以说在全部《十九首》里找不出一点西汉痕迹，无奈诗不必要带痕迹的，西汉的诗也不一定要带上西汉的痕迹，如玉腕之朱痕，白脸之青记，所以我一点不知道它是西汉，或者不是。东汉呢，碰巧留下一点痕迹，地名，这是不成问题的。至于作者的传闻，如傅毅、曹植、王粲，那与西汉的枚乘，同样的靠不住，我们所知如此而已。假如不加上文学的意念以至于想象，那没除掉这一大堆东零西碎的，带消极性的杂拌，可谓毫无所得。但是反过来说呢，加上第一节中我所谓完整的观念，那末，不怕只有一两个证据，只要他靠得住，我们却不妨大胆地把全部《十九首》以至于古诗都放在东汉，早晚自然也颇难定，但我想怕不会迟到建安的。所谓完整的观念，其根柢虽是文学的，而其用途实是文学史的。这自然是个冒险的办法，但若不冒险，便将寸步难行，亦非人情所堪。把古诗放在东汉可不是较比合式么？此鄙人之所以心喜时贤之说而欲翊赞之也。以下专论本诗，不再旁涉。

（三）众说之误谬

一切的观，以白纸般的观为最，因为作者是预备我们仅仅用这看法来看他的作品的。假如作品不能使我们用这看法看得合式，那就说这作品没有完全，亦决不为过。此理至明，无待取证。倒过来说，凡完全的作物应该没有不可用白纸般的看法看得恰好的，也没有不可以用若无其事的读法读下去的，也没有不可以用什么都不会的想法来想的。这个可以不可以，乃关于作品自身的性质的。至于古今中外言语名物等等差别必待诠释而明，却是另一回事，与其本来性质虽非完全无关，而就其主要之点言之，终无涉也。

但是，仅仅作品的性质不足以决定一切，以外还有际遇，更重要的是际遇。性质是一，际遇无穷。性质为作者在某一瞬间所前定，故为一也。际遇则存乎两方面的缘法，作者虽一而读者无穷，作品虽于一刹里完成而千百年来犹读之未已，故为无穷。作品能各以其本来面目与读者相接，那是不容易的。名作更是不易，总有无数的乌烟瘴气，愁云惨雾，沙罗锦绣，金锁玉枷，……重重叠叠包裹着它，使后之读者没法给它直接生关系，偶然有人想这样干，亦被一个“陋”字给虎回去了。所以它尽管明白晓畅，在我们依然是艰深晦涩，它尽管文从词顺，在我们依然是诘屈聱牙。一切作品之了解，须看其际遇如何，际遇者，彼此相遭也，作品自身亦会发生一种阻力，但多半是他所不能预期的。至于他似乎应有一点儿预期，而他竟不把这预期中的阻力减至最低限，那不是不干，就是不能，不干是他不忠实，不能则必有特殊之情形而成为文学中的极少数，也可以说是例外。

推本穷源是这么一回事，在实际上恰正相反，容易了解的永占少数。又读者的批判只以印象为凭，而他的印象不过万缘和会中之这么一点而已，离一张白纸又有多远。故以世法言之，名言寿世原属可喜，但名言虽是名言，不见得他自己先以为名言的，而竟以名言名，以名言终，此其所以为大大的不幸也。

最不幸的莫如《诗经》，其次则为《古诗》。《古诗》在中国全部的诗中占着崇高的位置，欲作白纸般的看法与若无其事的读法，其事诚难，虽然，窃有所志。其敢云拨云雾而见青天哉，亦曰所志而已。故有时对于先辈时贤以欲回护而不得，遂难免于唐突，当所共谅也。纵曰露才扬己而上下其手，亦所不惜也。此章共述二点：一为善注之谬误；二为众说之谬误。至于个人私见，则于下章详之。

诗的第一障是注。注是诗的切肤之痛，名注尤甚。夫以权威之属克剥吾诗，则吾诗痛矣。李善注是也，后之众谬悉本此而来，故首列之。以下一、二、三、四数之。

善注此诗，其上半首几乎全错了，何止三点，可分为三类：其一假定为根本之谬误，其二、其三假定为缘此而生之谬误。所谓根本之谬误，在于妄生分别，以为“孟冬”有二，而把“玉衡”一句解释为秋七月事，彼虽言之凿凿，在史记上却全无其事，此为考史问题，以轶在诗外，故见另篇[①]，今不具列。此一谬，生善注全体之谬，更以善注全体之谬，生后人无数之谬，故实为众谬之首，而为善之第一谬也。

缘此谬误而生之谬误甲：若未有困难，则任意推演其谬误至于极限，而使自己以及他人查不出其谬误也。既以为诗言孟秋矣，而蟋蟀居壁，季夏之月也，玄鸟归，仲秋之月也。自季夏迄仲秋，虽历三月，而二者之距孟秋各仅先后一月之差，似无所谓困难也。若夫白露降，寒蝉鸣，则《记》分明言孟秋之月，与善注若合符契，是岂但无所谓困难，直添一硬证矣。其以为无困难也亦宜。不知其谬误，已展转相缘而愈深矣。其不明诗意一也，其不明记意二也。《记》言居壁者，言始有蟋蟀也，诗言鸣东壁者，言其最后之挣扎也。《记》言白露降者，言其初寒也，诗言沾野草者，言其将凝也。《记》言寒蝉

① 拙作《秦汉改月论》。

鸣者，言其始变声也，诗言鸣树间者，言其曳残响也。《记》言玄鸟归者，言其乍去也，诗言逝安适者，言其已去也。凡诗之言物候之终者，咸以《记》之言物候之始者释之，于是无一不错。夫以《记》入诗，是不知诗也，以诗绲《记》，并不知《记》也。苟知其一，则亦不得比附矣，惟其两俱不知，故比附之也。比附之不足，则牵引之也，一之不足则再，再犹不足则三，三犹不足，其谬误遂推展至于极限，而将诗中之物候全部算差了一季也。正唯其全部都错了，反而不觉其错也。其遮断后世之耳目，彼虽未必逆知，其错误之孰为因而孰为果，亦不得而确知，而其必为谬误，则以诗文具在，故断乎其可知也。

缘此谬误而生之谬误乙：及觉其有困难矣，则不缘困难而校正其谬误，反以曲说遮蔽之也。上言孟冬，下言秋蝉，是困难也。孟冬虽实为秋，但既曰改历矣，则不得复为秋矣。以《记》文观之，其困难且愈甚。何则？注引《记》曰："孟秋寒蝉鸣。"以字面言之，寒蝉之与孟冬犹相调协也，今奈何舍弃现现成成之寒蝉不用，特点秋字以抵触上文？李善知其不可通也，故曲说之曰："复言秋蝉玄鸟者，此明实候，故以夏正言之。"夫岂其然！以明实候而言秋，其意固欲使诗旨昭明也，今上言冬而下言秋则惑矣，何昭明之有？其不可通一也。且诗仅出秋蝉二字，其意未言也，善固何缘而逆知其意欲乎？

其不可通二也。纵曰诚然矣，而欲明秋候，其道良多，如促织鸣，白露零，况重之以寒蝉，其为秋也亦审，何必言秋而始得为秋乎？其不可通三也。如鬼挡墙，当然事出无因，曷亦反求诸己。以其为曲说所蔽，故终不知返也。

其根基之谬误一，其枝叶之谬误二。枝叶生于根本，而舍枝叶则本根无所庇荫矣。以二者相成，致后人不察，众说纷纭，徒滋疑惑。兹就行文时所见者列之，亦从有关于“玉衡指孟冬”句者说起，而渐及其他。

（一）径改“孟冬”为“孟秋”之谬误也。善虽妄说，未敢妄改也，今竟有并本文而改之者矣，其父杀人，其子行劫，是非李氏所及料也。上言著作之千古传流并非幸事，读者或视为率笔，或谓曰矫情，而不知出于实情也。今果何如？——其说殆始于元刘履。履曰：“当作秋。诗意本平顺，众说穿凿牵引，皆由一字之误，识者详之。”[①]于是后人颇有信之者，如清方廷珪[②]，如近人张为骐[③]，了不得，大家相信这个。他说别人之说穿凿，自己之说平顺，别人是穿凿，他是平顺，可惜

---

① 《选诗补注》卷一。合补注八，补遗二，续编五，称“风雅翼”。

② 《文选集成》卷二十三。

③ 《东方》二十六卷二十二号《古诗〈明月皎夜光〉辨伪》。

有点缠夹二，缠到另一首诗上去了。此一首诗乃萧统以来所未尝见者也。如此平顺不敢领教，以为愈于穿凿未之前闻。张为骐却惋惜地说："此首，惜无善本可资校对，但我深信若得善本，一定是个'秋'字。"我倒不知这善本要善到什么程度始称为善，若善到与李善同时，够不够善呢？所以我说，虽昭明太子亦未曾见，已过谨慎，决非夸大之谈。他还深信哩。然而又说："我的话似乎凭空了一点。"这也太谦。"似乎"二字，似乎大可斟酌，"一点"，岂止！至于改字以后，其平顺或否，原属无庸讨论的问题，却是一个有趣的设想，说见下章。

（二）谓玉衡非衡之谬误也。朱偰曰："况'衡'与'玉衡'原有分别耶？按《史记索隐》引《春秋运斗枢》云'斗第一天枢，第二旋，第三玑，第四权，第五衡，第六开阳，第七摇光，第一至第四为魁，第五至第七为标，合而为斗。'故所谓衡，系北斗第五星，与玉衡有别。"[1]说似成理，然善注引《春秋运斗枢》曰："北斗七星，第五曰玉衡。"其文与《索隐》不同，孰为原文不得而知。朱在前一文中已引过善注中之《运斗枢》[2]，而在此却只字不提。按："衡"与"玉

① 1929年4月15日及22日天津《益世报·学术周刊》。

② 《东方》第二十三卷第二十号，页七一。

衡”非有二也，长言之曰“玉衡”，短言之曰“衡”。《晋书·天文志》曰：“魁四星为璇玑，杓三星为玉衡。”是以“玉衡”为三星之总称，似与朱说相符，而其下又曰：“又魁第一星曰天枢，二曰璇，三曰玑，四曰权，五曰玉衡。”是玉衡又为第五星之名，正与善注引《运斗枢》之文相合，疑《史记索隐》所引脱去一“玉”字耳。朱氏不察，致生臆说。朱又曰：“所谓‘玉衡’，《史记索隐》引《文耀钩》释璇玑、玉衡云：‘玉衡属杓，魁为璇玑。’故斗衡即属第五杓，系第五星至第七星，魁为斗身，即第一星至第四星。”其所加说明，虽与《晋书·天文志》相合，而未深察《文耀钩》之义。夫曰“玉衡属杓”者，连属于杓也，《说文》曰：“属，连也。”（“玉衡即属斗杓”云云，显与古训违异。）曰“魁为璇玑”者，璇玑者魁中之二星居魁之半，故得为魁之别称也。意稍参差，故平列侧出。若二者尽同，则何不径如《晋书》云云乎？古人措词精密乃尔，惜后人之不知爱惜也。

（三）在《明月皎夜光》篇谓玉衡非杓之谬误也。上言玉衡非衡固属谬误，而辄谓非杓，不揣诗意，其误更甚。请质言之。玉衡者，北斗之第五星，居中央之位[1]，而与斗杓相

---

① 《汉书·天文志》，晋灼曰：“衡斗之中央。”

属，故亦为斗杓三星之一，而以之代斗杓，或竟以之代北斗者也[①]。璇玑代魁，玉衡代杓，原是一样，只缘古人忒杀精细了。璇玑两星也，居魁之二之一，故曰“魁为璇玑”，而玉衡者一星也，为北斗之支点，即以之合于斗杓亦居三之一耳，故变其词曰“玉衡属杓”也。朱之误在未辨明此点，所谓“玉衡指孟冬，即杓指孟冬”，却是完全对的。至于并这个也弄错的，则有吴淇，在《六朝选诗定论》上初发此说，张庚《古诗解》因之，而张说尤著。

或曰，“玉衡是杓乎，非杓乎”？曰，“是杓之一小部分而非杓之全体也”。“然则可代杓乎”，曰“可”。“乌乎可”？曰，“子不见夫帆之代舟，鞭之代车乎，此寻常之词例也。以部分代全体故谓之代，全则竟全矣，何代之有”。曰：“玉衡既是杓之一部，其言连属于杓可乎？”曰：“可也。”《说义》徐锴曰：“属，相连续，若尾之在体故从尾。”谓尾非体之一部分，可乎不可乎[②]。

斯固然矣，而窃有进者。旧说北斗七星，星间相距九千

① 《后汉书》，刘昭《补天文志》注引《星经》曰：“璇玑者谓北极星也，玉衡者谓斗九星也。”其说不同。

② 《说文解字系传》卷十六。

里，以肉眼观之，则若流萤聚米耳，其分其合，想象主之。尝疑古人对于七星有两种看法。有看作两部分者，《史记索隐》引《运斗枢》及《晋书·天文志》，《淮南子·天文训》高注是也[①]。但亦有看作三部者，则《史记·天官书》之本文是也。“所谓杓携龙角，衡殷南斗，魁枕参首。”又曰“用昏建者杓，……夜半建者衡，……平旦建者魁”，是又衡可以独立，与魁杓三分鼎足之明证也。说到这儿，似乎吴、张之说未尽谬也，然而竟大谬者，以其不合诗意也。

夫泛言玉衡非杓，未必谬也，然而不可以之说诗，以诗中之玉衡固为斗杓之代语，未有他意也。士衡诗曰：“招摇西北指。”是陆以玉衡为招摇也。善注曰：“招摇指申。”是李以玉衡为招摇也，指申虽非，以为招摇则是也。五臣注翰曰：“斗柄也。”斗柄即招摇也，是李亦以玉衡为招摇也。招摇即杓也。夫语有专言通言之别，此古今之所同也，专言精确，通言泛滥，亦其所同也。析衡、杓为二，见《天官书》。夫《天官书》者专门之业，而《古诗》者普通之言语也，乌得以《天官书》概《古诗》乎？况其所谓《天官书》，又非《天

① 《天文训》“斗杓为小岁”下，高注曰：“斗第一星至第四星为魁，第五至第七为杓。”

官书》乎？

（四）谓“玉衡指孟冬”为非“玉衡指孟冬”之谬误也。这是很古怪的，我的措词亦有毛病，若求详确，当曰：谓玉衡非杓，而玉衡指孟冬实系杓指孟秋或仲秋之代语之谬误也。此与上说为一说，却分别驳之。吴淇曰[①]：

> 《史记·天官书》云：斗杓指夕，衡指夜，魁指晨。尧时仲秋夕，斗杓适指酉，衡指仲冬。然星宿东行，节气西去，每七十二岁差一度，历家谓之岁差。汉去尧二千余年，应差一宫。此时仲秋夕，斗杓当指申，衡应指孟冬。观此诗所用物色，的是中秋无疑，通晓历法者自明。旧注泥定孟冬，大谬。

张庚据吴氏之说而修正之[②]：

> 《史记·天官书》，斗杓指夕，衡指夜，魁指晨。尧时仲秋夕，斗杓指酉，衡指仲冬。此言玉衡指孟冬，则是杓指申，为孟秋七月也。然白露为八月节，“促织鸣东壁”

① 《六朝选诗定论》卷四。

② 《古诗十九首解》，《艺海珠尘》本。

又即《豳风》“八月在宇”义，“元鸟逝”又即《月令》“八月元鸟归”。然则此诗是七八月之交。旧注泥煞孟冬十月，大谬。吴氏据历家岁差法，以为汉去尧二千余年，此时仲秋杓当指申，衡应指孟冬，此说亦未尽然。盖今时仲秋，杓犹指酉也。

二氏之言至为错杂，又在同异之间，故极似不可解，却有三点全同：（一）不信李善注；（二）以为衡指什么是杓，指什么之代语；（三）定此诗之时序为八月（张以为七八月）。张氏之说全本吴氏，但吴氏用岁差之说立解，张却不取。原来十二支配十二月是有一定的，吴却以为十二年差一度，二千余年差一宫，八月原该是酉月，到汉时已变为申月了。《淮南子·时则训》曰：“孟秋之月招摇指申。”又曰：“仲秋之月招摇指酉。”则其为纰缪实明，故张氏驳之曰：“今时仲秋杓犹指酉也。”岁差之说如何不得而知，恐非如吴氏所言。且其说更有不可解者，照他所说，不但须假定斗建之移位，并须假定衡杓间距离之变动。二千年在天象上不是一个怎样长的时候，而衡杓之距离角度乃差至三十，恐非事实。谬误虽显，其状况颇难卒僚，示以言词，恐徒滋纠纷，以二表明之：

吴氏所根据之事实					与其必然之推论			
十二支	尧时为	汉时为	尧时仲秋夕，斗杓指酉，衡指仲冬。	推上一月。	若衡、杓间距离不变，杓指申而为汉八月，则衡指亥必为仲冬，与诗文不合。	若衡指戌而为汉孟冬，则杓当指未仍为七月，与自己之说不合。	故依吴说,衡、杓之距离变动甚大。	不然则玉衡指孟冬乃指尧时之孟冬而言。
未	季夏六月	孟秋七月				杓		
申	孟秋七月	仲秋八月		杓	杓		杓	杓
酉	仲秋八月	季秋九月	杓					
戌	季秋九月	孟冬十月				衡	衡	
亥	孟冬十白	仲冬十一月		衡	衡			衡
子	仲冬十一月	季冬十二月	衡					

从上列第一表观之，知依吴说推论，无一可通者。第二表示吴说衡、杓间角度变动之大，其为错谬不待言矣。然其论旨却是一贯的，如依天象断为八月，则径说本诗之物色为八月是。张氏知杓指申仍是七月，而其结论反同吴氏，其含混不明

之失殆有甚焉。

但我以为最奇怪，且感觉兴趣的，不在这些个，而在他们二位共同的看法想法，他们心眼中古人的说法。如要说斗杓指孟秋，或者指仲秋，那末，说罢。不。偏不说斗杓而说玉衡，偏不说孟秋、仲秋而说孟冬，偏要让你用天文历法的知识来推算。其实不说秋七月、秋八月，而说斗杓指申或酉，那已经算是古意，够笨的了，还不够，还要拐弯抹角，不知为啥。好比有一人到了北京，其行李车在后，要把我到北京这消息告人，却不说我到北京，却说我的行李车到了杨村哩，到了杨村哩。亦有人懂得这杨村就是北京否？汉朝人说话岂如此之奇诡乎？再退一步说，区别玉衡与斗杓为二可也，以玉衡指什么代斗杓指什么犹可也，分明过的是秋天，嘴里却直说冬天，若非狂惑，安有此事。况“玉衡指”以下亦尚有他字可安，何必孟冬乎？故朱偰非之是也，徐中

（十二辰方位）

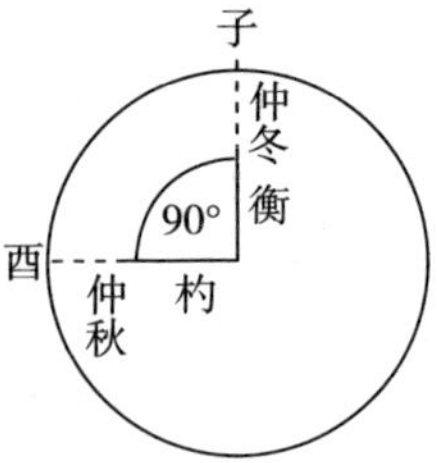

吴说甲

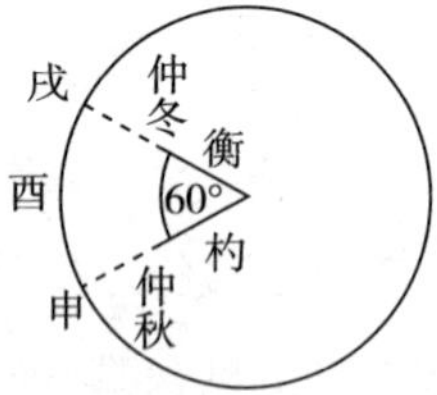

吴说乙

舒信之非也。徐曰："此说据《天官书》以'玉衡指孟冬'即为秋七月，可破前说之非。"徐固主张东汉者，欲破善注而不得其方，遂盲从张说也。

（五）引书不究本源之谬误也。上边说了半天《天官书》，然而吴淇所引并非《天官书》。吴氏误矣，而张庚不知。张氏用吴氏之说杂以己意，而徐中舒又不知。朱偰知之矣，偰之言曰："按张庚所引不见于《史记·天官书》，实无根据。徐君不追本探源，因误就误，未免立论失慎。"（《再论五言诗的起源》）夫《史记》决非僻书，奈何不一覆按，朱言固是，但前人已明之矣。《文选集释》十七曰："余谓《史记》云云，张氏盖约举之。"是朱珔已知张庚所据非《史记》原文也。但朱珔、朱偰、徐中舒皆以为此乃张庚之说，或成之，或驳之，其引《史记》不合原文咎亦归诸张氏，而不知原与张无干，张之失只在因误袭缪耳。朱诋徐为不追本探源，而他自己又何尝追本探源呢。况张庚如一笔抹杀吴氏，攘为己有，则浩浩陈编安得而尽窥之，其忽略犹可原也。今张氏于下文明说吴氏之言如何如何，是彼并未没其所受，则后人引用其文，岂得置之不理，而遽归诸张氏乎？窃谓吴氏之文当分别观之，仅以"不见《天官书》斥之，似未必妥。彼所据虽非《史记》原文，而所谓斗杓指夕，衡指夜，魁指晨"实相当于《天官书》之“用昏建者杓，夜半建者衡，平旦建者魁”，其意固无不合，《文选集释》之言是也。所引《天官书》实至此而止，至尧时仲秋夕以下云云未明据何书，而其非《天官书》之文甚明，吴、张二氏初未以之为《天官书》也。后人随便捉住一个张庚，又随便骂他一气，实在不很公平。尧时仲秋夕云云殆非杜撰，只自愧弇陋，未详所出耳。殆不能与《尧典》“宵中星虚以殷仲秋”之文无关，而或不出于一书，系综合而成者，故不言其所出。在《淮南子·天文训》上有这么一段：

> 行九州七舍，有五亿万七千三百九里，禹以为朝昼昏夜。夏日至则阴乘阳，是以万物就而死，冬日至则阳乘阴，是以万物仰而生。……帝张四维，运之以斗，月从一辰，复反其所，正月指寅，十二月指丑，一岁而匝，终而复始……指酉，酉者，饱也，律受南吕。（庄逵吉校本，按《太平御览》下有注云南吕八月律。）

按此节之文，虽未言尧，其上文却言禹，言禹则尧可知。虽甚迂曲，未足据援，而其所谓“尧时仲秋夕，斗杓指酉”，非同虚构甚明。其衡指仲冬，亦有一迂曲之说。《尚书》孔疏曰："初昏之时，斗牛在午。"[1]衡者斗之中央，据中而言，言斗在午即衡在午，在午者向必子，而子者仲冬之位，故曰衡指仲冬也。其云"初昏之时"与《史记》"昏建"之文合，与"斗杓指夕"之文亦合。但杓是一柄可言指，衡在中央，故记文言"殷"，曰衡指仲冬，略有语病耳。

（六）以汉武前用十一月为岁首之谬误也。此朱筲河说。"'玉衡指孟冬'点时令，汉武前以十一月为岁首，孟冬夏正八月也。"[2]说同李善注，整差了一个月，不知是怎么回事，难道是笔述者听不清楚之故么。

（七）以"玉衡指孟冬"为指方位之谬误也。铃木曰："诗中玉衡示孟冬这位置，乃只谓指方位，其与秋蝉之鸣非必矛盾者。"

（八）措词模棱两可之谬误也。铃木续曰："而初冬与秋晚，于实候相接亦无妨。"其译文不甚明通，大意略可见。夫初冬晚秋实候自然相接，岂但无妨。既知其无妨矣，则上文指方位之说岂非虚设？虚设已非，且属谬误。以其显与诗文相违

---

① 《尚书正义》卷二二"仲秋日在角亢而入于酉地。初昏之时斗牛在午，女虚危在巳，室壁在辰，举虚中星言之，亦言七星皆以秋分之日昏时并见，以正秋之三月。"

② 朱筲河《古诗十九首说》，徐昆笔述，《啸园丛书》本。

也。若诗云“玉衡指西北”，如陆拟作之“招摇西北指”，则曰指方位，犹可说也。——陆诗当然亦是表示时节，不成问题，此就字面上说。今曰指孟冬，又安得谓之为方位乎？朱偰曾驳之：（《五言诗起源问题》）

> 中国旧历法多用星位表示时节，铃木先生谓……实系错误。即就通篇而论，孟冬也很容易看出是指季节，故下句有“时节忽复易”之感。铃木先生又未能必其只指方位之说为然，而又转过来说……这种两可之间的说法，实在犯了逻辑上的矛盾律。

究竟犯了矛盾律没有，因为不懂逻辑，不得而知，但这话大致是对的。

（九）以为古人措词不必正确之谬误也。夫古今虽殊而辞达其诚岂有二哉。乃谓古人措词与今人不同耶？此明升暗降，阳尊之而阴疏之也。沈用济、费锡璜曰：“‘玉衡指孟冬’，或以为‘冬，字当作‘秋’，又以为汉初孟冬仍是秋，然古人诗何尝铸定时日如今人针线乎[1]。”其言殊简，甚不明了，然

① 沈费合著《汉诗说》卷八。

有一点可以确定的，他们以为古人措词不妨含混，不妨闪烁是也。何以不妨，说固不详。与上引铃木说，亦大略相似。他们好像都觉得妈妈胡胡就得。殊不知一个字有一个字的意义，如何妈胡得过。径斥谓不通，或者字错了，蛮横犹不失为有趣。以为妈妈胡胡得，谦卑得好不通也。按沈、费所谓“汉初孟冬仍是秋”殆即指李善；所谓“或以‘冬’字当作‘秋’”殆即指刘履。张为骐在《古诗“明月皎夜光”辨伪》引费《汉诗说》，不提起沈氏，说之曰：“他所引的或人之言不知指谁。”其下即引刘履说，似乎当面错过。且沈、费清初人，乃以其说列刘氏之前，序述程序亦属错误，以涉枝节，故不具列。

（十）虚引浑天仪以说玉衡之谬误也。亦朱偰说（《再论五言诗的起源》）。朱知玉衡之为斗杓也，然而蛇既成矣，奈何添一足，其词曰：

又有以玉衡作为“璇玑玉衡”之玉衡，即中国古代之浑天仪者，说亦可通。《尚书正义》：“璇，美玉也。玉是大名，璇是玉之别称，玑衡俱以玉饰。……玑衡者，玑为转运，衡为横箫，运玑使动于下，以衡望之；是王者正天文之器，汉世以来谓之浑天仪者也。”马融云：“浑天仪可旋转故曰玑；衡其横箫，可以视星宿也。以璇为璧，以玉为衡，盖贵天象也。”是玉衡为浑天仪之指针，故曰“指孟冬”。后魏杨衒之《洛阳伽蓝记》序曰：“……次北曰阊阖门，汉曰上西门，上有铜璇玑玉衡，以齐七政……”可见浑天仪自三代以来。即传之弗替。

谓玉衡又为古代天文仪器中之一种名称固非谬误，但引之说诗，以为“说亦可通”则谬。朱说殆本于《史记·天官书》之《索隐》，彼文于《运斗枢》《文耀钩》、徐整《长历》之下，即引《尚书》马、郑之说，然《天官书》专讲天文，自然于北斗七星之外更须讲到与北斗七星有关之仪器，以明北斗在天文占验上之重要。《索隐》是《天官书》的注脚，当然得引《尚书》注。此诗全记月星草木禽虫，感物兴怀，不知何缘当及仪器，博引旧文，全属虚夸，只乱人意耳。当效其体曰，朱偰先生，又未能必其玉衡是杓之说为然，而又转过来说玉衡又是浑天仪之一部分。这种两可之间实在犯了逻辑上之矛盾律。

（十一）以为东汉人作而诡托汉初之谬误也。此邵瑞彭说，附见张为骐文后①。邵说历法，事涉专门，不敢妄评，以

① 《东方杂志》第二十六卷第二十二号，《古诗〈王衡指孟冬〉辨伪》答张骥伯。

月改春移之说为非，是很对的。文极明通，乃于终篇忽发臆说，致贻尘涴，良足惜也。

（十二）以促织之名未见西汉载记，而定古诗为东汉人作之谬误也。亦徐中舒说。断案不一定错，而理由不一定对，徐评铃木之结论为幸而偶中[①]，而他的结论又何尝不是偶中。徐《考》于此点考之甚详，而朱偰以为误用归纳推理[②]，按朱驳是也。

（十三）于诗文以外别求诗意之谬误也。如刘履《文选诗补注》卷一曰："此虽不言其所以怨望，而责其不援引之意亦可见矣。"已开穿凿附会之风，然犹未大谬也。清姜任脩曰[③]：

> 抚时思自立也。清秋其忽戒矣，物换星移，我友富贵相忘，弃旧不顾，何以异是，虽有同门式好之名，亦无益耳，箕斗罔施，牵牛弗御，鉴此而悟交之不固，人之不足倚也，可不自立哉！旧说以为刺友，然君子不责人以恕己，非徒

---

① 《东方》第二十四卷第十八号，页九〇。

② 《再论五言诗的起源》，见1929年4月15日及22日天津《益世报·学术周刊》。

③ 《古诗十九首绎》，刻本。

朋友相怨己也。

按此诗怨及朋友，诗有明文，注无别解，而姜说以为有思自立之意，则从推论中得来，是求诗意于诗文之外也。其殆摹仿《小序》欤？

（十四）不揣诗意，妄易旧注之谬误也。在“昔我同门友，高举振六翮”下，善注引《韩诗外传》盖桑曰：“夫鸿鹄一举千里，所恃者六翮耳。”说本不误。夫上言“玄鸟逝安适”明指燕雀，则下云“高举振六翮”当为鸿鹄矣。阮籍《咏怀诗》之八曰：“宁与燕雀翔，不随黄鹄飞。”以燕雀比黄鹄，与此诗文谊正同。黄晦闻师注，引《史记·陈涉世家》曰：“嗟乎，燕雀安知鸿鹄之志哉。”殆嗣宗语所本也。其四十一曰：“天网弥四野，六翮掩不舒，随波纷纶客，泛泛若凫鹥。”空言六翮，而与凫鹥对文，当亦指黄鹄，而其显证则有《战国策》庄辛谏楚王曰：“黄鹄因是以游乎江海，淹乎大沼，俯噣鳝鲫，仰啮薐衡，奋其六翮而凌清风，飘摇乎高翔。”[1]是则此诗虽仅言六翮未言何鸟，而其为黄鹄无所疑难，乃刘履《补注》忽易善说：“翮，鸟之劲羽，凡鸟之

---

① 《楚策》卷五。

善飞者皆有六翮。”按此说殆本五臣，向曰：“六翮，鸟羽之飞者，言其高举如鸟也。”其中似有脱文，疑“飞”上夺一“善”字。然善注于义为长，乃以五臣易之，是未达古人遣词之方矣，固不如《文选瀹注》之为善也。但五臣之说亦有所受，见下。

（十五）以秋蝉句为比喻，或以秋蝉、玄鸟二句为非写景之谬误也。刘履说“六翮”虽误，但以寒蝉鸣、玄鸟归为皆记时物之变却不误。亦有并此而误者。何焯《义门读书记》曰：“秋蝉鸣树间，自比如秋蝉之悲吟也。”朱筠河《古诗说》曰：“上文既说了促织，再说蝉，再说玄鸟，岂非蛇足，不知此二句不是写景，乃是其意中所感。秋蝉鸣树，无者忽有，玄鸟已逝，有者忽无，举二物足上句，以见无所不变也。”何氏以秋蝉为比，虽于诗意未尽融会，犹可勉通，朱说之后半“无者忽有”“有者忽无”一段乃袭善注而误，且置不论。若朱所谓秋蝉、玄鸟不是写景，写景则成蛇足，是不脱帖括陋习，真所谓“执山野之夫而与言甘泉建章之巨丽也。”[①] 先秦、两汉之文若是之蛇足亦多矣，朱氏又安得而尽曲说之乎。

---

① 先曾祖《古书疑义举例》序目，《第一楼丛书》。

（十六）以此诗之上半为比喻之谬误也。夫“秋蝉”二句在比兴之间，说为比喻犹可也，然亦有将此诗上半首全部解为比喻者，张庚是也。

> 起八句虽是序时物，然正意已寓。明月曰“皎夜光”，众星曰“何历历”，喻平日之交情耿耿不磨也。“露沾草”，“时节易”，喻朋友之志变易也，伏下“不念”句。“蝉鸣树间”，喻朋友之得所高鸣也，伏下“高举”句。“玄鸟逝安适”，喻己之失所无归也，伏下“遗弃”句。

其为谬妄固无待言，最可笑者，上文既曰八句，则下文当然亦应该是八句，谁知竟不然。“明月”“众星”“露沾草”“时节易”“蝉鸣树间”“玄鸟逝安适”算来算去只有六句。账先不对，何论其他。原来掉了一句“促织鸣东壁”又掉了一句“玉衡指孟冬”，这两句倒不知比喻什么？可惜他忘了说哩。且其中复有一误谬焉，即以秋蝉喻人而以玄鸟喻己，分一意为两橛也。彼为善注所误，宜其有此谬耳。“秋蝉鸣树间”者，憔悴之言，而顾以为欣欣得意乎？此说恰与上引何义门之说相反。

匆匆作文，草草翻书，宁不自省其弇陋，屈指计之已及十六，而善注之误且不在内，夜永灯明，为之怃然。诗人之意如此的难懂么？真不可解也。况后人作诗，往往刻意，其遣词造句，亦每与常言相远，是以玉谿《锦瑟》新城《秋柳》，异代纷纭，终为疑案。揆之《古诗》固又不然，所谓“初无奇辟之思、惊险之句”者①，奈何竟沉晦若是，始知遇与不遇关乎缘法，不可强也。

此诗之症结，在时节一点上，而其他的问题均为枝叶，谓从头数之。李善把孟冬强解为七月，而把一切的物候都解为七月的，但玄鸟归是八月，而蟋蟀居壁，又是季夏六月，俱见注文，他也没有办法。依此说诗中物候虽延及三个月，而实以七月为主，注意自明。那些改字的先生们当然更是七月了。张庚的根据与李善不同，善据历史，庚据天文，而其结论相同，同为七月。至于把北斗星拐着弯儿看，则吴淇之旧说也，所以也不免受吴淇的影响，商商量量，对对付付，算他七八月之交。即断为七八月，亦与善之结论不差什么。吴淇是主张八月的，所以说的是中秋无疑，“明月皎夜光”大约是团圆佳节罢。朱筠河本该说七月的，但他无端算错了一个月，想是老迈龙钟之故。我们以结论为凭，也只好算他八月。说九月的也很古，是

① 沈德潜《说诗晬语》卷上。

五臣注，而闵齐华因之。他们说九月已入十月节气，若以月计，始终只是九月到不了十月（详见下引）。铃木所谓“初冬与秋晚于实候相接亦无妨”，却真到了十月。掐指一算，从夏六月直到了冬十月整整过了五个月，历夏、秋、冬三季，无论古诗古到何等程度，即使有如太古，然而古之视今乃若是之远乎？诗人之意乃若是之恍惚乎？作诗之方法乃若是之奇诡乎？

夫诗中明说“时节忽复易”，固当在两季迭代之候，而又杂点秋冬之字面景物，则其在秋冬之交，《左传》所谓“九月十月之交”乎，似乎是一个通俗的说法，俯拾即是，而无待乎考辨、研究，而前人竟并如此容易如此近情之空谈也不大说，此真不可解也。徐而思之，还怪李善。六朝时并无疑问，疑问之兴，自善始，他少荒谬一点，大家亦许可以少荒谬一大节。现在呢，成为失之毫厘、缪以千里的局面，此时还怨别人，真真是自己摔交却怪地皮也。

（四）正面的说法

凡此种种请约以二语曰，求深反惑，甚难实非，当如风流云散、过眼无迹也。夫不欲求古贤之意则已，欲求古贤之意必以大者远者先之，以公平之心临之，庶几乎其可。谚曰：天下本无事，庸人自扰之。求证一言，请陈三说。

在众说纷纭里，真解不知何在，但有一点却决定可以前知的，假使有真解，必在近而不在远，必在浅而不在深，必在易而不在难，此为说《古诗》的总持，如金科玉律而不可凌越者也。古人若让我们猜谜则已耳，让我们做算学上之难题则已耳，若说作诗，作诗而预备有人来读，则其决不会深会难，亦可想而知。即或艰深，不是某一种特殊的情况，就是作品的失败，亦决不会无原无故的艰深的。以艰深文其浅陋，虽吾辈犹若不屑，而谓古贤为之乎。况《十九首》之为《十九首》，谁不心里雪亮，本无所谓深远与艰难。“直而不野”一语已度尽金针，而诸曲说皆无立锥之地矣。彼直而我曲，彼浅而我深，彼平易而我艰难，于是大拂作者之意而有径庭之失矣。白纸的看法，若无其事的读法，与什么不会的解法，是为说诗的三宝，而流俗未之省也，下士闻道大笑之，非虚言也。“卖弄你有家私”见古人之有珊瑚树、锦步障也，于是把自己家里的破铜烂铁也来摆一个摊子，这怕是粥摊。倒不是因为破铜烂铁的价值不及珊瑚锦绮，你去问他，古人为什么要摆弄这些个，看他说啥。

此一说也，固至明通，而读者疑其无凭，无凭诚是也，且进而说之。此诗之无问题，六朝人都这么想，——自然他是不必说的——决非我的创见。何以知之，以记载推知之。六朝时已有《古诗》的时代问题，假如这首诗有问题，而这问题又与所谓时代问题有关，则当时文论之权威，彦和、促伟之徒，总不该一字不提。把这个态度表示得最明白的是徐陵。孝穆是想从《古诗》里挑出一部分来送给枚叔的，假如这首诗上有西汉初的记号，——那怕是可疑的，他为什么不归之枚乘！现在呢，却完全相反，非特不题枚氏，并不曾入录。然则孝穆当时也许把首怪诗完全忽略了吧。忽略或有别种的原因，如女人们的不爱看，而不成问题亦是原因之一。

此二说也。或曰："子亦误用归纳推理矣，子曾阅尽六朝之记载，并失传的也看过么？"曰，未也，想象之耳。此消极之说法也。没有找着六朝人不懂的证据，因而推断六朝人不会得不懂，此固不实，纵实，也没有什么意思。最好积极地来证明在他们里面，的确有人懂得的，其证在于陆机。士衡既有拟作，至少能证明士衡以为自己懂得这一首诗，否则他怎么拟？或曰："不懂也可以拟。"这就不好回答了。

假如士衡懂得，难道当时及其前前后后只有他一个人懂得吗？这似乎不大近情理。然则径断六朝人曾得此诗之正解（当然不看李善的注），亦不为过，此三说也。

兹已反覆申明，此种看法、读法、了解法之完全正确，以其既合于去古未远六代先辈的说法（古直所谓士衡距建安不过四纪），而又切近于人情与诗的性质也。把这个作出发点，我们才可以解释本诗，亦分三层：明意，立解，求证是也。读者明白我用的方法是演绎而不是归纳，这也有我的理由。诗是性灵之直达，本举而末张，穷源而得委，斯演绎之为善也。若先求证据似乎是科学的，而亦不尽然。证据之不完全一也，不相干二也。把这些一不完全、二不相干的材料归纳起来成为一个结论，其不妥当处不下于演绎所得，殆有甚焉。以不懂逻辑，故不深论。

夫欲明诗意，诗何物耶？亦一种之文字耳。彼胡为乎来？必在文字之先矣。如一张白纸，其后方有墨点耳。圣叹之言曰："离乎文字之先，缘于怊怅之际。"[1]善哉善哉，请三复斯言，此诗之所以为诗也。用"怊怅"二字也不知他是有意是无意，却蓦地与《古诗》关合，妙甚妙甚[2]。他是不是觉着《古诗》之所以为诗，直离诗之本原，无文字之诗直相去一间耳？其可以尽起语言文字之障以障之哉。此犹学者之言语最耐分析，而小孩子的言语则不可也。分析小孩子的言语是罪过也。

文字也，声音也，名物也，成诗以后，则亦粲然备矣。但

① 《唐才子诗》甲集卷一，《圣叹外书》自序。

② 见本文第二章引《文心雕龙》。

不知未有此诗时，亦有所谓文字、声音、名物否耶？若曰不也，则此等陈设，必为作者所特意安排下明矣。详言之，诗中之一树一石，一草一木，一虫一鸟皆所以代表作者即时之心象，而非漫然虚设之，更非特设一障以遮吾人之眼，亦非留下一题目以备今日考辨争执之用者也。夫既曰代表作者当时的心象矣，则为如何之心象耶？多乎，不多乎？必不多也。多亦诚多矣，然亦枝叶耳，其本一也。心象既为一矣，则代表心象之一切，不论如何之博大繁多亦必融合于一点，而后可以代表此心象也。若支离破碎，信如后人之诠释，则决不得仅谓之不好或不通，实在是不可思议也。不知道他究竟为什么要这样说？

文字者，代表心象者也，苟有障碍，不外在其所代表之心象与文字之本身。《古诗》眇邈，以年时之远，文字之障或者有之，如玉衡之为北斗，玄鸟之为燕子，当时虽系常言，于今亦不必人人皆知。若心意之障则殆未之有也。盖《古诗》者虽出于一人一心，一意一口，而实兼会于人人之心之意之口也，是足以冠冕五言，沾溉百世矣。然则除文字以外，更有所谓艰深晦涩者乎，殆未之有也，而纷纭之说，于事为冗赘，于理为不通矣。

此诗之问题虽在上半首，而其作意却在下半首，亦有一毫之可疑乎？未有也。用典在《三百篇》中，不是僻书，而古人用典辄融会贯通，不徒捃摭字面，兹在善注外，另引《小雅·谷风》二章及其序，又《大东》一章以发诗意。

习习谷风，维风及颓。将恐将惧，寘予于怀。将安将乐，弃予如遗。（《小雅·谷风》之二章）

习习谷风，维山崔嵬。无草不死，无木不萎。忘我大德，思我小怨。（三章）

《谷风》，刺幽王也，天下俗薄，朋友道绝焉。（《谷风》序）

东人之子，职劳不来。西人之子，粲粲衣服。舟人之子，熊罴是裘。私人之子，百僚是试。（《大东》之四章）

于“不念携手好”下注引《北风》，而于“弃我如遗迹”下不引《谷风》者，殆以诗文为“如遗迹”三字，而经文只“如遗”二字，若以彼注此，则成歇后矣，故改引《国语》之文耳。但上下既俱为《三百篇》矣，中间一句何故岔到《国语》耶？窃以为此即用《谷风》耳，彼为四言，故曰“弃之如遗”，此为五言，则不得不曰“弃我如遗迹”矣，而此二者皆古人之通言，未必即为歇后也。更追究之，“遗”字从“辵”，“辵”有行道之宜，则“如遗”者，殆即“如遗迹”也，长言短言之别耳。“遗”之训忘，反是引申之谊，而非其夙也。序文又妙合本诗意。或曰：子不尝疑序乎？若序出东汉，其视此诗孰前孰后未可知也，诗人未必得见，见亦不必就用。然而窃有说。即假定为卫宏作，宏之作序固亦未必一个人乡壁而造，则其所造作，适足以明汉人之普通看法如此耳。故序文之作者虽难定，而引用则又无妨。

《邶·北风》曰："北风其凉，雨雪其雱"，"北风其喈，雨雪其霏"。《小雅·谷风》曰："维风及雨"，"维风及颓"，"无草不死，无木不萎"。皆肃杀景象，虽不可泥，而其为秋冬也甚明。《谷风》以今与昔比，见世情之薄，身世之悲，《大东》以东与西比，见尘泥之判，荣悴之殊，虽谓此篇之意即具彼诗之中无不可者，于是以参互而愈明矣。

诗之前一半特明时序，准上文一切境界皆非泛设之论据，则所点节候固当为即目，而与作意相宜者。我们不妨只从"诗意"去看这时序问题能不能解决，若不能骤决，能否得到一种解决的起点。夫秋士善怀，又曰宋玉悲秋，则畸愁之子见景生情，殆莫逾于秋矣，殆莫逾于秋深矣，——虽然见春物而感伤者，诗亦有之，"所遇无故物"是也。但我们本不说非秋不可，我们更不说春女勿悲，只是说处子飘零，盛衰反覆，仓皇弃妇，流水东西，于斯时也，寒螿欲尽，寒露欲凝，有不悲从中来，泣下沾襟者乎。是则诗意如何虽不可备知，亦可得而略揣矣。——虽然，更详论之，自唐以来，其问题集中在这一点上，其谬误亦集中在这一点上，欲不详论，亦不可得也。

观上述群言，名为自六月自十月，而亦须分别观之。怕不见得有人真心主张六月。虽善注引《礼记》之文，明曰季夏，但他却不曾说“明月皎夜光”是六月半而不是七月半。下文且以孟冬为七月，故六月之说犹如临阵虚晃一枪，并无实义也。

七月说是旧说之主力，却无一是处。孟冬非七月，一也，就算他是七月，那“玄鸟归”还是八月。夫《记》言蟋蟀居壁者六月也，言玄鸟归者八月也。六月是七月之前一月，八月是后一月，虽是一样的远近，然而六月可通，八月不可通。何故？彼蟋蟀自六月居壁，至七月犹居，可也，（这也看“居”字的训诂，现在姑且曰可。）玄鸟到八月才去，说七月已去，不可也。七月之时燕子应犹在耳，乌得曰“玄鸟逝安适”乎？此李善之解所以不得不增字也。

夫说为六月或七月无是处矣，说为六七月之交如何？以“时节忽复易”观之，六七月之交非即夏秋之交乎，善注所谓“寒暑易节”也，其可哉。仆则殊未见其可。诗人方以节序之凋残，见劳人之凄恻，若夫炎暑乍阑，温风未劲，秋花秋草，犹媚迟阳，虽晚岁将临，而盛年则未远也。文字的关会是偶然的，而诗意是必然的。与诗意枘凿，故不可从也。况与文字亦未尽关会，其不能解于“玄鸟”之文自若也。故说为六七月之交，不见得比说为六月或七月少一点困难。

若夫八月则正当燕子归时，明月的夜光很像中秋，促织秋蝉点缀秋光者也，白露，八月节气也，然而对于“玉衡指孟冬”句无法解释，“时节忽复易”句亦无法解释，以其正当一季之中央也。以为七八月之交，情形差不多，没有什么两样。说来说去，现在只剩一个九月，一个十月了。是九月？还是十月？——不，这个问题不是这样子看。纯乎其为十月亦是不可能的，我们只应该问在九月之中呢？还是九月十月之交？夫诗文既曰孟冬，则后说自必较长，而亦颇难定，暂且阁一阁再说。

好像讲这首诗的都有一个毛病，不是有意无意的把时间拉成这么一长段，就是含混其词。拉成一长段的，如善注中举七、八、九三月之物候，而以七月为中心浸淫及其前后。含混其词的，如张庚之七八月，铃木之晚秋初冬——九十月。立说虽不尽同，而其为不分明则一。彼等所说之时间或为含糊的一大段，或为含糊之一小段，而诗中之时间却决不会是一大段，亦不会含糊，应是分明的一点或明确的一小段才对。我们要露骨的问：“到底在什么时候？”

其错误之来源不得而知，似不外乎两个原因：其一，出于本诗；其另一，是比较上得来的。本诗忽而说东，忽而说西，于是就把时间拉长以对付之。如说为七八月之交，便比说为八月的滑头得多。你说孟冬怎么样也不会是八月，他就说，我是七月。你说七月燕子还没有走呢，怎么是七月，他说，我是八月。好像一个贼人躲在两国交界的地方，东面捉往西面逃，西面捉往东面逃，然而我们不能说这个人不是贼。如张庚，依他的论据本当断为七月，但把话说回来变成八月，而又斟酌为七八月之交。凡此谬误皆缘只看诗文未明诗意之故。

然我们疑惑，更有一种错误是从比较研究上来的，言时序之诗，莫先于《豳·七月》。大家会不会多多少少受这个影响，在本篇如张庚《古诗解》引“八月在宇”释“促织鸣东壁”。在《十九首》中，金圣叹引“一之日觱发，二之日栗冽”释“孟冬寒气至，北风何惨栗”[①]。二氏所释错误与否且不管，是不是把《古诗》或明或暗地当它《七月》看。

我想这话怕不很清楚，有再说一说之必要。我不反对以《七月》来注此诗，任何材料皆可以作注，奚独屏《七月》，假如他注得对。怎样才算注得对？合于诗意一也，自圆其说二也。自圆其说者前后一致也。以张《解》为例。“促织

---

① 《唱经堂古诗解》第十八首：“首句呼，次句应，即《豳风》觱发栗烈，先叙风，次气，但句倒耳。”

鸣东壁”是“八月在宇”否，此关于诗意者也。以自圆之义言，既引“八月在宇”矣，就该把这诗释为八月，若以为孟秋七月，则无缘虚引“八月在宇”之文，分明之理也。而今不然，一诗之说，一人之言，忽而七月，忽而八月，此则不独明引《豳风》之文，实兼暗用《豳风》之义。又上举圣叹之说更明，以其不在本篇中，故勿详耳。再不然就是《月令》。《唱经堂古诗解》说本篇曰：“叙法可匹《月令》。”斯其证也。

夫用《七月》之文可也——古诗源出《国风》苟犂然有当，不亦可乎！——而用《七月》之义则不可，此犹之引《月令》以说《古诗》可也，而即以《月令》之叙法为《古诗》之叙法可乎不可乎？比较参证则愈失，博则愈谬。此非比较参证也，鄙谚所谓“缠夹二”而已。《月令》者时宪之书，《七月》者民俗之歌，其对象都是一年，所以东说西说，如“九月授衣”下连“春日载阳”，“五月鸣蜩”下接“八月其获”，此不但无妨文义，且属有益也。但我们普通做诗，却难得碰到此等题目，大都是即景。见什么说什么。你见的是春三月，那就说他春三月罢，你见的是秋九月，那就说他秋九月罢，绝对用不着把这一点的时间拉长为一段的。《古诗》虽古，而情理总也一样，他也不过在秋天，发发牢骚，骂骂人而已。后人做这题目，却从六月直做到十月，可谓小题大做，做得周到。

我觉得有把诗中之时序放在一个位置上的必要，或者是一点，或者是明确的一小段，绝不应该胡拉混扯，把自己的不懂得，来剥削他人懂得的机会，而将极平常的话语，硬看做一桩疑案。先把话说明，再依文立解，而疏证之。我以为他写的九月还只是半个多月，其时间自九月上旬至九月底。是谓一点，是谓明确的一小段。诗意及立说之大较已明，请引原文备释之。

此诗可分四节，每节四句。“明月皎夜光”者，九月十五前后之上半夜。“促织鸣东壁”，草虫就暖，《国风》曰“蟋蟀在堂”，“九月在户”者，是也。此二句于文义上合为一句，“三五明月满”也，月明星稀也。“玉衡”者，斗柄。“指孟冬”者，九月将尽也。“孟冬”者，十月，曷为不言十月而言九月尽？全诗皆记九月，下复言秋蝉，故知其为九月之末，而非十月之初也。“历历”者，星明且多也，殆无月耶。此二句亦为一句，“四五蟾兔缺”也，其实候在九月下旬之黄昏。以众星承北斗之文，其词例与《诗·召南》“嘒彼小星，三五在东”盖同[1]。

其二节之首句，单承一节之上二句；二节之次句，兼承一

① 《召南·小星》，毛、郑以三五为心噣。虽未必是，然谓三五大星而与小星对文却是。前作《读诗札记》。是朱而非毛、郑误。

节之下二句。“白露沾野草”是寒露也，或霜降之交，九月之上旬，上文所谓“明月皎夜光，促织鸣东壁”也。“时节忽复易”者，由霜降而立冬也，九月之下旬，兼“玉衡指孟冬，众星何历历”言之也。节气有早晚，不必如此齐整，而况诗人之笔，观其大意，节气早也。“秋蝉”者何？寒蝉也[①]。奈何不言寒蝉，变文也。曷为变其文，以九月限之，九月秋也而已立冬，故为残蝉也，而“鸣树间”者，残响也。注以寒蝉释“秋蝉”是也，以为七月之寒蝉非也。

“玄鸟”者，燕也。注以为八月事非，张庚《解》承之亦误，此虽本《月令》[②]，而未会诗意，固不如引《大戴·夏小正》所谓“九月一陟玄鸟蛰”是也。舍大而从小，则舍近而求诸远矣。纵以玄鸟归为八月事，而所谓“逝安适”者，本不言将[③]，则不可泥于八月也。“逝安适”者，无所适也。

此二节皆写景物，而固若有层次，由外而内，由远而近，此言之析也。约而言之，即目而已矣，古意其未远乎。若以一节为写景，二节为意中所感[④]，则失之于凿，固不如失之于浑矣。

---

① 见拙作《九月鸣蝉解》。

② 亦见《吕氏春秋·仲秋纪》《淮南子·时则训》。

③ 注引《吕氏春秋》“若将安适”，诗固不言将也。

④ 朱筲河《古诗说》，本文第三章众说谬误之第十五。

直至第三节，方说到别人，引黄鹄为喻，这方才不是即目，而是比喻。自此以下，“弃我如遗迹”比也，“箕”“斗”“牵牛”无一不比。北斗者，玉衡也，似复而不复。其不复何也？词本无碍一也，虚不犯实二也，有所受之三也。若就其所受观之，亦足明其为秋也。末句把《大东》上面的哑谜儿给叫穿了。

通体皆明秋景，竟似将“玉衡”两句抛却矣，至末节斗然接上。《古诗十九首绎》引蒋湘帆云：“众星历历，先伏箕斗牛女，故末段忽看众星，指点虚名。”张庚《解》曰：“箕斗、牵牛虽借喻朋友之无益，亦是应上玉衡作章法。”按《古诗》平直，而后人每以草蛇灰线埋伏照应说之，恐未必合。然平直便无可讲，要讲，不得不迂回，此解颐之难，而惬心贵当之尤难也。

上为吾说之正文，以下请分疏而证成之，但未入本论以前，拟就分节一事稍稍说明。夫一片心声，自然流露，而说文章者，每不免强主界画者，何也？曰，说也。文家喜分段者，莫如圣叹。圣叹之分此诗也，与此正同。其《古诗解》第一首总评曰：“而诗家毋论长篇短幅，必以四句一解为定体。后人见古之乐府，则注曰一解、二解等，余悉不注，遂妄谓其体有异焉者，不知乐府以示伶人，使知音节停顿处耳。若学士大夫心知其事，奚烦赘论哉。”其所谓“解”实与乐府之“解”迥异，故其与人书曰："'解'之为字，出《庄子·养生主》篇所谓解牛者也。"[①]而吾友则曰："'解，字无义，疑是译语，乃胡曲所用之称"。[②]其违异如此。

本篇袭用圣叹分解之实而不居其名者，盖以为"章""解"示音乐之节而不必尽合于文义也[③]，又以为此工师所为而非著作之本然也[④]。且章者中国之旧，解者胡乐所用[⑤]，解有与章合者，有不合者[⑥]，有甚长者[⑦]，有甚短者[⑧]，宜圣叹之不用而自作主张也。但既出新意，又袭旧名，徒滋混淆，窃所不取。又《古诗十九首》之曾入乐否，今不能定，则

---

① 《唐才子诗》甲集卷二"鱼庭闻贯"。

② 《清华周刊》第三十九卷八期，朱佩弦《乐府清商三调讨论》。

③ 《宋书·乐志》载曹丕《燕歌行》七解，其分解与文义相错。

④ 《乐府诗集》卷二十六："当时先诗而后声，诗叙事，声成文，必使志尽于诗，音尽于曲。是以作诗有丰约，制解有多少。"

⑤ 同书卷二十一《横吹曲辞》："李延年因胡曲更造新声二十八解。"

⑥ 同书卷二十六：凡诸调歌词，并以一章为一解。《古今乐录》曰："伧歌以一句为一解，中国以一章为一解。"王僧虔启云："古曰章，今曰解。"

⑦ 同书卷二十八《相和歌辞·相和曲》有《陌上桑三解》，《宋志》入瑟调曲，分解同。一解二十句，二解十五句，三解十八句。

⑧ 同书卷二十五《横吹曲辞》所录曰伧歌，大都一句一解，而《陇头流水》之第三"手攀弱枝，足逾弱泥。"曰四解，是一句且两解矣。其下又引《古今乐录》曰："乐府有此歌曲，解多于此。"

其如何分解更不可知。《宋志》及《乐府诗集》俱载《西门行》，其晋乐所奏与《十九首》之第十五颇相合，而其本辞反差远[①]，此甚可疑，兹不具论。

既知后人分解，与乐府之“解”无关，则纯乎其为一种主观的看法而已，圣叹所谓“必以四句一解为定体”者，在音乐上诚必不然，而在文义上反不能必其不然，盖四句一转实为诗中最普遍最自然的段落。以《国风》而论，“章四句”者几占全体章数百分之四十八，合之《雅》《颂》其比率虽较小，亦占百分之三十四，可见大凡也。今姑依之述说，读者其勿以辞害旨斯可耳。

先说“明月皎夜光，……玉衡指孟冬，众星何历历”三句，当以《孟冬寒气至》上半首比较观之。杨慎曰：“汉袭秦制，以十月为岁首，汉之孟冬，夏之七月也。其曰‘孟冬寒气至，北风何惨栗’，则汉武改秦朔，用夏正以后诗也。”[②]慎袭善误，故分两诗为异代之作物，今既知其不然，上文又已明

① 同书卷三十七《相和歌辞·瑟调曲》有《西门行六解》，并附本辞。《宋志》同，注云：“一本‘烛游’后‘行去之，如云除，弊车羸马为自推’，无‘自非’以下四十八字。”其所谓一本即同《乐府》所载本辞，而不合《十九首》，疑两辞相若而固非一诗，后人绲而一之。

② 《丹铅总录》卷三，时序类。

完整之意念，不妨较而论之。彼诗曰："孟冬寒气至，北风何惨栗。愁多知夜长，仰观众星列（一节）。三五明月满，四五蟾兔缺（二节）。"所记时节为十月初至十月二十，与此诗记九月上弦后至月底不同，兹约述彼诗，再明其同异。

"孟冬"以下十字，圣叹分读，殆误。一夜北风冷，此平常语耳，在文义上自当一句读。"愁多"以下，乃十月上旬之后半夜，上弦月已西沉，星明之象。三五一十五，四五得二十。此虽毫无问题，但比较起来，却不然。

第一问，既为约略同时之作，彼之十月何其冷，此之十月何其暖？此为读《古诗》者最易起疑之一点，仔细思之并无问题。（一）那诗明说，起了大北风所以才冷，不见得每个十月初都是一样的冷。（二）节气有早晚，在闰前者恒晚，在闰后者恒早，或作二诗时同在闰后乎？故《明月皎夜光》于九月下旬交立冬，而《孟冬寒气至》当十月上旬已在立冬之后矣。此虽悬拟而无可证明，但夏正节气与月分每时有差违，《月令》"正月"孔《疏》曰："雨水者谓节气早，月初雨水也。雉雊鸡乳于《月令》在季冬，若节气晚，亦得退在正月。"①

① 《正义》之文系说易通卦验者，未必合，此节取其义，以明节气与月分不必相应耳。

是其证也。（三）此诗名为十月，实说九月下旬。一个在十月初，一个在九月底，虽差得并不多，毕竟差个一点儿。（四）此诗不但说九月底，并说九月半以前，若以九月半来比十月初，其冷暖之殊，更属当然者也。况观“促织”“秋蝉”二句并非不冷，只是不曾骤冷耳，并见下。

第二问，从何而知“愁多”二句是十月初，而“玉衡”二句是九月底？我想，读者的怀疑怕要集中在这一点上，二者之文同曰“孟冬”，而异其说耶？诗曰“孟冬”而说为九月耶？我心知其困难，然盼望读完了再下判断，我想说得再明白一点。夫九月底之与十月初区别甚微，诗意难详，而孟冬总不该是十月，此立说之纤巧迹近穿凿，而他人之疑无足怪也。我们先看月亮能不能给一点帮助，这恐怕不容易。所谓“众星列”“从星何历历”俗语所谓满天星斗也，有没有月亮呢？也很难说，仅可知其没有圆月，至于有无一钩新月或者一点儿缺月挂在天边，实在难说。而我们所要的，是一点儿月亮都不许它有；然后一个才真是十月初，一个才真是九月底；这那儿办得到！所以不能从月亮得到推断，反须从其他推断这月亮之有无。换句话说，毕竟落入文义上的揣测这一途。

依文义观之，彼诗首节为十月初无疑。“愁多”二句既在“孟冬寒气至”之后，又在“三五明月满”之前，两端夹定，文从词顺，欲不为十月初不可得也。“知夜长”当是后半夜。十月初之后半夜当然不会有月，此“仰观众星列”之所以确系无月也。但“众星何历历”如何？可以“仰观众星列”之无月推论其亦为无月乎？曰，未可也。这种飞越之想是很危险的。

故彼句虽至明，此句之疑自若，未尝因之而明。若说为九月，则历历众星其旁无月，说为十月，添得一弯眉月。九十月在两可之间，而上文交代有月无月亦在两可之间，以两可推两可，譬诸连环。既是连环，不妨在任何一点上去打破的。

我们不妨武断“众星何历历”为无月，却是假定的，留待将来把全诗分疏了再说。虽属假定已颇冒险，虽颇危险亦有缘由。上文已言推论之险如桥之垮，然今仍不免于推论者何耶？以两诗实有一致之词例故。或从有月说到月缺，《明月皎夜光》也。或从无月说到有月，《孟冬寒气至》也。彼诗自月初而月半，而到二十，其月儿由眉儿皱而妆儿就，而庞儿瘦，其词蝉联而下，则此诗殆亦然耳。想不会从月半跳过月底而到下月初，想不会从圆月，跳过缺月而说新月罢。况他亦未说有新月，我们疑其或有新月耳。已知“仰观众星列”之无月，则“众星何历历”之有月无月虽不能因此而定，而其无月之或然性殆必较有月为大也。这些固够不上论据，然够不上论据的，不见得够不上假定。

或曰且慢！上文忽言无月，忽言缺月。夫缺月有月也，何言无月？曰，以“玉衡指孟冬”观之，则缺月即无月也。何以明其然也？以玉衡为斗杓知之也。《史记》曰：“用昏建者杓。”杓指孟冬黄昏之景，其时若在九月下旬，缺月尚不可见，而缺月即无月也。客曰，夫玉衡之为斗杓，亦只一种说法耳，未必为定论，诗文明为“玉衡”，不为斗杓或招摇，安知玉衡之是杓乎？安知玉衡之非衡乎？《史记》之下文曰：“夜半建者衡。”安知其时不为夜半而有缺月乎？

把话说了半天，话又说回来了。上文详述鄙见，以玉衡为斗杓，今足下仍欲强说为第五星之玉衡，亦无所不可，所谓“衡者，衡也”，原决不会得错的。可是有一件，其下不得曰指。不观夫《史记》乎，一曰“衡殷南斗。”再曰“衡殷河、济之间。”请注意这个“殷”字。晋灼曰：“衡斗之中央，殷中也。”宋均云：“殷，当也。”可见“衡”不当言“指”，它无可指。言“指”者，必是一个柄，斗柄是也。明乎此，无惑乎玉衡之为斗柄也。

第三问，何以知其一为下半月之前半夜，一为上半月之后半夜？此一问也，其解释已详前问，兹依文义补充一点。依文词惯例，若非特别提明，皆当为一般的。如曰“春”，不明其为何春，则不当为残春。今曰“夜”而不明其为何夜，则亦不当为残夜。“愁多知夜长”，系特别提出的，故方知其为后半夜。此诗仅泛泛的写秋宵，何由知其为残夜，况有“杓为昏建”一证。即其上文，时虽不同，亦系黄昏景象。

第四问，“三五明月满”既为十五矣，而“明月皎夜光”却近上弦，何也？夫词例毕同者可以相注，而在同异之间只堪互喻耳。如于一月之间光阴迤逗，此其所同也。而彼诗以数目字示之者，此诗则否，是其异也。故在彼一见而知者，在此必迂回说之，非好迂回，不得已也。如“玉衡”二句，可晚至十月初，不会早到九月二十，虽非有显证而无所疑难，然欲知其为何月何日固为不可能者，即其比较准确的大略之候亦难知也。

“明月皎夜光”亦然耳，以白话译之不过是“好月亮”。顶好的月亮总该在三五夜，然在此欲证其为三五，其事大难。盖自上弦后以迄下弦，皆得谓之“明月皎夜光”也。然不能确定其为三五者，当亦不得确定其居三五之后抑居其前也。今顾擅定为上弦左右者可耶？安知其非月半或月半后耶？

在此有章旨或句法之异，关于章旨者见下，兹先就句法明之。“明月”以下十字不可分析，实为一句。上半句疑出《诗·陈风》其词曰：“月出皎兮。”毛《传》曰：“皎，月光也。”殆即为“明月皎夜光”之来历。《古诗》与经文相应，只言月光，未言何候，此其所同也。依《传》《笺》之谊，以光辉与美色，十分圆处，或以满月为尤宜，而此篇有“促织鸣东壁”之下文，虽其究竟亦不可知，而上弦以后却是最适合的假想也。

蒙壁而独言东，说者谓为向阳就暖，于时秋也，风露已深，短日余温，其消逝殆必甚疾，暨夫宵永，则四宇同寒，而何东壁负暄之有。今言东壁必西照，言西照者是乍去也。日乍去而月出，则当为银痕渐满之月，并特与下弦绝不相蒙，即与“望”亦非类也，并详下释“促织”“白露”句。

四问既答，然而客曰，“吾终不能无疑也”。“亦有说乎？无说也。”“亦有故乎？无故也。”只是在这儿疑。“孟冬”怎么也不会是九月。——这倒难了。虽然，疑得有理，吾无怨焉。子纵勿疑，吾恐天下后世之疑也。请于三问之外更申吾意。

夫措词必求明清，无间于今古与夫知愚贤不肖者也，曾言之数矣。《古诗》作者虽入世难详，循其遗文为之兴感，则其人殆绝代之才也。以绝代之才措词，奈何其不明且清，乃为鄙人作考辨之资而重君等之惑乎。斯可明其决不然者。但事无显证，而吾子多疑，又事之无可如何者也。——虽然，窃有譬焉。子不病夫秋冬之差乎？“然也”。则请学刘履之法，径改二字如何？其文曰“玉衡指季秋”，……子亦颦蹙矣！此何故也？“九月倒是九月了，不大像句话。”如何而像句话？“玉衡指孟冬”是也！何惑之有焉。

要说出这“不大像句话”的缘故来，不大容易，却很有趣的。若与上文连为一句罢，上句月亮那么大，下句星星那么多，是怎么样的光景呢？若说不连罢，又是什么时候？说是九月初，那末倒上去了。倒说上去，有时也可以，但在这儿的确不大像倒说。若亦说为九月底，则“玉衡指季秋”句根本不通。何故？九月为季秋，月初是，月半也是，难道直到九月底玉衡才指季秋吗？难道“明月皎夜光”的时节玉衡指的不是季秋吗？此不通之尤，古贤措词，其若是之谬乎。

客曰，非古贤之谬也，吾子谬耳，“玉衡指季秋”纯属妄想，故言虽辨而无实谊。且上文曾说过“玉衡指以下亦有他字可安”，所谓他字者，何字也，非“指西北”乎。指西北可乎？曰，此难言也，乌乎可，乌乎不可。曰，此言何谓也？曰，文章各有其作意，遣词所以达意也，合乎作意者谓之可，不合者谓之不可，今空空而问可乎，故勿答也。用“玉衡指孟冬”之意而不作“玉衡指孟冬”之文，则乌乎可，若不用“玉衡指孟冬”之意，则不用其文乃当然者，又乌乎不可。故可与不可一也。“玉衡指孟冬”只是“玉衡指孟冬”也。在天上当然不会真有秋冬，方位而已。依前图观之，九月戌而十月亥，戌方为西西北，亥位为北北西，言指西北，不亦可乎。士衡即如此拟的。但士衡虽系拟作，却有他的意思，而不必尽同于《古诗》，故在陆诗中见其可者，在《古诗》未见其可。《古诗》作者自有他的深意，故不泛言西北，而特发孟冬之文。

其深意何在？谢曰，“不知也”。悬而揣之，名深其实不深，不过想说得明白而已。其他深意仆又安知之。其涉及下文者，当于下详之，其涉及二诗之比较者，当于说陆拟作详之，其与上文有关者，今请说之。夫指西北之与指季秋，意义上差不多少，在此地，指季秋既然大不妥当，则指西北之不会妥当，多少可想而知。九月初九月半，斗杓早已西北指了，故欲说九月的下半月，非特下“孟冬”二字不可。惟其说“孟冬”，上承九月，全诗点染秋痕，这方才是确切不可移的九月底。不是九月底更是什么？——想不到是十月。既然无论怎样，总归要“缠夹”的，那末挂个日历，一天撕下一张，岂不干脆。可惜古人不知有此，而去做诗，亦一痴也。

客曰，子言虽辨，岂必诚然。夫“指西北”“指季秋”之种种未安，若出于作者之口，吾无间然矣，若会以读者之心，庸讵知其然耶？况彼此之分，破一者不必成其他，欲恃“西北”“季秋”之破，以代“孟冬”之成，不亦惑乎。至其明通与否，仍一准其本身之措词。夫九月非孟冬，而以孟冬示九月，则其招致误会，固属当然，其责任实由古人负之。退一步说，即古今人兼负之，而今人之罪薄乎云尔。今藉巧言为古人卸责，反于今人之认真者致其嘲讽，纵天花可以乱坠，而顽石不肯点头何。

应之曰，固执这一点子，此真无奈也。——虽然，九月必不得为孟冬乎？是亦不然。请引旧说。《文选》五臣注张铣曰：“上言孟冬，此述秋蝉者，谓九月已入十月节气也。”[1]闵齐华《文选瀹注》因之，文字略同[2]。所谓十月节气，立冬十月节是也，九月已交立冬，故曰指孟冬也。前人即有此说，亦未可据为重言，但五臣注在此一点只据诗文立解，不复谬举史事重其纠纷，虽羌无实据，而其明通实远出善注之上，惜后人多为注家之博闻所眩，不深察诗中之情理耳。

按此诗最大疑点，在于忽而言冬，忽而言秋，其文交错，不可卒理。若引“秋冬之际”一语以断之，虽弥近情，而听者

---

① 《六臣注文选》卷二十九，杂诗。

② 《文选瀹注》卷十五，杂诗。

勿餍，其意若曰，示秋冬之际可以用一种更明且清之表现法，而无待乎交错。有交错之文，必有其意，有交错之意，斯有交错之文矣。此二者实不可析。节气有早晚，前已言之，兹再申数语。夫夏正者兼用太阴之历也，而二十四气准太阳者也，故节气与月分交错无定。如以月分言之，九月为季秋，十月为孟冬；以节气言之，则季秋终于霜降之末候，而孟冬始于立冬之日也。一般的说法，霜降为九月中，当于九月半交霜降，立冬为十月节，则当于十月朔立冬是也。然事实反以参差不合为常，不须远引他书，一查日用历本即可知之。故九月不妨已立冬，十月不妨犹在霜降。若九月立冬，虽季秋之月，而论节气已为孟冬，此秋与冬之一交错也。若十月霜降未已，虽孟冬之月，而论节气仍为季秋，此又一交错也[①]。诗文虽错，而其如何交错不能骤定，揆之诗意，固以九月已入十月节气者为长，此五臣注之所以为佳。换言之，其所以见采，并非当作证据，只是原情察理。此文虽亦罗事证，而必被情理所融会贯通，而后始敢引用。读者若以时尚的考据文字之例绳之，必将病其

① 先曾祖《自述》诗："小寒未届犹非腊，还是玄枵月内生。"注曰："余生于道光元年十二月二日，距小寒尚两日，故星命家仍作子月论也。十一月为玄枵月。"

架空，此咎吾何敢辞。惟说诗必先情理，区区之意亦守之良坚耳。

只看一句，除却文字声训以外殆皆不可知，如月节交错之为何种，及可能的说法会实现否之类。不但此也，“明月皎夜光”不过月亮好，“众星何历历”不过星星多，文义虽最明白，而其不可知性实与有疑义者相若。盖必融会全篇之旨，而后始得明一句之义也。然全篇之旨，亦不会从天而降，仍当为字句所积累。二者相待而成。以下请历数全篇所记物候之为九月，横梗着“孟冬”一句，而九月立冬这句话自然会从嘴里跳到纸上的。我就是这个主意。

上边拉下一句“促织鸣东壁”，就从这句说起。促织这个名称，不去讲他，与诗义有关的，只“鸣东壁”而已。善注在此闹了一个和“秋蝉鸣树间”差不多的笑话。引《春秋考异邮》“立秋趣织鸣”，又引《礼记》“季夏蟋蟀居壁”。这个笑话说起来也很长。在《考异邮》上有了一个“鸣”字，但并没有“壁”，《考异邮》言“鸣”不言“鸣壁”也。《礼记》上“壁”字有了，“鸣”又没有，《记》言“居壁”不言“鸣壁”也。就算“鸣壁”有了，却掉了一个“东”字。“东”字很重要，为甚不注？古书上有孟秋之月，或季夏之月“蟋蟀鸣东壁”这句话吗？一定没有。李善满脑子的七月，见《考异邮》上说立秋，立秋，七月节也，把它引了来，又看见《月令》，那更好了，连“壁”字都有了着落，殊不知完完全全不是这一回事。不讲《考异邮》，讲《月令》就够。

先看《月令》在《吕览》《淮南》中之异文。《吕氏春秋·季夏纪》曰：“凉风始至，蟋蟀居宇。”高注：“阴气应，故居宇，鸣以促织。”《淮南子·时则训》：“季夏之月……凉风始至，蟋蟀居奥。”[①]高注：“《诗》曰：‘七月在野。’此曰‘居奥’，不与经合，‘奥’或作‘壁’也。”高氏殆以为“居宇”即“鸣”宇，“居奥”即“鸣奥”，故言“不与经合”，此足为善说张目，或其说所本欤？

在《礼记》中之《月令》其文微异，曰：“季夏之月……温风始至，蟋蟀居壁。”风有温凉之别，所居有“宇奥”“壁”之异。《礼记》之文如何解释？《正义》曰：“此物生在于土中，至季夏羽翼稍成，未能远飞，但居其壁，至七月乃能远飞在野。”又《毛诗·豳·七月》《正义》曰：“蟋蟀之虫，六月居壁中，至七月则在野田之中。”又曰：“《月令》季夏云蟋蟀居壁，是从壁内出在野。”居者居于壁中，与在不同，《诗》云在野，《记》言居壁，事不同，故文别，高

---

① 奥为西南隅，非东壁也。

以为违异者，孔以为相成，按孔说是也。《记》言居屋壁之中者，始有蟋蟀也，《诗》言由外而内，将无蟋蟀也，义各有当，无缘相妨耳。宋罗愿《尔雅翼》卷二十五曰：

蟋蟀……一名促织，以夏生，秋始鸣。《周书》："小暑之日温风至，又五日而蟋蟀居壁。"《易通卦系》曰："蟋蟀之虫，随阴迎阳，居壁向外，趋妇女、织绩、女工之象。今失节不居壁，似女事不成，有淫佚之行，因夜为奸，故为门户夜开。"《淮南》则云："蟋蟀居奥。"奥者，西南隅也。此寒则渐近人，《易通卦验》曰："立秋蜻蛚鸣，白露下，蟋蟀上堂。"《诗》曰："蟋蟀在堂，岁聿其莫。"又曰："七月在野，八月在宇，九月在户，十月蟋蟀入我床下。"自七月至十月入床下，皆谓蟋蟀也，言将寒有渐，非卒来也。而说者解"蟋蟀居壁"引《诗》"七月在野"以为不合，然今蟋蟀有生野中及生人家者，至岁晚则同尔。好吟于土石砖甓之下，尤好斗胜辄矜鸣，其声如急织，故幽州谓之促织。

说较"疏"详，足成《疏》说。小暑为六月节，《逸周书》云云与《诗》文远隔，若曰相违，则相违甚大，若曰不相违，恐未必相干，善注若舍《月令》而引《周书》，“促织鸣东壁”当在六月初，而“明月”句犹在其前，是当为六月半，不合更甚。知“居壁”之文故与本诗无关，此一说也。鸣壁不必居壁，居壁亦是鸣壁，居而不鸣事亦有之，然苟不鸣何由而知有蟋蟀。然其鸣也，当为始鸣，《通卦验》之文是也。始鸣之说显违本诗之旨，此二说也。《通卦系》言居壁，虽未言居于壁内，而其下曰“向外”，则上之居壁为居于壁内可知。又向外斯在野矣。足明孔疏之意，此三说也。罗氏所谓说者非他，殆高诱也。罗说蟋蟀甚详，其意若曰，田野间有蟋蟀，人家亦有之，虽曰六月居壁，七月在野，其实到了七月，人家家里不妨还有蟋蟀，直到岁晚（即岁暮），斯固寻常，而明通之至矣，此四说也。蟋蟀居壁之义差已明矣。

夫蟋蟀微物耳，其步伐安得如此之整齐，其举动何尝按照经典。“八月在宇”，一定在宇，“九月在户”，一定在户，十月一定到了床下，近一步不成，远一步不会，世间安有此事。“促织鸣东壁”，略观大意可也，如张庚所谓“东壁向阳，天气渐凉，草虫就暖”即够。欲求甚解，必致穿凿。

其别解又如何？则曰——若以经文证之亦合。此非蟋蟀之准经文，乃经文之准蟋蟀也，而《古诗》作者记蟋蟀之实，又不违午经训也。其作诗之顷未必没有《蟋蟀》《七月》之文之印象与联想，故欲以经文诠释之未为不可，惟不当引《礼记》《周书》耳。壁之碰壁也，不过偶然，“好吟于土石砖甓之下”，其性然也。蟋蟀老爱在墙根下叫，真真没有办法。假如六月自壁而出，从此不往那儿跑，那一提起墙壁来便知道是六月，岂不干脆，其奈蟋蟀他不肯何。就算他肯了，《古诗》也没法解为六月的。

《七月》曰：“八月在宇，九月在户。”“蟋蟀”毛《传》曰：“九月在堂。”毛以为在户与在堂，初不相违也。《正义》曰：“堂者室之基也，户内户外总名为堂。《礼运》曰：‘醴盏在户，粢醍在堂。’对文言之，则堂与户别，散则近户之地亦名堂也。故《礼》言升堂者，皆谓从阶至户也。此言在堂，谓在室户之外，与户相近，是九月可知。”《七月》，《正义》曰：“八月在堂宇之下，九月则在室户之内。”户内户外之地既总名为堂矣，则“在堂”之为户外户内未可知也，而以《唐风》九月之蟋蟀为户外，《豳风》九月之蟋蟀为户内，岂豳土晚寒欤？抑蟋蟀亦分槛内人与槛外人欤？疏家循文立解，未可泥也。

夫对言堂户有别，散则无别，《疏》言良是。“蟋蟀在堂”明系散言，足摄《豳》诗之义，而在宇在户则为对言，未违《唐风》之文。且地有寒温，节有早晚，房舍有深浅，即一在户内，一在户外，信如《疏》言，亦未尝不可，而为草虫就暖之征，初无二致。今诗言“鸣东壁”者，亦就暖也，其义相若。若以“九月在堂”释之词意相会。若引《豳风》，事在九月上旬，与“在宇”“在户”之文均不违。以文字言之，与“宇”尤近。《七月》《释文》引《韩诗》云“宇，屋霤也。”以诗意详之，与“户”尤切，因为实在怕冷得可以。若问怕冷为什么不到屋里去，那也许汉朝的蟋蟀没有周朝的那末乖巧，或者生得格外硬朗，再不然，汉朝的屋子来得比周朝的严密。

要说这首诗中的天气不冷，实在不见得，“鸣东壁”之“东”字可证。蛩吟四壁，何独言东，东壁向阳，善哉解颐，他凑合着西去之微阳也。夫西去微阳，曾几何时，而思凑合之耶。微物促阴，良足悲也。上言“斗杓昏建”，今详此句知所叙明月之夜亦黄昏时分。以东壁可亲，知夕阳西下之未远而秋夜之未遥也。言暄轻者，即寒重也，是九月也。乃可说为六月乎？

“白露”二句宜断。先言“白露”。白露可说为七月，善注是也，可说为八月，张解是也，说为九月者，可成鄙说。凡秋露皆为白露，七月已然，八月然，九月犹然，以本诗言之，则九月之白露也。寒露为九月节，霜降为九月中，故寒露当在九月朔，交霜降在九月半。但节气有早晚，而诗中节气之候或稍前如五臣之说，则时虽值上浣而已近霜降矣。

善注似不须再驳。张庚看了白露，就想起白露节来，未免性急一点。白露是白露，寒露也是白露，甚至于初交霜降，也未始不是白露。何以言之？《蒹葭》，《疏》曰：“八月白露节，秋分八月中，九月寒露节，霜降九月中。白露凝戾为霜，然后岁事成，谓八月九月。”再引本诗，一章曰：“蒹葭苍苍，白露为霜。”二章曰：“蒹葭萋萋，白露未晞。”三章曰：“蒹葭采采，白露未已。”毛在一章曰：“白露凝戾为霜。”[①]在二章曰：“晞，干也。”在三章曰：“未已，犹未止也。”郑在二章曰：“云未晞，未为霜。”其申毛义尤为明白。准诗文及《传》《笺》，三章当分作两组，二三两章较早，故犹未为霜，首章则“蒹葭苍苍”，居然“白露为霜”矣。

然三章亦只在这两个字上有分别，其他文义悉同。即其上“蒹葭”三句亦然。《传》曰：“萋萋犹苍苍也”，“采采犹萋萋也”。若诗人果以“为霜”与“未晞”“未已”看作两个境界，如孔《疏》所详[②]，则其上蒹葭之状貌何为不分

---

① 《蒹葭》疏引《礼记·祭义》郑注，训戾为燥。

② 孔疏曰：“此以霜降物成，喻得礼则国兴，下章未晞，未已，言其未为霜，则物不成，喻未得礼则国不兴。此诗主刺未能用周礼，故先言得理则兴，后言无礼不兴，所以倒也。”

出层次？愚以为霜未晞云云，亦不过变文叶韵以起章，而未有深意也。今且不辨其为一为二，而此诗之白露不必是八月初之白露节甚明。《传》曰：“白露凝戾为霜，然后岁事成。”岁事成是九月，（详见论陆拟作“岁暮”条。）而孔必兼及八月者，并据“八月萑苇”之文耳，又安得一见白露，即断为白露节乎。

空空的“白露沾野草”原不知其在何时。上引《秦风》不过说白露有状九月之可能耳，至于这可能是否在《古诗》中实现了，《诗经》无由取证，仍当视其在本篇中之意义而定。鄙意与其说为“白露”，无宁说为“寒露”，或寒露霜降之交，以无显证，故不敢引《蒹葭》作注耳。

“白露”句解释虽比较简单，与“时节忽复易”相连，则颇不易释。依文诵习，有若蝉联，而鄙说分为两橛，此有可疑。请申吾说之所以然。“时节”句与上文之是连是断，当以本句之如何解释定之。兹先释本句，再明其连系。

“时节忽复易”者，俗语所谓交节换气也。何节何气，循本句不得知。在全诗所记物候的可能范围内，寒露交霜降得谓之交节换气，霜降交立冬亦得谓之交节换气。然而以交节换气释“时节忽复易”者，实鄙人之杜撰，而不可为典要也。诗言时节，不言节气。时者，四时也。曰四时而无缘涉及冬春、春夏，故非夏秋，即秋冬矣。善引《列子》曰：“寒暑易节。”亦以此句为四序之迭代，不仅交节换气而已，以主孟秋之说，故引“寒暑”之文。若舍孟而就季则必释为秋冬之际矣。以交节换气言之，则霜降立冬之交是也。上连寒露，下逮立冬，“白露”以下十字，必读为两句矣。此就名理之连锁而定其句读也。然吾逆知读者殆仍不能无惑，再陈二义，其一以本篇之上下文明其关系，其二以《十九首》他篇及他书之出《十九首》前者及其后者明其词例。后者明其可然，前者示其宜尔也。

第一解又分两层说：

（一）就首节所已知者直接明其宜为两句也。两句在九月半前者不成问题，两句九月底前者有点儿问题。但其问题只会得晚，不会得早，我在这儿正要他晚，越晚越好，越分得开。首节四句以不同时而分为二，则次节之承上者之为两截，亦其宜也。或曰，古人亦有起承转合乎？“此乌得无”。

（二）以上下文夹定一句之义，间接明其宜为两句也。上文为“玉衡指孟冬”，下文为“秋蝉鸣树间”，中间夹着一句“时节忽复易”，其为秋冬之际，非常明白，而“白露沾野草”，无论说为白露、秋分、寒露，以至于霜降，反正拉扯不上冬字，一句有冬，一句无冬，说为文义上之两句，谁曰不宜。说为承上，有何不可。

其又一解则曰君不病两句之分两截乎，则一句若分两截，恁当然更看不惯了，然而古书上的确有的。《易》曰：“履霜，坚冰至。”言其所由来者渐也。《古诗》之义夫岂不同。秋宵月霁，白露泠泠，去日可亲，微虫知恋，而曾几何时，星回于天，岁云暮矣，阅履霜而践冰，遂抚节而兴怀也。以同义之文，一句可分两节者，而两句顾不可耶？五字可分二读者，而十字反不可耶？推而广之，二十字之可分为两节，则十九首有之。其“东城高且长”曰：“回风动地起，秋草萋已绿。四时更变化，岁暮一何速。”同在《十九首》中，取譬尤近。窃以为“回风”两句犹“白露”一句也，“四时”两句犹“时节”一句也。凡此固仅比喻不堪作证，然于彼勿疑者，于此多疑，何哉。

既是譬喻，亦不妨引稍后之词例。此词例骤视之与吾说且颇不利。阮籍《咏怀》曰：“凝霜被野草，岁暮亦云已。”句法语意视此相同。“白露沾野草”者，“白露未晞”也，“凝霜被野草”者，“白露为霜”也，霜露虽别，而凝霜寒露相去几何。“时节忽复易”，上文释为九月，而岁暮固九月也，两相比照，同点甚明。

今阮诗，两句连绵而下，而在《古诗》中则分读，是同例异说也，读者疑之，与吾说虽颇不利，而亦不欲深讳也。——然二者果尽同耶？若不尽同，其与吾说固未始不利也。辨析细微，则区以别已，慢说白露凝霜多多少少有点儿差异，即曰无差，而其下“时节”“岁暮”之句决不相同。吾非谓其纪事不同也（皆为九月），其表现之方法不同。阮作系承上的。已止也，与始对。上言“西风吹飞藿，零落从此始”，由《易》之“履霜”；下言“凝霜被野草，岁暮亦云已”，由《易》之言“坚冰至”也。然坚冰是十二月，此迄于九月者，《汉书律历志》谓“毕入于戌”是也。质言之，合嗣宗彼诗上下四句之义，始与此二句相当，故在彼两句一转者，此则一句一转，“凝霜”二句，只示零落之终点而已，其字面虽同，其意义未必合。

再明本篇之句。夫既曰一字千金，斯一字不可放过也。以秋冬迭代或寒暑易节释“时节易”则可，释“时节忽复易”则不可，忽复二字未有着落。言忽何也？言其倏忽而已然也。上文所谓曾几何时，星移物换者，忽也。不曰由来以渐乎，其言忽何也？渐斯忽矣。来以渐故人不觉，人不觉而实来，故曰忽也。顿渐两途其归则一，谓二非一岂通论哉。复又也。改则径改矣，何又之有？又者泝洄之词也。曾几何时，方自夏入秋，复曾几何时，由秋而冬矣，是以言又也。阮诗两句犹此一句，两句共为一点，一句迤逗如线。此线之终点虽当于后二句合成之点，其另一端在泝洄中者，则绵绵若未有际也。此言似玄，以今言释之，不亦明乎。其一曰："草上都是霜，到九月什么都完勒。"其另一曰："野草上的白露未干，怎么又要过冬天啦。"或一语直下，或异境互见，则其句读有连有断，不特因文理之固然，且为名理之必然，初未尝以私意妄生分别，而又何不可之有。是明此一例，貌似不利，而实与吾说甚利也。

"秋蝉鸣树间"如何？这是曲折有趣的。很早如李善就注意这一点，在上章曾以三不通斥之，而我今仍不免逆揣古人之意，读者在此致疑，实属应该之至。然谚不云乎，"戏法人人会变，各人巧妙不同。"且看过再说。

这个问题不仅曲折，又很麻烦，幸已另详《九月鸣蝉解》一文中，在这儿的文字得以比较简洁，虽然也并不见得怎样短。从最初的一点看，秋蝉者泛称，七八九月皆谓之秋，而二秋之蝉又统谓之秋蝉。秋蝉究竟有几种，我当然不知道，据说只有两种，蟪蛄，寒螿一名寒蝉。就算他只有两种，是两种中的那一种，不知道。秋为何秋，蝉为何蝉，一概不知。——并非不知，因他不说，——并非不说，他说过"秋蝉"两字的。

但他并不只说"秋蝉"两字。假如他只说"秋蝉"两字，多一个字不肯添了，那我们的了解只能止于此，再进便是冒险，而掉到穿凿附会的陷阱里去。幸而是一首诗，不光光是“秋蝉”，诗有意，且有上下文的，我们难道就无可说，无可想的么，此决不然。我们不妨从已知推及未知，更从所推得的未知，明已知中之未尽知者。我们不妨一步一步的做。

上文说过首节皆黄昏景象，退一步说，谁不知道这是夜景，不但有夜的描写，即以比喻言之，亦繁星丽天矣。知为夜景就够，从这一点看，那只或那些只的知了当是寒蝉。《埤雅》卷十一引《风土记》曰：“蟪蛄鸣于朝，寒螀鸣于夕。”斯其证也。申言之，秋天的蝉不妨有两种，而秋天晚上叫的蝉只有一种，故“秋蝉”虽为泛称，而被晚夕等字限制了，便有所专斥。而值得我们加以理会的却正是那有所专斥的，并不想把秋日所有的蝉，逐只逐只的讨论它，辨证它。

境界虽略有进步，犹病其虚。从秋蝉其名寒蝉其实，但寒蝉鸣候约三四个月，并不单在一个月里叫。然则斯秋也秋七月乎，秋八月乎，秋九月乎？一点都不知道。——以诗意详之，则秋九月也。有远邻，亦有近邻，若先言远者，“玉衡指孟冬”是矣。

君不道“玉衡之文多疑，今何堪作证”。兹所根据殆与疑义无干耳。夫所谓疑义者何也？九月底与十月初不能确定是。分别言之，九月底可疑，十月初则否，既曰孟冬如何不是十月？在此则释为九月可也，若为十月尤佳。试想其情，蒙九月而言秋，固九月也，蒙十月而言秋，独非九月乎？七八两月之距十月，固视其距九月为尤远也。“玉衡”之文虽多疑，而我们却站在不生疑义，即不受疑义的影响这一点上，故不失为完全。其引“孟冬”以明“秋蝉”之秋为秋九月之秋，实属无可包弹者也。

近邻亦可以帮助我们的了解。但其地位即被那远邻所确定，只可当作连合的一组看，却不能算他两个。“时节忽复易”是也。这没有多大意思，好处在他的近。上方言秋冬之交，下面紧接一“秋”字，则此秋何秋，真人人所宜共见耳。

故秋蝉者，秋九月之蝉也。知道的已不算少。我们不但知道在晚间只有它叫，并且晓得白天没有别的叫。你不是刚才说不管白天的知了吗？为啥又管？没有好比画上的空白，顶重要不过。于彼文中证明九月这一个月，实在没有别的知了在叫，只有寒蝉。既然黑夕白日只有一种知了叫，那太奇怪勒，他为什么放着在叫唤中的那一种知了的名字不用，颠倒用起泛称来？一言蔽之，为何不用寒蝉而用秋蝉？

解答“为何”，必须冒险。所谓“知前车之既覆，忘改辙于后乘”，又曰“尤而效之，罪又甚焉”。翻车不妨认命，效尤须稍辩护。解诗而重其惑吾之过也，辩护亦不得已耳。

曾以三不可通斥善注之一点，而今沿袭其误，亦有说乎？

有之，请陈二说。若其他详吾文中者，读者当审之，而无取乎哓哓。即此二端亦不必说，恐或有不达，遂说之耳。善之孟冬非孟冬也，实系孟秋，然而名冬，既名冬又言秋，恰似今人阴阳并用，故滋淆乱。又全篇秋景，作意已明，其点秋蝉，故非必要。今吾言孟冬真孟冬也，与善注出发之点既异，则推论当亦不同。于彼为不可者，在此未必不可，于彼为不必者，在此或有必需，不得以彼之失，证此之同失。此一说也。若非鱼不知鱼乐，斯彼此古今所同，善特未言其了解之缘耳，仆之献疑或稍鲁莽。然既不言矣，其不能无疑，殆为人情所许。今仆方将历叙其了解之缘，则为是为非当所共见，以为是则信之，以为非则斥之，可也，而又何疑焉。此二说也。

遂决意越此空间矣，其事诚险，然不犯之，那便走不到什么地方，只好在立脚点上转圈子。为什么是冒险呢？这儿带一点猜心思的玩艺儿。昔贤心事难详，而从一点点的文字因缘去猜，更是笑话。我觉得有把历程说得仔细一点的必要。

要猜心思，得先问了有没有心思，假如没有，瞎猜岂不可笑。但古人在此有无用意亦无由得知，却可恁另一点推知之。一点维何？“秋蝉”为变文为特笔是也。上已证明这只知了的确是寒蝉，不曰“寒蝉”而曰“秋蝉”者，是变文也。如何是特笔呢？假如“寒蝉”是个不适宜的用语，那末，虽变其文而不得曰特笔；再假如“秋蝉”在文字上没有一种刺激性的，那么“秋蝉”“寒蝉”之间或系随便用的，未必有何选择，其文虽变而亦不得特笔。现在都不是，洵特笔也。特笔岂无用意，惟其用意固不可骤知耳。

承上“孟冬”之文，“寒蝉”宜适而“秋蝉”则否。今屏其适当者而用其似不适当者，又舍其名实相应者而取其不甚相应者，则不但当有用意，且有苦心，不但当为特笔，且为无奈之笔。如何苦心而无奈，猜得着只怕未必，而无的放矢则吾知免夫。不必再低徊作态，把话说明白了就算。

第一当假定作者之意已尽文中，苟书不尽言即为失败。以文义详之，殆非“秋蝉”不得明白也。这或是个人的偏见以至于错误，但我确是那么想的。上一句冬，下一句秋，秋冬相犯，何言明白？盖缘相犯而明。夫缘相犯而明者，其意义即在相犯之中耳，与我们以“盛衰”“兴亡”为不难懂相若。夫既曰衰，何言盛，既言兴，何言亡，然而世无人惑之者，以其意义本在盛衰兴亡之际也，言盛勿明，言衰亦勿明，故兼言而明之，兼言之而始得明也。

喻耳，孟冬衰矣，秋蝉不必盛。但恁岂不觉得秋天的蝉到冬天才格外可怜，或快到冬天，方觉秋蝉之声之凄惨。此待尽之哀鸣，而非始作之歌吟也。此有限之清光，而非无边之秋色也。是使思妇游子动“骄人好好，劳人草草”之感慨者也。上言秋而下言冬者，犹“岁月忽已晚”也，上言“冬”而下言“秋”者，犹“所遇无故物”也。若无“孟冬”之文，则此“秋”字为无意义者，全篇都是“秋”，“秋”上再安“秋”，斯赘疣矣。既有“孟冬”之文，则此“秋”字为不得已者，以“孟冬”之实在感觉，非缘比照不明，当言“秋”而不言，则暧昧矣。吾所谓“非秋蝉不得明白”者，其意不过如此，实为常谈而非暗解也。

客曰，诗意良然，不待子言矣。揆之殊途同归之义，以一得明者，不必隔绝其他可明之道，故子诠“秋蝉”是也，以为非“秋蝉”则不明非也。即“寒蝉”亦明。曰，愿闻子之说。曰，本来是寒蝉么，其合于事实，一也；冬天总是冷的，其与孟冬之文相应，二也；所谓时序之感，用寒蝉可以示之，是与诗意不违，三也。曰，请详其三。曰，子不言寒蝉到十月，便不叫了么，寒蝉到十月不叫了，而现在快到了十月，则其悲哀已明，何必秋蝉而情始悲，何必秋蝉而意始明乎？曰，寒蝉之文之善诚如尊旨矣，而诗人竟不之用何耶？曰，不知也，吾以为诗人殆偶未之审耳。曰，此大不然！

夫诗人之意不可知，然有一点决定可以逆知者，即“寒蝉”二字，其出现于诗人意中，必居“秋蝉”之先是也。夫舍初念而用转念，则必经过一番衡鉴，而初念之不知转念实明。——至少，诗人以为不如。如初念固佳，即无转念。即初念已佳而又有转念，亦终必舍转念，更转而就初念也。子言当否吾不敢言，若未审之说，断断乎以为不然，期期然以为不可，是未达遣词之力，不独厚诬古人已也。

曰，然则如之何而可？曰，吾故言其必有一种原故也。苟思得其故，则迎刃而解矣。夫明某之是与明非某之非，其归一也。今申其不用“寒蝉”之故，而其用“秋蝉”之故差已明矣。在此固不妨擅定可选择的只此两个也。

子之第一义，“寒蝉”之胜在于得实，然“寒蝉”固实，“秋蝉”不违实，以“秋蝉”为通名足包“寒蝉”也。故此点实无庸讨论。二三两义均有意思，且从相应这一点说。子言相应何谓也，岂不以冬天为冷天而“寒蝉”为冷蝉乎？此又未免太简，乃貌似之应非真应也。“若以水济水，谁能食之，若琴瑟之专壹，谁能听之。”貌似之谓也。以文章言之，必应合于作意，始得谓之真应。凡意为两点者，其文斯异，为一点者，其文必同。以同明同，以异明异。以异明异者，且以貌似之不相应为佳耳，如盛衰为二，兴盛为一，欲言盛衰者概不得以兴盛代之是也。子以“孟冬”与“寒蝉”为相应，怪诗人之不知，而殊不知诗人正缘其太相应了而始弃之不用也。故子所谓相应，实是不相应，而所谓不相应，却是相应，看得颠倒了，故所得结果遂与事实相反矣。

若曰，即论文义，“寒蝉”庸讵不合，则涉及第三点矣。窃以为二者实无缘并存，而第三之义已被第二所否决也。夫二者之间固未必有冲突矛盾，以所示之方向略异，即无缘并存耳。事最微细，难期通晓。今请略陈其旨。夫言“寒蝉”与诗文相应者，似孟冬可有寒蝉也，而言其与诗意不违者，似其时将无寒蝉也。文既相应，意又不违，措词之善宜莫逾此，而诗人竟弃之不顾，必有说也。盖虽若具二妙，二妙不相兼耳。夫可有之与将无一也，其言二者不可得兼何也？有无不可得兼故也。其上固有限制形容之语，于有曰可，于无曰将，迹弥近矣，而有无之不兼存并立故自若也。在几微之间矣，而可有还是有，将无还是无，有非无，无无有者，其界存也。虽毕竟只是一事，以有界存焉，而说者之动向斯别，有往积极里说者，有往消极里说者，其端不过毫厘之异，其致遂有径庭之远矣。在此若用“寒蝉”，文字似往东，而意思却往西，究竟何往，于是东西不可得而兼矣，似乎往东又似乎往西则惑矣。

可有与将无之为一者，就其事实言之也，若就其代表之情思与其连系之一切，则犹之东西相近而不可兼往也，黑白相邻而不可互易也。且如其无不同也，则用其一必舍其一矣，今于一般之言词中二者并存，其为不同，其为二可知。夫在一般之言词中，缘二而得并存，则其在特明一意之中，或正缘此而不得并存矣，不得并存而有时可以互易者，词之粗也，其终不可以互易者，词之析也。在此正是分析之一例耳。

上陈三义，其一为无关紧要者，而其二其三未可并存，故皆为虚词。然即舍却就二者关系上立论的“不并存”这一点，仅考察其个别之性质，仍见其纠结而未有何实义。其第二义之所谓相应真是不相应，而第三义之所谓不相违又未必果不相违。夫不相应者，则相违矣。

子不言“寒蝉”不违诗人之意耶。夫有情违者，有貌违者，有俱违者，有俱不违者。文章之义取法乎上，固当以俱不违为佳耳。必情貌之不违，斯言词之无阂矣。恩人必见其人，物物必如其物者，非必有其他谬巧，唯践形为能尽性，而精诚之至通乎神明也。不得已而思其次，其惟貌不违乎。夫情可违乎？其曰貌不违者何也？盖貌不违则情必不违，情不违者，貌不必不违，故举貌而情见，举情而貌之见与不见未可知，今言貌不违则其俱不违也可知矣。一意分作两层说也，极明“貌不违”之宜为警策耳。

夫貌者，貌而情者，实也。“寒蝉”之文，不违作意而终相违者，非其情违，其貌违也。其鸣候迄于十月这是一种事实，若蒙十一月十二月而言寒蝉，是情违，是不通，而貌之违不待言。今若承“孟冬”而言“寒蝉”，固不违情实矣，然细思之，未必不违貌。貌者面貌也，一见而知之，斯可谓不违貌矣，譬诸吾人交友倾盖而欢若平生也，譬如吾人作恋，初会而似曾相识也。俗语谓之“这个人面熟”。故曰“秋蝉”，则其叫犹不叫见而知之；若曰“寒蝉”，则必思而知之矣。见而知之，面貌熟也，或声入而心通，或相视而笑矣。思而知之，其人何必不佳，而以面貌之或者不很熟，则欠亲切味而欠醒豁矣，今夫文章固以此二者为第一义也。故可以见而知之者，不待思而知之，而可思而知者，仍必以见而得知为贵也。见直而思曲也，此文家之通义。直而不野，怊怅切情，则《十九首》之所以为《十九首》也。

此微细之别也，然未始无别；不须较量了，亦未必不须较量；此言似晦，然亦未尝不明白，文从词顺而已，用“秋蝉”比用“寒蝉”，格外醒豁是也。君亦承认否？假如不承认，我没有话讲，假如承认了，恁亦不必多疑。虽只好得一点，毕竟好个一点，他为什么不让他的文字好一点，反而让它差一点，此理君亦堪证否？

夫言“寒蝉”之不当用与“秋蝉”之当用，言中之意相若，则其变文之故差已明矣，今请更端作结。全诗皆秋也，不必言秋而始为秋，其言“秋蝉”何也？上文有“孟冬”字样故，上言“孟冬”而下言“秋”，固似淆混，然不言“秋”则淆混更甚，盖全诗所点秋景纯出虚摹，若点明“孟冬”而下不言“秋”，则有一起被拉到冬十月之危险。所谓一起被拉近乎夸饰，当分别观之。其中一大部分是不容易被拉的。如促织按说九月便该进房，今言“鸣壁”尚在室外，九月可通融，十月较难牵引。白露晚不过“霜降”。玄鸟归于八九月异说，无说为十月者。其有被拉之可能，原只有一只寒蝉，而这只寒蝉却被诗人抹倒，诗固言秋蝉不言寒蝉也。于是全篇所记物候皆为九月矣。

寒蝉是唯一可以拉扯到孟冬的名物。却被“秋”之一字给限制住了，似朦胧之中加以界画也。自非泛泛笔。全篇皆秋九月事，则夫“孟冬”者，殆虚言乎。曰将交孟冬者，未然之词，而曰秋冬之际，含混之语也。然而非也。全篇虽记九月仍不足以明孟冬之虚，先以上文所陈同异辨之。秋非冬也，若“秋蝉”与“孟冬”为一境，“秋蝉”既实，“孟冬”斯虚，今二者既为异境，则“秋蝉”纵实，“孟冬”不必为虚，或足明其有实，使“孟冬”非实，其实为秋，是与“秋蝉”同而不异。此虚实之分待于同异之辨也。若曰将交冬令，此亦不然，孟冬之文言指不言将，乌得为未然之词。若含混其词尤无足取耳，以其忽而言秋，忽而言冬，遂折中为秋冬之际，虽与常情相会，却无实谊可言。

于是我们不得不说这孟冬真是孟冬。夫孟冬有二，其当作十月讲的最为普通而似实在，其当作立冬讲的比较罕见而似虚玄。兹舍一般而用特殊之例，又说秋冬对文，而秋为九月之秋，冬非十月之冬，读者病之。

夫秋冬异说，疵纇分明，或之诚是，故宜先答。七八九月之为秋恒言也，“秋蝉”亦泛称也。“玉衡”句却是天象的一桩事实，固当有所专斥，若以为九月而未交立冬，则孟冬之文，于义全虚。若曰将然，诗固未言，且亦无缘逆探。若说，不管立冬与否，一到十月就算孟冬，此亦未为不可，然又不合本诗之义。其前其后已被九月之物候密裹重围，欲岔至十月，而其道无由。五臣之说现现成成的放着，为什么不拿过来用。

虚实不可不辨，又孟冬是实非虚，诚然矣。但若以十月之孟冬为实而视立冬之孟冬犹虚，却与事实相左。上文注中引吾曾祖之诗，说他生在十二月，却只好算十一月生人，此种区分，星命家皆知之。四序皆准太阳，以太阴历之十二月分配四时原不能尽符，故以节气划分四时，专门之语，而以月分配合之，则普通之言。“秋蝉”是通言，释之以通言，指“孟冬”较近专门，释之以专门之言，虽不必如有如《天官书》，此缘文立解，文异故说异也。如说“秋蝉”为霜降节中蝉，则人皆笑矣。

句义既宣，更以章旨明之。“秋蝉”句未尝无义，而以为确指什么则凿。若以一节为写景，二节为意中所感，三节为本事，四节为本意，甚合后人之法，大非古人之旧。夫古贤之文，文成法立，成文之先，未尝有法，称心以为好，枝节求之偏其反矣。然积字成句，累句成章，斯则同耳，故无起承转合之法者，未必无起承转合之意，此在善读者观其领会，而无待乎谜谈也。

首八句，皆即目也，必分别其为景为情，实有类乎蛇足。即就本节言之，“白露”二句，亦示景光迁逝之速耳，其意实已具上节之中，乃可异其说耶？说为世态炎凉固与诗意不合，而以为人情反覆，亦诗人所未言，皆所谓师心自用，乡壁虚造者也。“秋蝉”一句，夫岂不然。必如何义门之言，斯亦未见其可。以“促织鸣东壁”句较之，即明白矣，此二句意思一样，句法亦同，所不同者，促织无义，义在“东壁”，树间无义，义在“秋蝉”，秋蝉寒蛰，东壁就暖，其致一也。若以“秋蝉”为喻，则于“促织”云何？若亦以为喻耶，则全诗无非喻也，若不以为喻耶，又同辞而异说矣，凡此等看法根柢已差皆无足取。而本篇述深秋物候，往往缘饰以诗情，则又何耶？盖文家写景类多含情，景物之有，以缘情故。然所申情致虽与全篇作意融会分明，而非以某作某，或竟以某代某也，故谓一句一字必当作什么讲，固失之拘泥，而谓必不当作什么讲，亦属矫枉过正，所谓齐则失之，楚亦未为得也。

两节八句，七句一样的情形，而所剩下之一句独有微差，则“玄鸟逝安适”是也。“玄鸟”句虽亦为秋景，却与上文不同，迹其差分所在，不出章句之间，就一句之自身而言则曰句，就一句在全篇之地位则曰章，章句非有二义，却固无妨异说。以句法言之，“玄鸟”只是名物，而“逝安适”三字便露出圭角来，与“促织”“秋蝉”句固不相若也。以章法言之，所谓承上启下者非耶。上八句与下八句不同，此为上八句之末，而当下八句之初，其位置是承上启下的，于是其意亦是承上启下的。古人无起承转合之法，未必无起承转合之意，此之谓也。

故上七句不妨纯以即目观之者，而此一句必杂以意想，非好为帖括家言也。泛言之，志之所之，无不有感，寂无所感，何假言词，此所同耳，而在此更有特殊之义则其所独，即作者借物发端，将意思提示出来也。“逝安适”犹今言何往，或曰那儿去，必有一种意思可知，非叹即问。问待对，叹者自叹，问用“？”，叹用“！”也。按此为叹词，“逝安适”者，言终无所适也，是其义也。而又方将下启“高举六翮”之文。夫“六翮”者，黄鹄之属，而“高举”者，有所往也。黄鹄既有所往，则燕雀殆无所归矣，是其义也。以下先释本句，次及下文。

玄鸟归值何候，大小戴《记》皆有明文，昔以为在此若引大戴于义为密，于迹为近，兹详其说。《大戴记》卷二《夏小正》曰：“八月，丹鸟羞白鸟。九月，遰鸿雁，陟玄鸟蛰。”《小戴记·月令》第六曰：“仲秋之月，鸿雁来，玄鸟归，群鸟养羞。季秋之月，鸿雁来宾①。”二《记》文错杂，且比较之。鸿雁之来，一说九月，一说八九月，未必真有牴牾，义见另篇。丹鸟羞白鸟即“群鸟养羞”，同为八月。唯玄鸟之去有八月九月之异耳。再看《礼记注疏》，则“群鸟养羞”这一同点亦有差违。郑曰：“《夏小正》曰：‘九月丹鸟羞白鸟。’”孔曰：“今按《大戴礼》‘八月，丹鸟羞白鸟。’今云九月者，郑所见本异也。”固疑当以康成所见本为正，则“鸿雁来”以下三事，《月令》以为八月者《小正》皆以为九月，惟有一部分之重叠耳。二《记》文异，未审孰是。

---

① 引文依郑读。《吕览》《淮南》高注均于“来”字绝句，而“宾”连下读。

若曰“皆是也”，亦属可能，以未必无节气方域之异，而燕雁往来亦有迟速。来鸿既有早晚[①]，则去燕何如。但兹不具论。

若谓二《记》异文并异其实，则何去何从？苟本身先有成见，见合于己者而喜之，不问情实而谬引之，则与善注直伯仲娣姒之间耳，吾无取焉。今先申旧文，后成新说。旧注原引《月令》，即以之作解，吾未见其有何不合，唯视引《夏小正》，或较迂远耳。《月令》虽言玄鸟归于八月，而诗文之“玄鸟逝安适”未必即为八月，当以“逝安适”之时间为断。若为将然，如李善注，当是七月；若为所见，当是八月；若为已然，当是九月。今按“逝安适”者，去后之词，则九月是也。诗言“逝安适”，不言逝将安适，其非将然固不待言矣，而即为已然何也？以非将然知其为已然也。“已”与“将”之间，有一“现在”，何以明其然也？今有人见燕燕于飞，呵而问之曰“君安适乎？”则真为现在耳。若其欲去未去，则俨然其仍为将也；若夫爱而不见，又忽尔即为已也。是以已将之间未尝不容中，而其地至暂，其候至促，且与“古

① 《吕氏春秋》卷九《季秋纪》高注曰：“是月候时之雁从北方来，南之彭蠡，盖以为八月来者其父母也，其子羽翼稚弱，未能及之，故于是月来，过周雒也。”

诗”之文并不相合。盖信为现在，自必另有一种说法而不如今所传之文也。时有初中后三际，就理而言，若论事实，不在未去之前者，每在已去之后矣。

即曰已然矣，而为八月也无碍，今必曰九月何也？有非单句只义所能定者。若仅释一句，八九月皆可，而八月尤贴切记文之字面；若通释一篇，虽未可泥于九月，然更无缘泥于八月，而九月尤妙合本地之风光。古人作诗当非如后人以典故字面来扣住题目的。即以后人之法论之，亦未尝不很清楚，《大戴记》固曰：“九月……陟玄鸟蛰。陟升也。玄鸟者，燕也，先言陟而后言蛰者何也？陟而后蛰也。”似陟早而蛰迟，其蛰在九月，陟早于蛰，或当为八月乎。此尤不然。《记》既言九月，则陟蛰虽略有先后之分，而其同在是月明白无疑。否则《小正》之作者何不曰八月陟玄鸟，九月玄鸟蛰乎？

应进而审察玄鸟去在二戴《记》上所述说之情形，《月令》仅曰“归”，郑注则曰：“谓去蛰也。”殆即以《小正》之文释《月令》乎？“陟，升也。”是陟即去，始去而终蛰，即陟而后蛰之谊也。“逝安适”者，蒙去而言，蒙升陟而言，而要其归趣终于蛰伏而已，《记》文足明诗谊矣。

盖燕子之去只是虚名，并非真去，原系蛰伏在一个地方，而其地似近，故《吕览·仲秋纪》“候雁来，玄鸟归”下高注曰："是月候时之雁，从北漠中来，南过周雒，之彭蠡。玄鸟，燕也，春分而来，秋分而去，归蛰所也。"雁言何地，而燕言蛰所，近远分明。《礼记》郑注颇不憭，"凡鸟随阴阳者，不以中国为居"。凡鸟鸿雁之属，义兼小燕，似玄鸟之去亦远，然孔疏曰："然玄鸟之蛰，不远在四夷，而云不以中国为居者，他物之蛰近在本处，今玄鸟之蛰，虽不远在四夷，必于幽僻之处，非中国之所常见，故云'不以中国为居'也。"疏家例不破注，今郑言不居中国，孔言不在四夷，其说正相反，疏已破注，而又不欲显违，故下作弥缝之词，却不免露出破绽来。如云他物之蛰近在本处，则玄鸟将无同。纵以为独异，则径去玄鸟之蛰不在近处可也，今舍却其承上所宜言之远近，而变其文曰："必于幽僻之处。"此幽僻之近乎远乎，疏意不详，固当不甚远耳。

由是言之，秋蝉固株守空林，而秋燕又归于何处。有陟升之名而无翀举之实，或以蛰伏之实漫邀归去之名，其旨一也，直注"虚名复何益"结句矣，又如波光云影，其离合变幻皆出自然，而非妆点耳。

去蛰即陟蛰，二《记》同义，而《大戴》之文较析，合之本篇锱铢悉称，善注所以不引，殆仍为七月之说所误。以将去释去本属增字，而一到九月，其所增之一字便又无用。勾留尚可两月，何将去之有。今不言将而言已，则任引二《记》之文自均无碍，不过引《小戴》“燕子八月去”，去得稍久，距即目亦差远，只不失其为九月之可能，而引《大戴》本来是九月，更无所用其怀疑而已。取径有直捷迂回之判，而其可通则一，故曰“舍大而从小，则舍近而求诸远矣。”

现在可以讲这一句标点的问题。若以为叹，则必有可叹之道，若以为问，则必有可对之方。现在有谁真来请教你燕子的踪迹，不过自己仰天说空话，其毋庸作答甚明。若夫可叹之道，到的确是有的。燕子名唤高升，实明升而暗降。美其名曰归去，实则存身槁壤黄泉而已，岂不可叹[①]。夫促织秋蝉不去者如此，今去者又如彼，然则去是这样，不去也是这样，不去固是不去，去还是等于不曾去；方始逼出这一只羽翼丰满青云得路的大鸟来，如“昔我同门友”便是。

这只大鸟叫什么名字？上文以为黄鹄是也。但究竟是否黄鹄，倒也有点小问题。《六臣注文选》，李善、吕向异说，上申善注，而向注亦有所受。《淮南子·时则训》“群鸟翔”下

① 《格致镜原》卷七十八引《文昌杂录》：“世言燕子至秋社乃去，仲春复来。昔年因京东开河岸崩，见蛰燕无数。晋郄鉴为兖州刺史，镇鄒山，百姓饥饿，或掘野鼠蛰燕为食，乃知燕亦蛰耳，惊蛰后中气乃出，非渡海也。”又《酉阳杂俎》卷十六《广动植·羽篇》：“或言燕蛰于水底。”

高注："寒气至，群鸟肥盛，试其羽翼而高翔，翔者六翮不动也。"以翔为六翮不动，复蒙群鸟而言翔，则六翮可泛施于群鸟，不必专属鸿鹄可知。此与本文第三章所说违异，然吾固未言凡言六翮定为鸿鹄也，特明其在此诗中宜为鸿鹄之代言耳。——即非专指，义亦无别，此肥盛之群鸟，高虽未明言为何鸟，而当为大鸟勿疑。大与小对，近与远对，即成诗旨，惟若以鸿鹄与燕雀对，则尤为工稳，连类而下，其词亦更分明。

阮《咏怀》曰："宁与燕雀翔，不随黄鹄飞，黄鹄游四海，中路将安归。"其遣词之法与此正同，而词旨恰与之相反。彼言游四海者途穷，处蓬艾者无恙，此言音啁噍者安归，羽翱翔者得路，真所谓言各有当，不可以一概论也。虽非事证，可资谈助，读者审之。

"六翮"以下，八句六比，皆"玄鸟"一句有以启之。玄鸟在已去之后，虽为即景而非即目，其承上启下，固其所也。以下诗文均极昭明，无烦申说，除却一点。一点维何？以北斗犯玉衡是也。此点自来不受人注意，上言其似复非复，而以三说解之。玉衡写景，北斗用典，故曰词本无碍也；玉衡即目，北斗作譬，故曰虚不犯实也；有所受之之义，则见于《大东》之卒章。此章凡两用北斗。"南箕北有斗"即所谓"维南有箕……维北有斗"也，"玉衡指孟冬"即所谓"维北有斗，西柄之揭”也。此固非复，若以为复，则亦已见《三百篇》，而《十九首》无与焉。

就其所受而观之，亦足明其为秋矣。其说何也？按《大东》一篇，义非抒写景致，不当泥其物候，然其渲染，辄见深秋气象。“纠纠葛屦，可以履霜。”此九月事，若为残暑，正可招凉，何烦悲悯，一也。“有洌氿泉”，《传》曰：“氿，寒意。”《正义》曰：“《七月》云：‘二之日栗洌’，是洌为寒气也。”《说文》“洌，寒貌，故字从冰。”是为寒泉，二也。“无浸获薪”，“获”字毛、郑异解，而获薪总是干柴，所以不能浸水。“薪樗”九月事《豳·七月》文，三也。合西柄之揭而为四。至“舟人之子，熊罴是裘”，穿着那么花花绿绿的皮袍子，谅必天气很冷，即依郑义，曰搏熊罴，其冷想亦同之。若当迟日艳阳，虽作形况之词，犹为孟浪也。

《大东》诚为秋矣，其足以明本篇之亦为秋何耶？彼此之间，原只有一点点之缀属，故彼虽诚然，不足以证此之亦然，但此既然矣，则以得彼之亦然而愈明也。展转相缘，未全无益。若以“西柄之揭”注士衡拟篇之“招摇西北指”，则尤为恰当耳。

或曰，呜呼，子言甚长，然而我知之矣，殆一循环之戏法也，所谓展转相缘者耶。“玉衡指孟冬”本非九月，子曰姑悬此以待将来之证，然而求证其他之句之时，子又往往把咱们的“玉衡指孟冬”句请出来作为见证。夫方且待证者，宁可作证欤？又乌可以此所证成之其他之句证此待证者欤？未全无益，谓为解嘲语则可耳，揆之实义，究有何益？此犹之戴上一副有色的眼镜子，于是所见无非九月；若换了一副眼镜，自然天地变色，而七月八月又源源而来也。正因为想它为九月，所以才说它为九月；又因为说它为九月，所以愈想愈像九月，若想来不像，便不能自圆其说矣。如环无穷，遂下笔不能自休，而不知已陷于全为戏论之谬误矣，悲夫。假如换上一副眼镜，则“明月皎夜光”，岂不很像中元中秋。“促织鸣东壁”，正是八月在宇。“白露沾野草”，许真为白露节。“时节忽复易”，泛泛语耳。“秋蝉鸣树间”，难辨其必为寒蜇，就算是的，也不一定在九月里叫。玄鸟归，《礼记》上明说仲秋之月。以下更不相干了。一场扯淡，雪花冰消矣。

曰，子之惠我厚矣，微子之言，吾恐他人之不我与也，夫安敢不对。夫诗言“孟冬”而释为九月，诚难明也，欲证诚难证也。“玉衡”句多疑，不易证成他文，亦事实也。虽然，只要“孟冬”二字不误，诗文终须有解时。“孟冬”云云虽不能知其为九月，然的确知其不为七月八月。有这一点就够。连环就在这一点上打破。原来这时有两种困难，一为普遍的，一为特殊的。特殊的困难，“孟冬”一句不懂。普遍的困难，全篇秋景含糊。秋景并不含糊，而秋有三秋，究为何秋，有点儿含糊，特别在被人下了许多注解以后。所谓一般的困难决不亚于特别的麻烦。以作意揣之，固大略可明，而终属渺茫，只堪自悦，未可持赠他人。幸而此两种困难的本身有一种互销之作用。只凭“孟冬”两字，便把七八两月屏诸题外。若不屏斥之，则又将拉作一长段，成为岁时纪，时宪书，民俗谣歌，而与诗意不合。且全诗秋色，若以九月释之，虽说有带上有色玻璃之嫌疑，却无纤微之扞格，吾文具在，可覆按也。于是剩得光杆儿的“玉衡指孟冬”句，其为九月下旬之可能，自必因全诗皆纪九月这一事而增其重量。且五臣注今具在，不必以为重言，亦难矜夫创获，而未为乡壁虚造，窃以此自多云。又原拟作三步之说明，而此章冗长，恐已不堪卒读。若转而证之他文，则请俟诸异日。

一九三六年一月二十七日

[附] 古诗辞例举隅（四则）[1]

（一）全篇顺叙、倒叙例

诗以顺叙为常，但亦有倒叙的。现在从杜甫诗中各举一极端的作为例子。通篇顺叙的：

花隐掖垣暮，啾啾栖鸟过。星临万户动，月傍九霄多。
不寝听金钥，因风想玉珂。明朝有封事，数问夜如何。
（《春宿左省》）

顺叙很明白。他时为左拾遗，在门下省值夜班。所谓左省东省即门下省，唐宰相衙门的一部分。“花隐”两句，傍晚光景。“星临”句，星星出来了。“月傍”句，月亮慢慢上来

---

① 本文前三则，原载1951年3月1日、30日《光明日报》，第四则原载1951年《语文教学》第二期《说杜甫律诗〈题张氏隐居〉》文后附录。

了。以上都指前半夜。因为值宿，住在空旷的宫殿里又换了新地方，又惦记明儿早朝种种事务，所以睡不着，听见内监们拿钥匙开门，这已到了后半夜。天快亮了，想象朝臣们都快来了，所以说“因风想玉珂”，这时候便已很晚。最后两句切合自己身分，他是谏官，所以说“有封事”。“数问夜如何”，关心时刻，可见一夜都没有好好的睡。“因风”句以下实在是用《诗经》：

> 夜如何其，夜未央，庭燎之光。君子至止，鸾声将将。（《小雅·庭燎》）

不过把“鸾声锵锵”放在头里，用想象来表示，把“夜如何其”放在后面罢了。这时从上一天傍晚直到第二天黎明，挨次顺叙，一点不乱。

通篇倒叙的：

> 腊日常年暖尚遥，今年腊日冻全消。侵陵雪色还萱草，漏泄春光有柳条。纵酒欲谋良夜醉，还家初散紫宸朝。口脂面药随恩泽，翠管银罂下九霄。（《腊日》）

《杜诗镜铨》评曰："下四倒叙，先虚后实"，是很对的，不过依我看，通篇都如此，不但后四句倒叙。末两句说他分得了口脂面药的恩赐，这些化妆品是装在翠管银罂里的。事在最先。然后散了紫宸殿的朝班，回到下处。因为腊日，所以要想个法子消遣这良夜，无非尽情一醉。是倒叙法本十分的明白。

但合前四句看也还是步步倒装。腊日为什么要喝酒呢？果然因为得了恩赐，同时今年腊日又特别的暖和，更添了兴头。腊日是大寒节后，干支逢辰的日子，在立春前，所以说："侵陵雪色还萱草，漏泄春光有柳条。"仿佛现在俗谚说"五九六九，抬头看柳"一般。事实上，农历的大寒节后立春节前又往往很冷的，所以说："腊日常年暖尚遥。"由今年想到去年前年，岂非一层层往上倒卷呢。

《镜铨》又提出"先虚后实"，也很有趣。从时间说，固是笔笔倒叙，从心理说，又是层层追溯。假如用虚实的观点来看，末两句"口脂面药""翠管银罂"最实在。第六句说散朝回家，亦记实事。至于晚上喝酒，是这么打算着，所以说"欲谋"已经有点儿虚。在立春以前看看杨柳，不过是一种兴味而已，柳条那里一会儿就绿呢。俗语"抬头看柳"，亦当作如此解。五九六九间正交立春节，所以大家不免抬头望望杨柳，实际上还是光秃秃的。您不信您就试试。这是感觉想象的混杂，所以半虚半实，甚至于虚多于实。开头说常年碰到腊日每每天气很冷，纯乎是回忆，那当然是全虚的。

（二）重复句例

两句诗只是一句。（一）单纯的格式，两句完全重复。显明的例如阮籍《咏怀诗》“多言焉所告，繁辞将诉谁”，这比“左手牵来千里马，右手牵来千里驹”还要重复得利害。沈约作注把谎圆得很好，说：“重言之，犹云怀哉怀哉。”其实也不很相同，他不过这么说说而已。（二）复杂而笨拙的格式。两句意义虽全同，却参互地说，至少字面上次序上有了变化，却亦很笨的，例如刘琨《重赠卢谌》“宣尼悲获麟，西狩泣孔丘”，这实在不能算它好句。（三）复杂而比较巧妙的格式，如曹植《白马篇》“控弦破左的，右发摧月支”，这两句很站得住，不容易看出重复来，实在还只是一句。黄节师解得最明白，他说：“破左的者必从右发，月支即左边之的也。”（《汉魏乐府风笺》），月支，射帖之名，大约画个马的支体，白色的。曹植另一诗《名都篇》有云：“左挽因右发”，可证成黄先生说。以上三种虽不完全同，但两句皆一句的重言，可为复句之例。

（三）双起单承极端之例

这事实上也是两句等于一句，但两句并不完全重复，却一句有义，一句无义，所以不能算它复句；又因在一诗的开首，故名为双起单承；下文只承接一句，其另一句绝对不理，故名曰极端之例。

曹植《名都篇》开始“名都多妖女，京洛出少年”，名都即京洛，部分地重复，但“多妖女”“出少年”却是对文，并不完全重复。可是“名都多妖女”只虚幌了一幌，以后全诗中不曾接说一个字，可以说一点意义都没有的。两句还只能算一句，不过那一句的作用，非重复，却是陪衬耳。

进一步分析，“京洛出少年”这有意义的五个字里还可删去一个没有意义的“洛”字。虽说京洛，事实上有京无洛，所谓“连类并称”。诗的下文说“长驱上南山”，又说“我归宴平乐”，终南山、平乐观都在长安附近，跟洛阳又啥相干。说“京”而牵连到“洛”也只是陪衬而已。

其所以需要陪衬，一因单音的关系；二则文章意义的扩展，如比较有远神。譬如名都，安得无佳人。无佳丽，又安得为名都。这虚幌一枪原是很有道理的。再说长安如此，洛阳何必不然，必切定长安为说，反而没啥意思。读古人诗当善会其意，不可泥乎其辞。

（四）诗以不合事实为佳例

诗以符合实际为常，但有时必须透过一层说，或不合实事或不合实情，反而觉其佳妙。现在约举杜诗三条为例说明之。如五律《春宿左省》第五句“不寝听金钥”，《文苑英华》作“不寐听金锁”。以事实论，应当是不寐（睡不着），不应当是不寝（不曾睡）。以拾遗身份在门下省值班，不过是这么一回例行公事，那有坐以待旦之理。全诗神情都写不寐，如结尾“明朝有封事，数问夜如何”，是怕万一睡沉了误事之意。假如压根儿不睡，何须打听时刻？但就文情说，正以作不寝为佳。如作不寐，即平庸老实了。一夜惊惊恐恐的咕咕，名说睡了的，简直是没睡一般。所以必须用“不寝听金钥”这样重笔，方才能表现当时真的感觉，虽不合实事，却妙合实情。说他不写实，正不如说他写得非常现实、进一步的写实尤为妥当。

但亦有并和当时所感亦不必相合的。如《题张氏隐居》五律末二句“前村山路险，归醉每无愁”。按情理说，前村山路很险，又喝醉了才回家，大有“盲人瞎马夜半深池”的景象，他心里那有不愁之理。这诗本当写作“前村山路险，归醉每应愁”的。然而能不能这样说呢？不能这样说的。这样说就对不起那殷勤留客的张先生了。既不能这样说，自然也不该这般写了。所以必得如此说写：“明知山路很险，又喝得烂醉，但是依然一点儿不发愁，不耽心”，方显得主人情重、宾主尽欢的神味来。这是似乎不合实感，却因透过了一层说，反把真情表现得更加圆满的一个例子。

重复再引杜诗，如《端午日赐衣》全篇在描写官里赐衣怎样的美好，他怎样的感激，都不成问题的，所谓“应有之义”。但官府发给的衣服虽然质料很好，却照例有一缺点，即长短尺寸不定合身材。假如不肥不瘦不长不短恰称身呢，咱们就该说这真是想不到的呵，亦即所谓“意外之喜”。但看这时第五句，偏作“意内称长短”，好像他写错了一般。这又是透过了一层的写法。作“意外”符合事实，情致却不一定圆满；作“意内”并非当时真实所感，但不如此便写不出那感激欣幸的情意来。这大概也从古书上脱化出来的。如《左传》，昭公二十八年，有两人在晋国的元帅家喝酒，最初耽心酒菜少，会吃不饱，后来自己埋怨自己道：“岂将军食之而有不足。”事例虽不全同，意正相似。

国家新闻出版广电总局
首届向全国推荐中华优秀传统文化普及图书

‖大家小书书目

经典常谈	朱自清　著
语言与文化	罗常培　著
习坎庸言校正	罗　庸　著　杜志勇　校注
鸭池十讲（增订本）	罗　庸　著　杜志勇　编订
古代汉语常识	王　力　著
国学概论新编	谭正璧　编著
文言尺牍入门	谭正璧　著
日用交谊尺牍	谭正璧　著
敦煌学概论	姜亮夫　著
训诂简论	陆宗达　著
金石丛话	施蛰存　著
常识	周有光　著　叶　芳　编
文言津逮	张中行　著
中国字典史略	刘叶秋　著

古典目录学浅说	来新夏　著
闲谈写对联	白化文　著
怎样使用标点符号（增订本）	苏培成　著
诗境浅说	俞陛云　著
唐五代词境浅说	俞陛云　著
北宋词境浅说	俞陛云　著
南宋词境浅说	俞陛云　著
人间词话新注	王国维　著　滕咸惠　校注
苏辛词说	顾　随　著　陈　均　校
诗论	朱光潜　著
唐诗杂论	闻一多　著
诗词格律概要	王　力　著
唐宋词欣赏	夏承焘　著
槐屋古诗说	俞平伯　著
词学十讲	龙榆生　著
词曲概论	龙榆生　著
中国古典诗歌讲稿	浦江清　著 浦汉明　彭书麟　整理

唐人绝句启蒙	李霁野　著
唐宋词启蒙	李霁野　著
古典文学略述	王季思　著　王兆凯　编
古典戏曲略说	王季思　著　王兆凯　编
唐宋词概说	吴世昌　著
宋词赏析	沈祖棻　著
道教徒的诗人李白及其痛苦	李长之　著
闲坐说诗经	金性尧　著
陶渊明批评	萧望卿　著
舒芜说诗	舒　芜　著
名篇词例选说	叶嘉莹　著
唐诗纵横谈	周勋初　著
楚辞讲座	汤炳正　著
	汤序波　汤文瑞　整理
好诗不厌百回读	袁行霈　著
山水有清音	
——古代山水田园诗鉴要	葛晓音　著

门外文谈	鲁　迅　著
我的杂学	周作人　著　张丽华　编
论雅俗共赏	朱自清　著
文学概论讲义	老　舍　著
中国文学史导论	罗　庸　著　杜志勇　辑校
给少男少女	李霁野　著
鲁迅批判	李长之　著
英美现代诗谈	王佐良　著　董伯韬　编
三国谈心录	金性尧　著
夜阑话韩柳	金性尧　著
英语学习	李赋宁　著
漫谈西方文学	李赋宁　著
历代笔记概述	刘叶秋　著
笔祸史谈丛	黄　裳　著
古典诗文述略	吴小如　著
有琴一张	资中筠　著
鲁迅作品细读	钱理群　著
唐宋八大家——古代散文的典范	葛晓音　选译

红楼梦考证	胡　适　著	
《水浒传》与中国社会	萨孟武　著	
《西游记》与中国古代政治	萨孟武　著	
《红楼梦》与中国旧家庭	萨孟武　著	
《金瓶梅》人物	孟　超　著	张光宇　绘
水泊梁山英雄谱	孟　超　著	张光宇　绘
《红楼梦》探源	吴世昌　著	
《西游记》漫话	林　庚　著	
细说红楼	周绍良　著	
红楼小讲	周汝昌　著	周伦玲　整理
曹雪芹的故事	周汝昌　著	周伦玲　整理
古典小说漫稿	吴小如　著	
三生石上旧精魂——中国古代小说与宗教	白化文　著	
《金瓶梅》十二讲	宁宗一　著	
古体小说论要	程毅中　著	
近体小说论要	程毅中　著	
文学的阅读	洪子诚　著	
中国戏曲	么书仪　著	

中国史学入门	顾颉刚　著　何启君　整理
秦汉的方士与儒生	顾颉刚　著
三国史话	吕思勉　著
史学要论	李大钊　著
中国近代史	蒋廷黻　著
民族与古代中国史	傅斯年　著
五谷史话	万国鼎　著　徐定懿　编
民族文话	郑振铎　著
史料与史学	翦伯赞　著
唐代社会概略	黄现璠　著
清史简述	郑天挺　著
两汉社会生活概述	谢国桢　著
中国文化与中国的兵	雷海宗　著
两宋史纲	张荫麟　著
明史简述	吴　晗　著
北宋政治改革家王安石	邓广铭　著
从紫禁城到故宫——营建、艺术、史事	单士元　著
史学遗产六讲	白寿彝　著

司马迁之人格与风格	李长之　著
司马迁	季镇淮　著
唐王朝的崛起与兴盛	汪　篯　著
二千年间	胡　绳　著
论三国人物	方诗铭　著
考古发现与中西文化交流	宿　白　著
中国古代国家的历史特征	张传玺　著
艺术、神话与祭祀	张光直　著 刘　静　乌鲁木加甫　译
中国古代衣食住行	许嘉璐　著
中国古代史学十讲	瞿林东　著

黄宾虹论画	黄宾虹　著
中国绘画史	陈师曾　著
和青年朋友谈书法	沈尹默　著
中国画法研究	吕凤子　著
桥梁史话	茅以升　著
中国戏剧史讲座	周贻白　著
俞平伯说昆曲	俞平伯　著　陈　均　编

新建筑与流派	童　寯　著
论园	童　寯　著
拙匠随笔	梁思成　著　林　洙　编
中国建筑艺术	梁思成　著　林　洙　编
沈从文讲文物	沈从文　著　王　风　编
中国画的艺术	徐悲鸿　著　马小起　编
中国绘画史纲	傅抱石　著
中国舞蹈史话	常任侠　著
海上丝路与文化交流	常任侠　著
世界美术名作二十讲	傅　雷　著
中国画论体系及其批评	李长之　著
金石书画漫谈	启　功　著　赵仁珪　编
吞山怀谷 ——中国山水园林的艺术	汪菊渊　著
中国古代音乐与舞蹈	阴法鲁　著　刘玉才　编
梓翁说园	陈从周　著
旧戏新谈	黄　裳　著
民间年画十五讲	王树村　著　姜彦文　编
民间美术与民俗	王树村　著　姜彦文　编

长城史话	罗哲文　著
中国古园林概说	罗哲文　著
现代建筑奠基人	罗小未　著
世界桥梁趣谈	唐寰澄　著
如何欣赏一座桥	唐寰澄　著
桥梁的故事	唐寰澄　著
园林的意境	周维权　著
万方安和 ——皇家园林的故事	周维权　著
现代建筑的故事	吴焕加　著
中国古代建筑概说	傅熹年　著
国学救亡讲演录	章太炎　著　蒙　木　编
简易哲学纲要	蔡元培　著
大学教育	蔡元培　著 北大元培学院　编
老子、孔子、墨子及其学派	梁启超　著
中国政治思想史	吕思勉　著
天道与人文	竺可桢　著　施爱东　编

春秋战国思想史话	嵇文甫　著
晚明思想史论	嵇文甫　著
新人生论	冯友兰　著
中国哲学与未来世界哲学	冯友兰　著
谈美书简	朱光潜　著
中国古代心理学思想	潘　菽　著
民俗与迷信	江绍原　著　陈泳超　整理
佛教基本知识	周叔迦　著
儒学述要	罗　庸　著　杜志勇　整理
希腊漫话	罗念生　著
佛教常识答问	赵朴初　著
大一统与儒家思想	杨向奎　著
孔子的故事	李长之　著
西洋哲学史	李长之　著
乡土中国	费孝通　著
社会调查自白	费孝通　著
经学常谈	屈守元　著
墨子与墨家	任继愈　著
汉化佛教与佛寺	白化文　著
中西之交	陈乐民　著

出版说明

“大家小书”多是一代大家的经典著作，在还属于手抄的著述年代里，每个字都是经过作者精琢细磨之后所拣选的。为尊重作者写作习惯和遣词风格、尊重语言文字自身发展流变的规律，为读者提供一个可靠的版本，“大家小书”对于已经经典化的作品不进行现代汉语的规范化处理。

提请读者特别注意。

北京出版社